Verführung des Gesetzlosen

Buch 2
Sherwood Forest Gestaltwandler

Anna Lowe

Inhaltsverzeichnis

Weitere Titel in dieser Serie

Sherwood Forest Gestaltwandler

Verführung des Sheriffs (Buch 1)

Verführung des Gesetzlosen (Buch 2)

Verführung des Löwen (Buch 3)

www.annalowe.de

Kapitel 1

WILLA

Nottingham, England

Dezember 1193...

Ich zerrte an meinem engen Rüschenkragen, als die Kutsche über den zerfurchten Pfad rumpelte. Wie hatte ich mich nur zu dieser verrückten Mission überreden lassen – ganz zu schweigen von dieser mädchenhaften Aufmachung?

Beverly spähte aus dem Kutschenfenster. Ihre Augen huschten so schnell hin und her, dass es ein Wunder war, dass ihr nicht schwindlig wurde. „Sherwood Forest", flüsterte sie ängstlich. „So unheimlich. So gefährlich... "

Ich schaute mich um. Unheimlich? Wohl eher schön, vor allem, wenn das winterliche Sonnenlicht durch die Bäume blitzte.

Und gefährlich? Nicht, wenn man mit einer Waffe umgehen konnte. Und ich war bis an die Zähne bewaffnet.

Aber die einzige Waffe, mit der die arme Beverly umzugehen wusste, war weiblicher Charme. Ich bezweifelte, dass sie das Verteidigungspotenzial des Fächers überhaupt erkannte, den sie trotz der eisigen Temperatur ständig flattern ließ.

Was mich betraf, so machte ich mir keine Sorgen um Räuber. Wenn mich heute irgendetwas umbrachte, dann war es das Korsett, das mir die Luft aus der Lunge drückte. Und dieser juckende Kragen, der mich daran hinderte, überhaupt erst einzuatmen. Normalerweise trug ich mein langes, gewelltes rotes Haar in einem einzelnen geflochtenen Zopf, aber jetzt war es so straff frisiert, dass die Haut an meiner Stirn schmerzte. Aber damit diese Mission erfolgreich war, musste ich wie ein hilfloses Mädchen aussehen. Also tat ich mein Bestes, um es zu ertragen – und Beverly nachzuahmen.

Wie sie es schaffte, ihren Fächer so wild und doch so anmutig flattern zu lassen, war mir ein Rätsel. Meine Handgelenke wollten sich einfach nicht auf diese Weise bewegen.

Beverly warf einen Blick auf die schwere Eichentruhe zu unseren Füßen. „Ich bete, dass wir keinen Gesetzlosen begegnen."

Ich verkniff mir die Worte, die mir auf der Zunge lagen. *Ich bete, dass wir es tun.*

Das war der Sinn dieser ganzen Übung, obwohl Beverly nicht in dieses Geheimnis eingeweiht war. Der Masterplan war nur mir von unserer Herrin anvertraut worden, einer Dame von edler Herkunft, die anonym bleiben musste.

„Du wirst uns doch beschützen, nicht wahr, Nosey?", gurrte Beverly dem übergroßen Hund zu, der sich in den Raum zwischen unseren Füßen und der Holztruhe drängte.

Ich bezweifelte es. Nosey – kurz für Nosewise – mochte wild aussehen, aber im Grunde war die Deutsche Dogge so scheu wie ein Reh. Mit anderen Worten, mein komplettes Gegenteil in Attitüde *und* Statur.

Nosey winselte, während Beverly aus dem Fenster starrte und nach Räubern suchte. Ich starrte auch, wenn auch aus ganz anderen Gründen. Wo waren sie denn?

Mein Atem hing in angespannten, frostigen Zügen in der Luft.

„Also, verehrte Damen, seid nicht nervös", rief unser Fahrer. „Wir werden Euch beschützen."

Ich verdrehte die Augen, aber Beverly schlug die Hände über dem Herzen zusammen. „Vielen Dank, Roderick."

Ich berührte den Griff des Schwerts, das ich versteckt hielt. Wir würden dieser Klinge eher danken als dem klapprigen, kurzsichtigen Roderick oder einer der sechs unerfahrenen Wachen, die uns begleiteten.

Ein verdammt guter Umstand, dass ich ein Leben lang trainiert hatte.

Die Hufschläge der Pferde wurden vom Waldboden gedämpft. Nur das Geschirr klirrte und vermischte sich mit dem Klang gelegentlicher Vogelstimmen.

„Wir sollten den Wald besser bald verlassen", sorgte Beverly sich.

Hoffentlich kommen diese Räuber bald, fluchte ich im Stillen.

Der dünne Pfad machte eine Kurve und gab den Blick auf das nächste Waldstück frei. Wenn ich ein Räuber wäre, würde ich aus dem Schutz der großen Eiche vor uns zuschlagen – die, die von dem dichten Laub umgeben war.

Mein Puls beschleunigte sich, als wir uns näherten, und ich begann einen stillen Countdown.

Fünf... vier... drei... zwei...

Zisch! Ein Pfeil flog durch die Luft und schlug an der Seite der Kutsche ein. Beverly starrte dümmlich vor sich hin, als der Tumult ausbrach.

Dutzende von vermummten Männern sprangen aus den Büschen und von den Bäumen. Die Pferde wieherten und zerrten in verschiedene Richtungen. Roderick klammerte sich mit aller Kraft fest, als die Kutsche wild durchgeschüttelt wurde. Nosewise, Beverly und ich wurden seitwärts geschleudert. Die Wachen zogen ihre Schwerter und fluchten, aber das war auch schon alles, was sie an Widerstand zu bieten hatten.

„Keine Bewegung!", donnerte einer der Räuber mit einer Stimme, um die ihn ein Armeegeneral beneiden würde. „Lasst eure Waffen fallen und niemand wird verletzt werden."

Sechs Schwerter klapperten zu Boden, als unsere Wachen gehorchten. So viel zum Thema *Den Schatz auf Leben und Tod beschützen*, wie meine Herrin sie hatte schwören lassen. Andererseits hatte sie absichtlich die sechs schwächsten Männer in ihrem Dienst für diese Aufgabe ausgewählt.

Aber, verdammt. Die Stimme des Räubers war so erschreckend kompromisslos, dass ich beinahe auch mein eigenes Schwert hätte fallen lassen.

„Oh Gott, oh Gott, oh Gott... " Beverly wippte auf ihrem Sitz.

Zu ihrer Verteidigung sei gesagt, dass sie die Geistesgegenwart hatte, ihre Schoßdecke über die Truhe zu werfen. Sie verbarg zwar nicht viel, aber der Gedanke war nicht schlecht – wenn es darum ginge, den Schatz zu verstecken.

Ich schob einen Teil der Decke mit dem Fuß beiseite und Noseys panisches Auf und Ab erledigte den Rest.

„Brrr. Brrr, ieh. . . " Der Kutscher versuchte, die Pferde zu beruhigen.

Zwei der Räuber packten das Pferdegeschirr, während die anderen ihre Bögen spannten und zielten. Innerhalb eines Herzschlags waren wir im Zentrum eines Kreises aus Pfeilen gefangen.

Das musste ich ihnen lassen. Abgesehen davon, dass sie ihren Hinterhalt einen Tick zu früh inszeniert hatten, machten sie einen ziemlich guten Eindruck. Ein Eindruck, der durch den großen, dunkelhaarigen Mann, der als Nächstes auf uns zusteuerte und dessen Stiefel über den kalten Boden knirschten, noch –, ähm beeindruckender wurde.

Schon aus der Entfernung konnte man sehen, dass er offensichtlich groß war. Aber wow – als er näher kam, waren seine Augen auf gleicher Höhe mit der Oberkante des Kutschenfensters. Riesige, gerundete Schultern versperrten mir den Rest der Sicht und seine Männer verstummten.

„Oh Gott, oh Gott, oh Gott." Beverly wippte noch hektischer, so dass die kleinen Seidenschleifchen an ihren Schuhen hin und her flatterten.

Selbst ich musste zugeben, dass ich ein klitzekleines bisschen verunsichert war. Zum Teil durch seine Größe, aber noch mehr durch sein Verhalten – so ruhig und ausdruckslos wie. . . wie. . .

Wie eine Eiche, entschied ich. Eine Eiche mit honigfarbenen Augen, die Sprenkel des Sonnenlichts im Wald hätten sein können. Ein Wesen, das die Welt ohne jegliche Emotion studierte.

Er hob eine Hand über das Kutschenfenster und machte damit klar, dass er die Tür mit einer schnellen Bewegung aufreißen könnte.

Ich verkniff mir einen bissigen Kommentar. *Okay, okay. Wir haben die Botschaft verstanden. Ihr seid groß und stark. Gehört Intelligenz auch zum Paket?*

Diese tiefen Augen sagten: *Ja. Wollt Ihr mich herausfordern?*

Ich war mir nicht sicher, ob ich das wollte.

Ich starrte auf seine Hand und zuckte zusammen. Ich hatte in meinem Leben schon viele Narben gesehen, genau wie rohe, blutige Verletzungen. Aber irgendwie brachten mich seine Narben aus dem Gleichgewicht. Als würde ich sie wiedererkennen – oder als sollte ich es. Mein Blick huschte zu seinem Gesicht, wo der teilnahmslose Ausdruck zu Verärgerung umschlug.

Ich habe also Narben, hätte Brutus genauso gut knurren können. *Habt Ihr ein Problem damit, Lady?*

Nein, kein Problem. Es war nur das ungute Gefühl, dass ich wusste, wie diese tiefen, zerklüfteten Wunden verursacht worden waren. Fast hätte ich es auch laut ausgesprochen – *Bärenfalle, was?* –, aber irgendetwas in mir sagte, dass ich es nicht tun sollte.

Das Laub zu unserer Rechten raschelte und ein Mann schwang sich an einer Ranke aus den Bäumen. Im letzten Moment ließ er los und landete anmutig auf Beverlys Seite der Kutsche, wobei er sich tief verbeugte.

„Robert Hood, zu Euren Diensten."

Brutus biss angesichts der unnötigen Theatralik die Zähne zusammen, aber Beverly sprang darauf an.

„Bitte tötet uns nicht, Robin Hood! Bitte, ich flehe Euch an!"

Meine Verkleidung verlangte auch von mir, dass ich betteln und flehen sollte, aber ich war dazu einfach nicht in der Lage. Außerdem war ich zu sehr damit beschäftigt, seine Worte gedanklich zu wiederholen. Hatte er nicht Robert gesagt?

Fast hätte ich Beverly korrigiert, aber jeder wusste, dass Robin Hood der Anführer der Räuber im Sherwood Forest war. Vielleicht hatte ich mich also verhört.

Robin Hood ließ ein strahlendes Lächeln aufblitzen. „Kein Grund zur Sorge, meine Damen. Wir sind nicht hier, um Euch zu versehren. Wir wollen nur eine kleine Steuer erheben."

Damit begann er eine Charmeoffensive, bei der sein Lächeln, kombiniert mit kleinen Anspielungen und überschwänglichen Lobpreisungen für Beverlys Schönheit, im Vordergrund stand.

„Ich versichere Euch, holde Maid, Euer Wohlbefinden hat für uns oberste Priorität", murmelte er und streichelte über die Spitze eines Pfeils.

Beverly kicherte. Nosewise streckte den Kopf aus dem Fenster und schnüffelte an der Hand des Mannes.

Der Prinz der Diebe lachte, streichelte den Hund und ging zu Babysprache über. „Wer ist ein guter Junge? Bist du ein guter Junge?"

Bitter enttäuscht starrte ich ihn an. Das war Robin Hood, der geniale Gesetzlose, der sich im ganzen Land einen Namen gemacht hatte?

Ich warf noch einen Blick auf den großen, bösen Brutus, der eine Handbewegung machte. *Konzentriere dich auf das, weswegen wir hier sind.*

Ich war ganz seiner Meinung, aber Robin Hood wandte sich als Nächstes an mich. „Und Ihr, holde Maid... "

Ich verschränkte die Arme und warf ihm meinen finstersten Blick zu. Einen Blick, der sagte, *ich warne dich.*

Er hielt inne. „Ähm... oh... "

„Steuern", grunzte Brutus.

„Richtig." Robin Hoods Augen blitzten beim Anblick der Schatztruhe auf. „Steuern."

Ich nickte und war versucht, zuzustimmen. *Zeit für die Steuern. Nehmt alles, Jungs.*

Das war der ganze Sinn dieser Mission. Die Lage in unserem Land war so chaotisch – unser lieber König Richard saß im Ausland im Gefängnis und sein skrupelloser Bruder, Prinz John, erlangte schnell immer mehr Macht –, dass meine Herrin ihre Schätze in den Händen von Richard-treuen Räubern für sicherer hielt als in ihrem eigenen Schloss. So verzweifelt waren die Zeiten.

Dieser Schatz darf Nottingham nicht erreichen, hatte meine Herrin fünf Tage zuvor bei einem eiligen Treffen gesagt. *Er darf auf keinen Fall in Prinz Johns Hände fallen, der versucht, seinen Bruder zu entmachten.*

Damals hatte ich diesem Plan voll und ganz zugestimmt. Aber jetzt, da ich Robin Hood getroffen hatte, war ich skeptisch. Bei Brutus konnte man sich wahrscheinlich darauf verlassen, dass er Wertsachen hinter Schloss und Riegel und seinem intensiven Blick verwahrte, aber Robert – ähm, Robin? – erschien mir eher so, als könnte er die Beute für Essen und Trinken verprassen.

„Mach sie auf, John", befahl Robin Hood.

Brutus warf ihm einen tödlichen Blick zu, der sagte, *Keine Namen, du Trottel.*

Verdammt, selbst ich wusste, dass die erste Regel des Räubertums lautete, nicht erkannt zu werden.

Ich öffnete die Truhe in der Hoffnung, die Dinge zu beschleunigen. Bögen knarrten und Gemurmel ertönte, als die Räuber sich näher heranlehnten, um sich den glitzernden Schatz anzusehen.

Gott, ich hoffte, dass sie daran dachten, ihre Pfeile gut festzuhalten.

Brutus öffnete die Kutschentür – zu meiner Enttäuschung benutzte er die Klinke – und zog die Truhe näher heran.

Ich schob sie ihm entgegen. Nicht dass Brutus viel Hilfe gebraucht hätte, wenn man seine starken Muskeln bedachte.

Dann hielt er plötzlich inne und als ich aufschaute, stellte ich fest, dass er mich anstarrte.

Mein erster Gedanke war, *Er starrt mir in den Ausschnitt*, und fast hätte ich ihm eine Ohrfeige verpasst.

Aber nein. Seine Augen waren fest auf meine gerichtet und er hatte die Lippen vor Staunen leicht geöffnet. Ich hielt die Ohrfeige zurück, zumindest für den Moment.

Was? Ich wollte schreien. *Was?*

Aber verdammt, Brutus blieb wortlos. Feuer zischte durch meine Nerven und entzündete meine weiblichen Körperteile.

Nosewise regte sich neben mir. Beverly kicherte über etwas, das Robin Hood gesagt hatte. Aber es war alles gedämpft, als würden mich unsichtbare Waldfeen sanft in eine andere Dimension führen. Der Ort und Zeitpunkt waren dieselben, aber alles verblasste in den Hintergrund. Ich nahm nichts anderes wahr außer Brutus und mich.

Die Sprenkel in seinen Augen leuchteten wie Sonnenstrahlen, die von einem Fluss reflektiert wurden. Sie glühten mit einem inneren Feuer, das nicht möglich sein sollte.

Und sein Mund – vielleicht nicht sehr nützlich, um Worte zu bilden, aber sehr, sehr küssbar, und so verlockend geschwungen, dass er perfekt auf meine Lippen passen würde. Und dann war da noch der leichte Bart, der das Dreieck seines harten Kiefers und spitzen Kinns umriss. Im Gegensatz zu den buschigen Auswüchsen, die manche Männer trugen, war dieser Bart eine ordentlich gestutzte Strubbelschicht, die mich dazu einlud, mich zu ihm vorzubeugen und von Wange zu Wange an ihn zu schmiegen.

Nicht dass ich das gewollt hätte. Ich stellte es mir nur rein theoretisch vor.

Währenddessen bewegte sich Brutus überhaupt nicht. Er atmete nicht. Sein Mund blieb in einem Moment des Wiedererkennens leicht geöffnet stehen.

Willa, war ich mir sicher, dass er jeden Moment herausplatzen würde. *Es ist schon viel zu lange her.*

Viel zu lange, hätte ich fast zugestimmt. Aber wo... wann... woher kannte ich ihn?

Seine Hand – die vernarbte – zuckte, als sie auf der Truhe ruhte. Fast hätte ich meine Hand ausgestreckt, um ihn zu berühren. Doch Nosewise drängelte sich genau in diesem Moment zwischen uns und zerbrach den Zauber.

Brutus riss seinen Blick von mir los und starrte stumm auf die Truhe.

„Brauchst du Hilfe, Kumpel?" Robin Hood gluckste.

Brutus rührte sich nicht von der Stelle. Unsere Blicke trafen sich wieder – und noch einmal hatte ich dieses *Ich kenne dich*-Gefühl. Dann knallte Brutus den Truhendeckel zu, wobei er mir praktisch die Finger amputierte, und schüttelte den Kopf.

„Nicht diese."

Robin Hood blinzelte. „Was?"

Brutus wurde ganz finster und befehlend. „Nicht diese. Diese Kutsche lassen wir durch."

Beverly klatschte vor Erleichterung in die Hände, aber Robin Hoods Mund stand offen. Meiner auch, und fast hätte ich nachgeplappert, was er als Nächstes sagte.

„Was zum Teufel?"

Beverly zuckte zusammen und hielt sich die Ohren zu. Ich warf Brutus einen strengen Blick zu, der das Gleiche fragte.

Er schob die Truhe zurück in die Mitte der Kutsche, so dass Nosewise zur Seite sprang. „Diese werden wir nicht ausrauben."

„Jetzt warte doch mal... ", protestierten Robin und einige seiner Männer.

Ich schob die Truhe zu Brutus zurück. „Steuern, schon vergessen?"

Mein mörderischer Blick fügte hinzu, *Nehmt sie, verdammt.*

Er drückte sie zurück und eine Minute lang schrammte die Truhe in einem umgekehrten Tauziehen hin und her.

Meine Wangen wurden heiß und ich fletschte angestrengt die Zähne. Schließlich beugte ich mich vor und zischte: „Ruiniert es nicht, Ihr Trottel."

Brutus blinzelte. „Was?"

Es war nur ein Flüstern, aber fast hätte ich ihn zum Schweigen gebracht. Musste er einen simplen Raubüberfall so kompliziert machen?

„Nehmt sie. Ich bestehe darauf", flüsterte ich, damit die anderen es nicht hören konnten.

Er starrte mich an. „Ihr wollt, dass ich Euch ausraube?"

Nun, nicht jetzt, da ich so verärgert war. Aber meine Herrin hatte mich mit der Ausführung ihres Plans betraut und dazu gehörte, im Sherwood Forest ausgeraubt zu werden.

Er blinzelte dümmlich. Ich wollte die Hand ausstrecken und ihn schütteln – nicht dass ich diesen Koloss hätte bewegen können, aber vielleicht würde es seinen trägen Verstand wieder in Bewegung bringen.

„Nehmt sie", befahl ich.

Gott, müsste ich als Nächstes betteln. Wie hatte es nur so weit kommen können?

Doch sein Blick blieb hart.

„Wir lassen diese Damen durch – mit all ihren Besitztümern." Er schlug die Tür zu und winkte die Männer weg.

„Tretet zurück. Hüa!" Er schlug einem Pferd mit dem Zügel über den Hintern und es galoppierte los, wobei es das andere mit sich zog.

Durch die Bewegung wurde ich gegen die Rückenlehne der Kutsche geschleudert und Beverly kippte fast auf meinen Schoß. Ebenso Nosewise. Aber Beverlys Tür schwang auf und die Deutsche Dogge sprang in Panik hinaus.

„Nosey!", riefen Beverly und ich gleichzeitig.

Aber die Pferde waren völlig außer Kontrolle und es gab keine Möglichkeit, sie aufzuhalten.

„Nosey", jammerte ich, als er zwischen den Bäumen verschwand.

Er gehörte meiner Herrin, aber ich liebte diesen Hund genauso sehr wie sie. Ein Dutzend hässlicher Szenarien ging mir durch den Kopf. Von Nosey, der in eine Schlucht stürzte, bis hin zu Nosey, der von einem Bären zerfleischt wurde.

„Armer Nosey", sagte Beverly, strahlte dann aber. „Aber Gott sei Dank, haben sie uns gehen lassen!"

Ich schaute zurück und fluchte. Das war die brennende Frage – warum? Und warum hatte ich das Pech, die einzigen ehrlichen Räuber des Waldes zu treffen?

Die Worte meiner Herrin hallten in meinem Kopf wider. *Dieser Schatz darf Nottingham nicht erreichen.*

Ich hatte sie noch nie im Stich gelassen. Zum Teufel, ich hatte noch nie versagt, niemals. Aber jetzt... Ich hielt mich fest, als die Kutsche um eine weitere Kurve fuhr. Ich brauchte einen Plan B... und zwar dringend.

Kapitel 2

JOHN

Die Kutsche raste so schnell um die nächste Ecke, dass sie fast auf zwei Räder kippte. Das Geräusch von donnernden Hufen und wild klirrendem Pferdegeschirr war noch lange zu hören, nachdem die Kutsche bereits außer Sichtweite war. Schließlich verklang es und ließ den Wald in fassungsloser Stille zurück.

Und niemand war fassungsloser als ich. Mein Herz raste und der Anblick dieser Frau ließ mich nicht mehr los.

Rotes Haar... Zierliche Statur... Gewaltige Attitüde...

„Ähm, John... ", begann einer der Männer.

Alan war nicht so taktvoll. „Was zum Teufel sollte das denn?"

Ich hatte das Gleiche gedacht. Man hatte mir noch nie böse Blicke zugeworfen, weil ich *niemanden* ausgeraubt hatte.

Robert schubste mich. „Ja. Was zum Teufel? So eine große Beute haben wir nicht mehr gesehen seit... seit... Nun ja, noch nie."

Er hatte recht. So eine fette Beute hatten wir noch nie gesehen. Und ich hatte ihr soeben sichere Durchreise durch den Sherwood Forest gewährt.

Ich ließ den Kopf hängen und redete mir ein, dass es notwendig war.

„Robynne hat gesagt, wir sollen nicht jede Kutsche ausrauben."

Eine faule Ausrede, aber ich musste mir die Jungs vom Hals schaffen und meine Gedanken ordnen.

Sie war es. Ganz eindeutig sie, schwärmte mein innerer Bär und genoss die letzten Reste des Duftes der Frau.

Um mich herum murmelten die Jungs, einige wütend, andere neckend.

„Wirst du für eine Frau weich, Bär?", gluckste Martin.

Als ob. Ich wollte nur, dass sie verschwindet – für immer. So wie alle Frauen, und Menschen im Allgemeinen, hielt man sie am besten auf Distanz. Besser noch, auf einer weit entfernten Insel.

„Dabei war sie nicht einmal die Hübsche", scherzte jemand.

Sein Glück, dass ich zu erschüttert war, um ihn gegen den nächsten Baum zu schleudern und zu erwürgen. Hatte er die rote Haarpracht nicht gesehen? Diese grünen Augen? Diese unverschämten Lippen...

Sie hat sich kaum verändert, sagte mein Bär verträumt.

Ich grub einen Fuß in den Boden, dann stapfte ich los und versuchte, die Erinnerungen abzuschütteln.

Ich mag sie, brummte mein Bär. *Ich habe sie damals gemocht und ich mag sie jetzt.*

Ich schüttelte den Kopf. Was gab es da zu mögen – besonders an einem Menschen?

Alan riss die Hände hoch. „Dieser Schatz hätte für die Hälfte des Lösegelds des Königs gereicht."

Ich ballte und löste meine rechte Hand – die vernarbte.

„Vergiss es", grunzte ich.

Was ungefähr so wahrscheinlich war, wie dass ich die Frau vergaß. Wie lange war das jetzt her?

Beim Gehen kamen Erinnerungen hoch und meine Umgebung verschwamm. Ich sah die Welt durch Bärenaugen, mit meiner Schnauze auf dem Boden und einem Ausblick auf einen anderen Wald. Schmerz pulsierte in meiner Tatze und Blut sickerte um die stählernen Klauen, die in Fell und Fleisch verschwanden. In meinem Fell, meinem Fleisch. Die Falle, in die ich getappt war, hatte sich so tief eingegraben, dass ich mich nicht überwinden konnte, sie direkt anzusehen. Ich konnte nur meine Augen schließen und kläglich über die Wunde lecken.

Menschen waren mit ihren geschickten Fingern so klug, dass sie alles erfinden konnten. Und worauf richteten sie ihre

Bemühungen? Auf grausame Fallen, wie die, in die ich getappt war. Daumenschrauben. Eiserne Jungfrauen. Massenvernichtungswaffen.

Als Gestaltwandler konnte mich nicht vieles töten. Aber eine Falle könnte es schaffen, wenn auch langsam.

Ich hatte den Gedanken, mich in meine menschliche Form zu verwandeln, in Erwägung gezogen – und dann verworfen. Die Falle war stark genug, um meine Gliedmaßen komplett zu amputieren. Also lag ich in den feuchten Blättern, unter denen die Falle verborgen war, und hasste die Menschen mit jeder langsamen, quälenden Minute mehr. Hatte ich eine Stunde dort verbracht? Zwei? Zehn? Ich wusste es nicht. Jedes Mal, wenn das Blut um meine Wunde zu verkrusten begann, führte die kleinste hoffnungsvolle Bewegung dazu, dass die Falle sich tiefer bohrte und mein Fell mit einer frischen blutroten Schicht überzog.

Das Schlimmste war jedoch, als Schritte ertönten und ich mich drehte, um zu knurren. Das Geräusch verwandelte sich in ein qualvolles Heulen, als die Falle noch tiefer zuschnappte. Meine Sicht verschwamm und mein Herz füllte sich mit Wut und Frustration.

Ich hasste die Welt. Ich hasste die Menschen. Ich hasste es, hilflos zu sein.

Dann flüsterte eine Frau und meine Ohren zuckten.

Oh du armes Ding...

Das hätte mich noch wütender machen sollen, denn das Einzige, was ich noch mehr hasste als Grausamkeit, war Mitleid. Aber irgendwie machte sie mich nicht wütend. Wenn überhaupt, dann schlug mein Herz ein wenig langsamer und das Klingeln in meinen Ohren ließ nach.

Gott, ich könnte diese Fallensteller töten... hatte die Frau als Nächstes gesagt.

Genau was ich vorgehabt hatte – falls ich dieser Hölle jemals entkommen würde. Nicht dass ich irgendwelche Fortschritte gemacht hätte.

Die Frau schlich so leise um mich herum, dass ich mich fragte, ob sie eine Fee war. Zum einen war sie klein genug. Aber nein – sie war nur ein Mensch. Ein seltsamer Mensch in Knabenkleidung, mit abgewetzten Lederstiefeln und einem Dolch an der Hüfte. Lange, rote Haarsträhnen schauten aus ihrer Mütze hervor und leuchteten wie Feuer, wenn ein Sonnenstrahl darüber tanzte.

Nicht seltsam. Sie ist einzigartig, murmelte mein Bär. *Und so schön, auch wenn sie es zu verbergen versucht.*

Sie hatte sich gerade außerhalb meiner Reichweite vor mich hingehockt, um die Falle zu studieren. Ihr Duft erinnerte mich an Honig und Bienen – die, die die süßesten Blumen am Waldrand bestäubten.

Nicht gut, hatte sie gemurmelt.

Meine Situation war es nicht, aber sie war es. Gut, meine ich. Irgendwie konnte ich es spüren.

Was nur zeigte, wie wahnsinnig der Schmerz mich gemacht haben musste, denn es gab keine guten Menschen.

Vielleicht war sie wirklich eine Waldfee, denn sie überzeugte mich – und sich selbst – davon, dass es in Ordnung wäre, näher heranzutreten, ihren Dolch zwischen die Zähne der Falle zu schieben und zu versuchen, sie aufzuklappen.

Das wird wehtun, hatte sie geflüstert, *aber es wird dich befreien. Aber bitte, bitte töte mich nicht.*

Das tat ich nicht und ich bezweifle, dass ich es hätte tun können. Ich war zu sehr damit beschäftigt, mich im Todeskampf zu winden, während sie die Falle in einem quälend langen, langsamen Prozess aufhebelte. Schließlich sprang sie auf und richtete dabei genauso viel Schaden an wie auf dem Weg hinein. Aber ich war frei, wenn auch zitternd und keuchend. Als ich die Augen öffnete, war sie bereits weggesprungen.

Du bist frei, hatte sie traurig geflüstert. Ihr Ton deutete an, dass ich wahrscheinlich nicht überleben würde, aber zumindest hätte ich meine Würde behalten.

„Pass auf, Mann", brummte Alan und riss mich in die Gegenwart zurück.

Ich hatte ihm gerade einen Ast ins Gesicht schnippen lassen. Hoppla. Tut mir leid. Oder auch nicht?

Ich blinzelte die Bäume an, und dann den umliegenden Wald. Sherwood Forest im Winter, nicht dieser andere Ort im Frühling ein Jahrzehnt zuvor.

Ich krampfte meine Hand zusammen und lockerte sie wieder. Da ich ein Gestaltwandler war, waren meine Wunden so weit verheilt, dass ich sie immer noch einigermaßen bewegen konnte. Vielleicht nicht genug, um einen Löffel zu halten, aber genug, um den langen, dicken Stab zu schwingen, den ich als Waffe benutzte. Eine Waffe, die ich jetzt auf den Boden schlug, um die anderen Männer zu warnen, Abstand zu halten.

„John, Mann", schimpfte Alan. „Wie willst du das Robynne erklären?"

Ich zuckte mit den Schultern. Ich konnte es mir selbst kaum erklären. Wie sollte ich es dann Robynne erklären?

Als ich schließlich ins Lager stapfte, war ich nicht länger verwirrt, sondern frustriert. Ich hasste es, irgendjemandem etwas zu schulden, – ganz besonders einem Menschen. Jetzt hatte ich endlich eine Rechnung beglichen, die seit Jahren auf mir lastete. Warum war ich dann nicht erleichtert? Warum fühlte es sich nicht wie ein Abschluss an, sondern eher wie der Beginn eines ganz neuen Problems?

„Du wirst es nicht glauben, Robynne", rief Robert seiner Schwester zu.

Ich seufzte und war versucht, meine Sorgen in meinem Geheimvorrat an Honig zu ertränken. Aber selbst gebrautes Bier lag näher, also füllte ich den Zinnkrug, den wir uns teilten, trank ihn in einem Zug leer und stellte den Krug zurück auf das Fass.

Robynne – *die* Robynne des Hood-Ruhms, obwohl niemand außerhalb unserer kleinen Gruppe wusste, dass sie eine Frau war – hob nur eine Augenbraue, als Robert und die anderen ihr erzählten, was passiert war. Dann bellten die Hunde, als ein Hirsch ins Lager stürmte. Nein, Moment – ein Hund. Ein wirklich großer Hund.

„Nosewise!" Robert klopfte sich auf die Oberschenkel und rief seinen neuen Freund herbei.

Robynne brachte die bellenden Hunde zum Schweigen und betrachtete erst die Deutsche Dogge, dann ihren Bruder. „Du hast einem vornehmen Herrn oder einer Dame den Hund gestohlen?"

Robert unterbrach sein *Wer ist ein guter Junge*-Hundegeseusel lange genug, um ihr zu antworten. „Nein. Wir hielten die Beute des Jahres in den Händen und John Little-Gehirn hat sie uns durch die Lappen gehen lassen."

„Tatsächlich hat er sie ihnen direkt zurückgegeben", fügte Alan hinzu, der immer noch sauer war.

Der alte, zahnlose Christopher murmelte einen dieser kryptischen, pseudoweisen Kommentare, auf die er sich spezialisiert hatte. „Wie man so schön sagt: Reichtum kommt und geht wie eine Gans im Frühling."

Ich warf ihnen allen finstere Blicke zu, verschränkte dann die Arme und starrte abwartend auf unsere furchtlose Anführerin.

Ja, unsere furchtlose Anführerin, eine Frau. Ursprünglich hatten die Männer mich zu ihrem Anführer ernannt, aber das war, bevor Robynne aufgetaucht war. Innerhalb einer Woche hatten wir einstimmig beschlossen, dass sie die Leitung übernehmen sollte.

Warum? Aus demselben Grund, aus dem die Deutsche Dogge unter Robynnes festem Kommando still wie eine Statue saß. Robynne war die geborene Anführerin. Sie war klüger als wir alle – und gerechter. In manchen Dingen härter, in anderen weicher. Tödlich mit dem Schwert und geradezu mörderisch mit ihrem Bogen und jedem perfekt platzierten Pfeil. Unter Robynnes Führung hatte sich unser Lager von einem baufälligen Unterstand zu einer geordneten, bewohnbaren Siedlung entwickelt. Und wir Männer waren von mutwilligen Räubern zu Kreuzrittern mit einem höheren Ziel geworden.

Insgesamt betrachtet, war Robynne eine bessere Anführerin, als ich es je sein würde. Ich war Manns genug, um das zu erkennen – und ehrlich gesagt erleichtert, dass ich nur noch stellvertretender Anführer war. Ich mochte mein Leben simpel. Unkompliziert. Mit wenig Drama.

Deshalb sollte ich auch nicht so sehr auf die Rothaarige mit den auffallend grünen Augen aus der Kutsche fixiert sein. Als Frau und als Mensch war sie ein brodelndes Rezept für *Komplikation* und *Drama*.

Und trotzdem konnte ich nicht aufhören, an sie zu denken. Von ihr zu träumen. Ich blickte in die Richtung, in die sie verschwunden war, und fragte mich, ob ich meine Chance für immer vertan hatte.

Ich runzelte die Stirn und schnupperte in den Wind. Meine Chance, worauf?

Robynne schaute in dieselbe Richtung und neigte dann den Kopf. Alle wurden mucksmäuschenstill und warteten auf ihr Urteil. Selbst die Hunde schauten auf und sabberten in ehrfürchtigem Schweigen.

„Die Beute des Jahres, sagt ihr?" Robynne überlegte. „Nun, das ist das Schwierige an Schätzen. Herauszufinden, was es wert ist, zu behalten, und was man besser loslassen sollte."

Robert kratzte sich am Kopf und versuchte, eine verdeckte Bedeutung zu entschlüsseln. Er würde noch eine Weile rätseln, denn der ganze Verstand der Familie war an Robynne gegangen.

Die meisten Männer sahen genauso verwirrt aus wie Robert, aber niemand wagte es, zu sprechen. Was mich betrifft, so starrte ich Robynne an und fragte mich, ob sie etwas über mich und die Frau in der Kutsche wusste. Aber nein. Robynnes Blick schweifte in die Ferne und war fast wehmütig geworden.

Sie tat das manchmal. Als wäre ihr Körper im Sherwood Forest geblieben, aber ihr Herz war woanders. Ich konnte den Grund dafür erraten, obwohl ich es niemals jemandem verraten würde. Robynnes Geheimnisse gehörten ihr und man sollte sich damit, genau wie mit dem Rest von ihr, auf gar keinen Fall anlegen.

„Den wahren Schatz zu finden, ist der schwierige Teil", flüsterte sie leise. „Und es zu erkennen, bevor es zu spät ist."

Kapitel 3

WILLA

„Gott sei Dank, sind wir durchgekommen." Beverly bekreuzigte sich, als die Kutsche nach Nottingham rumpelte. „Gott sei Dank."

Ich schaute finster drein und verfluchte diesen Trottel im Wald immer noch. Was für ein Räuber lässt ein williges Opfer gehen?

„Dank dieses Schwachkopfs", murmelte ich. Als Beverly zu mir herüberschaute, sprach ich lauter. „Ich meine, Dank dieses Engels der Barmherzigkeit."

Die Hufschläge der Pferde wurden auf dem Holz der Zugbrücke zu einem gedämpften Klopfen, dann zu einem scharfen Klackern über Kopfsteinpflaster. Wir hatten Nottingham erreicht – mit Schatz, verdammt noch mal!

Zum hundertsten Mal verfluchte ich den ehrlichen Dieb, der sich geweigert hatte, uns auszurauben. Dieser Riese von einem Mann mit seinem unangebrachten Sinn für Ritterlichkeit und... und...

Ich war bereit, eine Reihe von Schimpfwörtern hinzuzufügen, aber meine Gedanken schweiften zu anderen Dingen ab, wie zu all seinen harten Muskeln. Der Bart, der so weich und geschmeidig aussah. Und vor allem diese warmen, ehrlichen Augen. Augen, von denen ich sicher war, dass ich sie schon einmal gesehen hatte. Aber wo? Und warum sehnte ich mich danach, sie wiederzusehen?

Trottel, Trottel, Trottel, erinnerte ich mich selbst.

Außerdem hatte er wahrscheinlich ein Nebenmotiv, wie meine Mutter mich stets vor Männern gewarnt hatte. Nachdem sie einmal verliebt, zweimal verwitwet und vom dritten und letzten Ehemann betrogen worden war, hatte sie meine Schwestern und mich mit einer klaren Haltung erzogen. Als Frauen mussten wir einfallsreich, schlagfertig und vor allem ungemein unabhängig sein. Wir durften nicht auf Männer zählen, uns zu verteidigen oder zu versorgen. Wenn ein Mann uns gut behandelte, war es am besten, misstrauisch zu sein. Denn Männer hatten Hintergedanken. Sex stand ganz oben auf der Liste, gefolgt von anderen Wünschen, wie zum Beispiel, tagein, tagaus von einer guten Köchin und einer praktischen Haushälterin bedient zu werden.

Der Trottel war sich bestimmt sicher, dass ich mich für diesen „Gefallen" revanchieren würde, wenn wir uns jemals wieder über den Weg liefen. Nun, ich wusste es besser, als auf einen solchen Trick hereinzufallen.

Die Kutsche fiel in den Schatten, als wir unter dem Stadttor hindurchfuhren. Sie kam wieder ans Tageslicht, als wir auf dem Marktplatz auftauchten. Der Kutscher brachte sein Gespann zum Stehen und Beverly murmelte zum hundertsten Mal, *Gott sei Dank.*

Die Kutsche war die beste, die unsere Herrin zu bieten hatte – ein Teil des Köders für diese dämlichen Diebe im Wald – und sie sorgte dafür, dass sich alle Köpfe drehten. Sogar der arme Kerl, der an den städtischen Pranger gefesselt war, schaute bei dem Aufruhr auf. Aber als Beverly ausstieg und anfing, über unsere Tortur zu schwafeln, sah niemand besonders beeindruckt aus.

„Fast wären wir ausgeraubt worden", wiederholte sie immer wieder.

Ein Mann zuckte mit den Schultern. „Das passiert jede Woche, Lady. Das Einzige, was Euch auszeichnet, ist, dass Ihr durchgekommen seid."

Auf meinem Platz in der Kutsche runzelte ich die Stirn. Die Sache war die, dass wir nicht *durchgekommen* waren. Man hatte uns *durchgelassen*. Aber warum?

„Wollt Ihr denn gar nichts unternehmen?", mahnte Beverly den Wachmann.

„Nun, da Ihr ja nicht wirklich ausgeraubt wurdet…", meinte der.

„Aber… Aber…", stotterte Beverly.

Ein weiterer Wachmann gähnte. „Wenn Ihr wollt, könnt Ihr es dem Sheriff melden." Er sagte zwar nicht, *Wahrscheinlich kümmert es ihn noch weniger als mich,* aber sein Gesichtsausdruck machte dies klar.

Beverly schnippte mit den Fingern. „Also gut, dann holt ihn."

Fast wäre ich aus der Kutsche gesprungen, um sie zum Schweigen zu bringen, aber es war zu spät. In den letzten zehn Jahren hatte sich der Sheriff von Nottingham durch Grausamkeit, Folter und Erpressung einen Namen gemacht. Schlimmer noch, er war ein Verbündeter dieses Thronräubers, Prinz John.

Ich warf einen Blick auf die Truhe zu meinen Füßen, während mir die Befehle meiner Herrin durch den Kopf schossen. *Dieser Schatz darf Nottingham nicht erreichen. Er darf auf keinen Fall in Prinz Johns Hände fallen.*

Aber verdammt. Hier war er nun in der Höhle des Löwen.

In meinem Kopf drehte sich alles. Ich könnte die Zügel ergreifen, zurück in den Wald galoppieren und die Gesetzlosen zwingen, den Schatz zu nehmen? Verlockend, aber ein wenig weit hergeholt.

Könnte ich ihn verstecken? Gute Idee, aber wir befanden uns umgeben von Wachen mitten auf einem offenen Platz. Nicht gerade viele Möglichkeiten, etwas zu verstecken.

„Welches Verbrechen soll ich dem Sheriff melden?", protestierte der zweite Wachmann.

„Nun, sie haben unseren Hund gestohlen", versuchte es Beverly.

Nicht wirklich, aber das Argument verschaffte mir etwas Zeit. Wenn es mir doch nur ein paar brillante Gehirnströme bescheren würde.

Mein Blick blieb an Beverly hängen – oder besser gesagt an dem Schmuck, der schwer an ihr hing. Unsere Herrin hatte darauf bestanden, dass Beverly mehrere atemberaubende

Stücke trug, die sie zu einem unwiderstehlichen Aushang für die Gesetzlosen von Sherwood Forest machten.

Wenn die Gesetzlosen, mit denen wir gerechnet hatten, doch nur nicht so dumm gewesen wären – oder so verdammt ehrlich.

Eine atemberaubende Halskette mit Saphiren und Rubinen schmückte Beverlys zierliche Gestalt und ein diamantbesetztes Diadem krönte ihre kunstvolle Frisur. Doch der Gegenstand, der am hellsten strahlte, als die Sonne zwischen den Wolken hervorblinzelte, war der schlichte Ring an ihrem Finger. Er blitzte nur einen Augenblick lang auf, aber ich stellte mir vor, wie er rief, *Verlass mich nicht!*

Dann verschwand die Sonne wieder hinter den Wolken und der Glanz verblasste wie bei einer Münze, die in einen tiefen, dunklen Brunnen fiel.

Ich blinzelte und verwarf die Ablenkung. Es war an der Zeit, meine Verluste zu begrenzen und zu retten, was ich konnte.

Schnell schloss ich die Vorhänge der Kutsche, öffnete die Truhe und wühlte mit den Fingern durch den Inhalt. Ich konnte nicht alles mitnehmen, aber die wertvollsten Gegenstände. Die Frage war nur, welche?

Die Offensichtlichen sind nicht immer die Wertvollsten, hatte meine Herrin gesagt, als sie die Truhe packte. *Oberflächlich betrachtet, wirken manche Stücke bescheidener, aber das sind oft die, die mit alter Magie verwunschen sind.*

Magie? Ich wühlte mich durch die Münzen, Ringe und Edelsteine. Damals wie heute war ich misstrauisch. Aber wer war ich, der Weisheit meiner Herrin zu misstrauen?

„Also gut, also gut. Wir werden den Sheriff holen", brummte eine der Wachen draußen.

Ich musterte die Schätze. Was sollte ich mitnehmen und was zurücklassen?

Eine offensichtliche Wahl war der Dolch ganz oben. Meine Herrin hatte behauptet, er wäre verwunschen. Aber ich wählte ihn vor allem wegen seiner dünnen, glitzernden Klinge. Bei den anderen war es schwieriger, mich zu entscheiden. Da die Zeit drängte, konnte ich nicht wählerisch sein, also entschied ich mich für das Praktische. Ich legte mir so viele Halsketten wie möglich an und steckte mir ein Dutzend Ringe an die Finger. Zur Not könnten sie auch als Schlagringe dienen.

„Willa", rief Beverly. „Komm jetzt. Wir müssen uns darauf vorbereiten, den Sheriff zu begrüßen."

Ein grausames Ungeheuer begrüßen? Nein, danke. Ich legte eine weitere Diamantenkette an, verstaute sie außer Sichtweite und schob dann ein goldenes Kreuz von der Größe einer Schaufel beiseite.

„Willa", drängte Beverly. „Er kommt. Beeil dich!"

„Mache ich doch", sagte ich wahrheitsgemäß, wenn auch aus einem ganz anderen Grund.

Ein Blick durch die Vorhänge zeigte einen großen, attraktiven Mann, der auf die Kutsche zuschritt. *Wirklich* groß und *wirklich* attraktiv, wie ein Ritter aus einer Legende. Die Leute gingen ihm aus dem Weg, obwohl er es nicht eilig zu haben schien. Er hielt sogar an, um den Korb aufzuheben, den eine Frau beim Jonglieren mit einer Tasche und einem Baby fallen gelassen hatte. Er reichte ihr den Korb mit einem höflichen Wort und zerzauste das Haar des Kindes, bevor er weiterging.

Offensichtlich gab es in Nottingham ein paar nette Seelen, die diesen schrecklichen Sheriff ausglichen.

Dann fiel mir die schwere Amtskette auf, die locker über seinen Schultern hing – das Zeichen des Sheriffs. Moment mal! *Das* war der Sheriff?

Nun, Männer konnten auf diese Weise trickreich sein. Meine Mutter hatte mir das alles beigebracht. Ich musste mich also beeilen.

Ich löste die Schnüre meines Mieders und stopfte so viele Sachen hinein, wie ich nur konnte. Was eine ganze Menge war, wenn man bedachte, wie klein ich war und wie weit sich das Kleid dehnen ließ. Schließlich warf ich einen Beutel mit Münzen und zwei Heilige Gral-Imitate in meine Tasche. So gern hätte ich auch das mit Juwelen besetzte Schwert mitgenommen, aber das wäre zu auffällig gewesen. Dann zog ich meinen Mantel über und öffnete die hintere Tür. Die meisten Wachen befanden sich mit Beverly auf der anderen Seite der Kutsche, aber ich war trotzdem im Blickfeld von zwei weiteren Männern. Ich trat auf den Boden hinunter und betete, dass die Münzen nicht klimperten.

Einer der Wächter beäugte mich. „Und wo wollt Ihr hin, Fräulein?"

Ich verzog das Gesicht und hielt mir den Bauch. „Krämpfe. Es ist die Zeit des Monats. Wo ist die nächste Latrine?"

Er schnitt eine Grimasse, als hätte ich von Hexerei und nicht von einem natürlichen monatlichen Ereignis gesprochen, und zeigte dann auf eine Gasse. „Dort unten."

Ich war schon drei Schritte entfernt, als er scharf rief: „Wartet!"

Es lief mir eiskalt den Rücken hinunter und ich drehte mich langsam um.

„Ja?"

Ich machte mich bereit, die Beute fallen zu lassen, meinen Dolch zu ziehen und mir den Weg freizukämpfen.

Er zeigte auf meine Tasche. „Was ist da drin?"

Ha. Jetzt hatte ich ihn. „Mädchensachen." Ich presste sie an meine Brust. „Ihr wisst schon, für die... "

Er winkte ab, bevor ich die blutigen Details erwähnen konnte. „Schon gut, schon gut. Geht. Aber seht zu, dass Ihr schnell zurückkommt. Der Sheriff könnte Euch befragen wollen."

Ich beschleunigte mein Tempo und hielt die Tasche dicht an meinem Körper fest. Ich ging so schnell, dass ich kaum Zeit hatte, einen Blick auf die Fahndungsplakate zu werfen.

Gesucht: Robin Hood, wegen zehnfachen Raubüberfalls...

Ich verdrehte die Augen. Wenn heute doch nur Nummer elf gewesen wäre...

Die Latrine befand sich ganz am Ende einer Gasse in einer Ecke der Stadtmauer, die grässlich stank. Ich ging um sie herum und bog um eine Ecke, wobei ich mich dafür verfluchte, zu viel mitgenommen zu haben. Mit so vielen klirrenden Schätzen konnte ich mich unmöglich schnell bewegen.

Benutze deinen Verstand, Willa, hörte ich meine Mutter praktisch sagen.

Ich schaute mich um, während ich lief. Auf halber Strecke die nächste Gasse hinunter duckte ich mich in einen Schuppen, der mit Spinnweben übersät war. Drinnen entledigte ich mich meiner Oberbekleidung und riss mir dann praktisch den Rüschenkragen und das Korsett vom Leib. Ich hüpfte auf einem Fuß und zog mir stattdessen die Kleider aus meiner Tasche an. Meine normale Kleidung, Gott sei Dank. Die skandalöse, denn welche Frau trug schon Hosen und eine Ziegenhirtenjacke?

Wenn jemand angehalten hätte, um mich zu fragen, hätte ich ihm meine übliche Antwort gegeben: *Das ist meine Jacke und ich trage, was ich will, verdammt noch mal.*

Ich hatte das Glück, so aufgewachsen zu sein. Meine Mutter war zu sehr damit beschäftigt gewesen, sich aus der Mittellosigkeit zu einem profitablen Wollhandel hochzuarbeiten, als dass sie zu viel Aufhebens um ihre burschikose Tochter gemacht hätte. Und so blieben meine Kleidung und meine Attitüde weitgehend unbehelligt.

So ist Willa eben, seufzte meine Mutter bei den Mahnungen der Nachbarn. *Man kann sie genauso wenig zähmen wie ein Reh in der Wildnis.*

Ein weiterer Pluspunkt war, dass meine Mutter darauf bestanden hatte, dass ihre Töchter lernten, sich selbst zu verteidigen. Wir hatten eine Reihe von Lehrern gehabt – in der Regel Männer, die ihr Geld schuldeten. Im Allgemeinen hielt meine Mutter nichts vom Borgen oder Verleihen, aber sie machte strategische Ausnahmen für lokale Händler, deren Schulden sich auf andere Weise auszahlen konnten. Ich hatte von einem eisernen Ritter, einem Fassbinder, der einst als Bogenschütze gedient hatte, und einem Schmied mit einer Vorliebe für Streitäxte gelernt. So hatte ich das Kämpfen mit einer Vielzahl von Waffen erlernt – und notfalls auch mit meinen bloßen Händen.

Aber ich konnte es nicht mit jeder Wache in Nottingham aufnehmen, also musste ich mir für mein unmittelbares Problem eine andere Lösung einfallen lassen. Das bedeutete, die Beute in meinem Kleid zu bündeln und dann in die Dachbalken zu klettern. Ich balancierte unsicher und verkeilte das Bündel in einer schummrigen Ecke. Das musste reichen, bis ich zurückkommen konnte, um es zu holen – zusammen mit dem Rest des Schatzes, so Gott wollte.

In der Ferne ertönten Rufe, die mich zur Eile antrieben. Offenbar hatte man meine Abwesenheit bemerkt.

„Wo ist sie hin?", brüllte jemand.

„Sie hat sich mit einem Teil des Schatzes davongemacht", rief ein anderer Mann.

Schnell verließ ich den Raum. Die Stimmen erklangen hinter einer Ecke, aber sie kamen schnell näher.

„Beeilt euch! Sie kann nicht weit gekommen sein."

Ich verdrehte die Augen. Wenn das der korpulente Wachmann war, mit dem ich gesprochen hatte, konnte ich die doppelte Strecke zurücklegen, zu der er fähig war, und das doppelt so schnell.

„Wir suchen nach einer Dame. Grünes Kleid, rote Haare. Sehr, sehr rote Haare", rief jemand.

Ich rannte los, schob mein Haar unter eine Mütze und hängte mir den Dolch locker an die Taille. Erst an der nächsten Ecke und in Sichtweite des Westtors, wurde ich langsamer. Wenn ich mich ein wenig duckte und meine Tasche über der Schulter trug, konnte ich als Mann – oder zumindest als Junge – durchgehen.

Das tat ich auch, als ich mich in die Reihe der Menschen einreihte, die in die Stadt hinein und aus ihr heraus wollten. Die Wachen waren zu sehr damit beschäftigt, sich die Hände an einem Feuer zu wärmen, als mich eines zweiten Blickes zu würdigen. Minuten später befand ich mich außerhalb der Stadtmauern.

Ich bemühte mich, während der ersten halben Meile ein lockeres Tempo beizubehalten. Dann, nach einem kurzen Rundumblick, schlug ich den Weg über die abgestorbenen, frostigen Felder ein und lief direkt auf den Sherwood Forest zu. Eine Meile später bückte ich mich, um die sprudelnde Oberfläche des Flusses zu berühren, der die Grenze zwischen der gezähmten und der wilden Welt bildete. Hinter mir lagen Bauernhöfe, Felder und Hecken. Vor mir lag ein tiefer, dunkler Wald – das Reich der Wölfe, Bären und Gesetzlosen.

Vor ein paar Jahren wäre ich vielleicht nur des Abenteuers wegen hineingestürmt. Jetzt wusste ich es besser.

Ich schaute zurück nach Nottingham. Wenn alles nach Plan verlaufen wäre, wäre ich jetzt sicher in der Stadt, wo niemand meine Geschichte über den Raub anzweifeln würde. Der Schatz meiner Herrin wäre sicher vor Prinz John versteckt und mein Auftrag wäre erfüllt.

Stattdessen befand sich der Schatz in feindlichen Händen und ich brauchte etwas, was ich hasste: Hilfe.

Ich spähte in den Wald. Meine Herrin hatte darauf bestanden, dass der Schatz zu den Gesetzlosen im Sherwood Forest gelangen sollte, also würde ich dort anfangen müssen.

Die Frage war nur, ob ich diese dummen Gesetzlosen zur Vernunft bringen konnte oder ob ich dabei sterben würde. Was, wenn es mehr als eine Bande von Gesetzlosen gab? Vielleicht eine klügere?

Ich konnte es nur hoffen.

Wie dem auch sei, die Antwort lag im Wald.

Ich sprang von Felsbrocken zu Felsbrocken, um den Fluss zu überqueren, dann holte ich tief Luft und betrat die düstere, gefährliche Welt des Sherwood Forest.

Kapitel 4

JOHN

Stunden nach dem *Nicht-Raubüberfall*, wie Robert ihn bitter nannte, machte ich mich auf, um verärgert durch den Wald zu stapfen. Allein, denn die Hälfte der Jungs war immer noch wütend/frustriert/ungläubig und die andere Hälfte trieb mich in den Wahnsinn, indem sie fröhlich so tat, als sei nichts passiert. Robynne machte der Schatz nichts aus, aber sie hatte mich mit ihren durchdringenden *Ich versuche dich zu verstehen*-Blicken bedrängt, denen ich unbedingt ausweichen wollte.

Also ging ich los, stapfte wie ein ahnungsloser Mensch durch das Unterholz – oder ein griesgrämiger Bär – und versuchte, mir die feurige Rothaarige mit den smaragdgrünen Augen aus dem Kopf zu schlagen.

Doch wohin ich auch ging, sie blieb bei mir.

Ich stöhnte und kratzte mit dem Fuß über den Boden. Welches Recht hatte sie, sich so hartnäckig an meine Gedanken zu klammern?

Hartnäckig... murmelte mein Bär anerkennend.

Ich versuchte, mich auf Beeren zu konzentrieren... Honig... Nüsse... Irgendetwas, um mich abzulenken.

Selbst dann verfolgte sie meine Gedanken. Ich sah sie in der fernen Vergangenheit, wie sie meinem erbärmlichen, gefangenen Bären leise etwas zuflüsterte. Ich sah sie in einer Vision von jenem Morgen mit strahlenden Augen und geröteten Wangen. Ich sah uns beide in einem leidenschaftlichen Kuss, den ich nicht einordnen konnte. Ein Kuss, den es nicht gegeben hatte...

Noch nicht, murmelte mein Bär verträumt.

Ich stapfte tiefer in den Wald. Über mir heulte eine Eule und blinzelte mit untertassengroßen Augen. Ein Reh erstarrte und hüpfte davon. Auch kleinere Waldbewohner huschten weg, als ich mich näherte – Waldmäuse, Eichhörnchen und Baummarder, die im tiefen Winter nach Nahrung suchten. Jeder von ihnen hätte genauso gut murmeln können, *Was zum Teufel ist dir widerfahren, um deinen Tag zu verderben?*

Sie ist mir widerfahren, knurrte ich.

Je weiter ich ging, desto schlimmer wurde es.

Nehmt sie, ich bestehe darauf, hatte sie an jenem Morgen in der Kutsche gesagt.

Mein Bär leckte sich über die Lippen und gab den Worten eine ganz neue Wendung.

Und *zack!* Meine Fantasie ging mit mir durch. Ich änderte den Schauplatz in ein Schlafzimmer mit Kerzenschein und veränderte die Worte so, dass daraus *Nehmt mich* wurde.

Meine Leisten schmerzten bei der Vorstellung von rotem Haar, das über ein Kissen gefächert war und grünen Augen, die mich anfunkelten, sehnsüchtig – auf eine gute Art. Schnelle, fähige Hände, die mich berührten...

Du bist doch ein Räuber, nicht wahr? Dann raube mich endlich aus.

Ich stöhnte auf. Vielleicht hatte ich ein wenig zu viel Zeit allein im Wald verbracht.

Vielleicht hatten die Jungs recht damit, ein paar weibliche Gestaltwandler zu finden, mit denen man das Lager teilen konnte. Idealerweise sexsüchtige, beziehungsscheue Weibchen – falls so etwas überhaupt möglich war.

Als ich das Geräusch von rauschendem Wasser hörte, beschleunigte ich mein Tempo. Das war es, was ich brauchte – etwas Zeit auf meinem Lieblingsfelsen neben dem gurgelnden Bach, der fröhlich im Zickzack durch den Wald plätscherte.

Das Ufer war felsig genug, um eine Lichtung zu schaffen, und als ich hinaustrat, seufzte ich fast vor Erleichterung. Für einen Moment war die Frau verschwunden und an ihre Stelle trat die einfache Freude über den Sonnenschein auf meinem Gesicht. Nach mehreren grauen, tristen Tagen war dies genau, was ich brauchte. Ich setzte mich auf einen Felsen, schloss die Augen und lauschte dem Gurgeln des Wassers.

Ich war gerade in einen entspannten Zustand geglitten – langsame Atemzüge, Bilder von Preiselbeeren und Honig in meinen Gedanken –, als ein Vogel aus einem nahen Baum schoss. Ich riss die Augen auf und griff nach meinem Kampfstab. Etwas – oder jemand – näherte sich.

Ein Mensch, wie ich erkannte. Großartig. Noch ein ungebetener Besucher in meinem Wald.

Aber im Gegensatz zu der lärmenden Kutsche von zuvor war diese Person zu Fuß unterwegs und sehr, sehr verstohlen. Entweder handelte es sich um einen unglaublich geschickten Waldarbeiter oder ich hatte mein Gespür verloren. Normalerweise konnten meine scharfen Bärensinne jemanden, der sich in hundert Klaftern Entfernung näherte, wahrnehmen. Dieser Mann war nicht weiter als zwanzig oder dreißig Schritte entfernt.

Oder besser gesagt, dieser junge Bursche, seiner kleinen Größe nach zu urteilen. Das ärgerte mich nur noch mehr.

Ich stand auf und hielt meinen Stab fest umklammert. Ein Eindringling war ein Eindringling und ich würde ihn zum Teufel jagen. Der Schritt des Jungen stockte, als er mich bemerkte, aber er blieb nicht stehen, bis er mir auf der anderen Seite des Baches gegenüberstand. Dort stellte er sich breitbeinig auf und wartete.

Ich runzelte die Stirn. Hatte er keine Ahnung, wie die Dinge im Wald abliefen? Ich schnupperte nach seinem Geruch in der Luft, aber die Brise kam aus der falschen Richtung.

„Dein Name, Junge.“ Meine Stimme dröhnte über das Geräusch des rauschenden Wassers hinweg.

Seine war ein Quietschen. „Will Scarlett. Und deiner?“

Gott, seine Stimme war noch nicht einmal gebrochen. Was hatte dieses Kind im Wald zu suchen?

„John Little“, bellte ich. „Wonach genau suchst du hier?“

„Ich will keinen Ärger. Ich will nur meines Weges gehen.“

„Nun, dein Weg führt nicht durch Sherwood Forest.“ Ich ließ meinen Stab sinken und gab ihm eine letzte Chance, den Schwanz einzuziehen und zu fliehen.

„Doch, das tut er. Lass dich von mir nicht stören." Mit diesen Worten bewegte er sich auf die großen, flachen Trittsteine zu, um den Bach zu überqueren.

Ich drehte meinen Stab seitlich und knurrte. „Nein, du überquerst ihn nicht."

Er schaute auf und mein Blick fiel auf seine dünnen, fast weiblichen Züge. Dann zog er seine Kapuze tiefer und machte eine ungeduldige Geste. „Gut, gehe du zuerst."

Ich drückte die Schultern durch und wartete. Dann runzelte ich die Stirn und fragte: „Willst du mich nicht herausfordern?"

„Um das Recht, den Fluss zuerst zu überqueren? Gott, nein. Gehe du ruhig. Aber mach schnell. Es ist zu kalt, um zu trödeln."

Ich runzelte die Stirn. Offenbar war dieser Junge zu jung, um die Regeln zu kennen. Okay, diese Regeln waren unausgesprochen, aber jedermann wusste, dass es von entscheidender Bedeutung war, vom ersten Moment einer Begegnung an Dominanz zu zeigen. Und bei einer Begegnung wie dieser sollten beide Parteien einander anstarren und eine Schau abziehen, indem sie langsam ihre Waffen zogen und dann die Klingen ihrer Schwerter oder die Befiederung ihrer Pfeile prüften, um noch größeren Eindruck zu machen.

Aber dieser Kerl tat beides nicht. Er gestikulierte einfach ungeduldig. „Na los, mach schon. Überquere ihn." Als ich mich nicht bewegte, riss er die Hände hoch. „Mach dich doch nicht lächerlich."

Mein Stirnrunzeln vertiefte sich. Ich war nicht lächerlich. Dies war eine altehrwürdige Methode, um die männliche Hierarchie zu etablieren. Und ich stand immer, immer an der Spitze der Pyramide.

Vielleicht weiß er das nicht, sagte mein Bär. *Vielleicht ist er nicht von hier.*

Nun, so viel war offensichtlich. Ich versuchte es anders. „Es gibt eine Steuer für das Überqueren und du musst sie bezahlen."

Er verdrehte die Augen. „Im Wald gibt es keine verdammte Steuer. Es gibt keine Regeln. Das ist der Sinn und Zweck, wenn man gesetzloses Land betritt."

Ein gutes Argument, auch wenn ich es nicht zugeben wollte.

„Bezahle, Gauner, oder ich jage dich bis nach Nottingham zurück.“

Als er lachte – *lachte!* –, brach seine Stimme. „Ich habe kein Geld.“

Meine Wut nahm zu. Geld war nicht das Problem. Es ging um Respekt und es war an der Zeit, dass er ihn zeigte.

Ich sprang auf den ersten der Trittsteine und schwang meinen Stab. „Du kannst hierherkommen und dir die Prügel abholen, um die du gebettelt hast, Junge. Oder du kannst vernünftig werden und dorthin zurücklaufen, wo du hergekommen bist.“

Als er die Hände an die Hüfte stemmte, musste ich fast lachen, denn das ließ ihn *wirklich* weiblich erscheinen.

„Das ist lächerlich“, beschwerte er sich. „Du würdest mich im Nu besiegen.“

Ich ließ ein zahniges Grinsen und einen Hauch der Bestie in mir aufblitzen. „Eigentlich hatte ich vor, es in die Länge zu ziehen, nur so zum Spaß.“

Anstatt zusammenzuzucken, wurde der Junge nur noch frecher.

„Du hast also Spaß daran, jemanden zu verprügeln, der halb so groß ist wie du? Das ist wohl kaum fair.“

„Das Leben ist nicht fair, Junge. Aber ich werde Gnade walten lassen und mit dir auf dem Baumstamm kämpfen, wenn du das vorziehst.“ Ich deutete nach rechts, wo ein Baumstamm eine Brücke über einen tieferen Abschnitt des Wassers bildete.

Er überlegte einen Moment, dann griff er nach seinem Dolch.

Ich schüttelte den Kopf. „Mein Wald, meine Wahl der Waffe. Wir kämpfen mit Kampfstäben.“

Noch ein Augenrollen. Dieser Junge erinnerte mich an meine Schwester.

„Was, wenn ich keinen habe?“

Ich grinste, denn ich hatte eine Antwort darauf. „Dann mache ich dir einen. Warte hier.“

Als ich zum Flussufer zurücksprang, hob sich meine Stimmung zum ersten Mal seit Stunden. Endlich hatte ich mir diese höllische Frau aus dem Kopf geschlagen – und eine amüsante kleine Herausforderung gefunden.

„Du machst Witze", murmelte der Junge, als ich einen geeigneten Ast fand und mit dem Schnitzen begann. „Du würdest lieber einen Stab basteln und gegen mich kämpfen, als mich den Fluss überqueren zu lassen?"

Nein, ich machte keine Witze. Nicht dass ich ihn mit einer Antwort beehrt hätte.

Das Gebüsch auf meiner Seite des Baches raschelte und Robynne tauchte auf. „Was ist hier los?"

Ich winkte ungeduldig. „Will Scarlett hier denkt, der Sherwood Forest sei sein Spielplatz. Ich wollte ihm gerade eine Lektion erteilen."

Robynne musterte den Eindringling und neigte dann den Kopf. „Will Scarlett, sagst du?"

Sie legte die ganze Betonung auf den Vornamen, so als dachte sie, dass es etwas anderes sein sollte. Dann ließ sie ein verschmitztes Lächeln aufblitzen und murmelte: „Interessant. Sehr interessant."

Ich schnaufte. Der Junge war nicht interessant. Er war nervig – fast genauso nervig wie die Rothaarige in der Kutsche.

„Und was genau suchst du im Sherwood Forest, Will?", rief Robynne.

Ärger, hätte ich fast gemault.

Der Junge ließ einen Moment verstreichen, bevor er antwortete: „Ich suche nach Robin Hood."

Robynne konnte ihre Belustigung kaum verbergen. „Und was willst du von Robin Hood?"

„Das werde ich ihm sagen, wenn ich ihn finde", erwiderte der Junge. Ich warf Robynne einen säuerlichen Blick zu, als ich in ihre Gedanken sprach. *Siehst du? Er ist unverschämt. Lästig. Respektlos.*

Ein Lächeln umspielte Robynnes Lippen, aber sie ignorierte mich.

„Also, der Plan ist...?", fragte sie den Jungen.

„Sich das Recht zu verdienen, den Wald zu betreten, indem er gegen mich kämpft", warf ich ein.

Der Junge seufzte. „Auf einem Baumstamm. Mit Kampfstäben. So logisch."

Robynne gluckste. „Nun, ich würde es hassen, ein so wichtiges, männliches Ritual zu unterbrechen. Ich werde einfach von hier aus zusehen."

Damit ließ sie sich auf einen sonnigen Felsen plumpsen und sah dabei so amüsiert aus, wie ich unsere furchtlose Anführerin noch nie gesehen hatte.

Ich winkte Will zum Baumstamm und warf ihm meinen Stab zu. Den neuen behielt ich.

„Schau. Ich gebe dir sogar die bessere Waffe."

„So ein Gentleman", murmelte er.

„Komm schon." Ich trat auf den Baumstamm hinaus.

Kaum hatte ich es getan, kamen mir Zweifel. Der Stamm war nicht so breit, wie er aussah – und er war rutschig. Ich würde es kurz und schmerzlos machen müssen.

Der Junge blickte auf das rauschende Wasser hinunter. „Ich hoffe, du kannst schwimmen."

Das konnte ich nicht, aber das brauchte er nicht zu wissen. Außerdem wäre ich nicht derjenige, der fiel.

„Komm einfach rauf", erwiderte ich schnippisch.

„Das muss ich sehen", gluckste Robynne hinter mir.

Der Junge machte einen ersten zaghaften Schritt auf dem Stamm. Ja, zaghaft. Hätte ich keinen so beschissenen Morgen gehabt, hätte ich ihm vielleicht beigebracht, wie man seinem Gegner Angst einflößte.

Ich hielt meinen Stab in beiden Händen und trat vor, um die breiteste Stelle des Baumstamms zu erreichen, bevor er es tat. Dann winkte ich meinen Stab erst zur einen, dann zur anderen Seite, um ihn zu verwirren. Ich schoss mit der oberen Hand nach vorn und schlug meinen Stab gegen seinen.

Es war nur ein Testschlag, aber der Junge taumelte. Ich grinste. In ein paar Sekunden wäre das alles vorbei.

Dann startete ich meinen eigentlichen Angriff, eine Folge von sechs Schlägen. Theoretisch sechs Schläge, sollte das heißen. Die meisten Männer schafften es nicht über den zweiten Schlag hinaus, und keiner hatte jemals mehr als vier überstanden. Der Stabkampf war eine unterschätzte Kunstform und so kam ich selten in den Genuss eines guten Kampfes.

Aber irgendwie schaffte es Will, bis zum sechsten Schlag auszuweichen, oder die Schläge umzulenken. Dann stand er da, keuchend, und wartete auf meinen nächsten Angriff.

Ich blinzelte. Nächster Angriff? Wie war das möglich?

Robynne gluckste in meinem Kopf. *John Little, du hast deinen Gegenspieler gefunden.*

Ich knurrte. Dieser kleine Winzling war kein Gegner für mich. Er war den meisten meiner Schläge einfach nur ausgewichen. Ich würde ihn im Handumdrehen vom Baumstamm stoßen.

Ich schlug in einer anderen Sequenz zu – eine von nur vier Schlägen, jeder davon jedoch brutal effektiv.

Der Triumph überkam mich, als der zweite Schlag ihn aus dem Gleichgewicht brachte und der Dritte ihn erledigte. In einem Moment fuchtelte er noch mit den Armen herum und versuchte verzweifelt, eine aussichtslose Situation zu retten, und im nächsten fiel er wie ein Stein um.

„Ha!", jubelte ich, als ich ihn stürzen sah.

Zumindest fing ich damit an. Aber das kleine Wiesel packte meinen Stab und einen Moment später fiel auch ich. Und fiel… und fiel…

Platsch! Kurz bevor ich auf dem Wasser aufschlug, hörte ich Robynnes schallendes Gelächter. Dann ging ich unter und keuchte, als eiskaltes Wasser in meine Ohren, meine Nase und meinen Mund strömte. Da ich nicht mehr wusste, wo oben war, stieß ich mit Will zusammen und unsere Arme und Beine verhedderten sich.

Im Stabkampf war ich ein Champion. Im Schwimmen… nicht so sehr. In Wahrheit mied ich tiefes Wasser – definiert als alles, was tiefer als meine Schienbeine oder besser noch meine Knöchel war.

Und doch war ich in eisigem, wirbelndem Wasser völlig untergetaucht.

Will stieß mich weg, als wäre der Sturz meine Schuld. Als wir um die Wette zur Oberfläche kämpften, berührte meine Hand etwas Weiches und Rundes. Etwas, das keinen Sinn ergab. Aber alles, woran ich in diesem Moment denken konnte, war mein Überleben.

Als ich es endlich an die Oberfläche schaffte, wurden die unheimlichen Unterwassergeräusche durch das Glucksen meines Gegners ersetzt, was mich wirklich ärgerte. Dann ging ich ein zweites Mal unter. Sturzbäche wirbelten mich herum und ich verhedderte mich in meinem Mantel. Nach und nach zog meine durchnässte Kleidung mich tiefer. Inzwischen hatte die Kälte mein Herz fast zum Stillstand gebracht und ich wurde immer schwächer.

Ich verfluchte die Tiefe... die starke Strömung... und vor allem mich selbst.

Als sich der Stoff um meinen Hals zusammenzog, dachte ich, mein Mantel hätte sich um etwas verwickelt und dies wäre mein Ende. Aber ich wurde mit einem Ruck nach oben gezogen und durchbrach einen Moment später die Oberfläche.

Jemand schrie mir ins Ohr, aber ich konnte es vor lauter Husten und Keuchen nicht hören. Wer auch immer es war – Will? – verdrehte sein Handgelenk und hielt mich fest im Griff.

Gott, wie ich es hasste, so hilflos zu sein.

Schließlich verstand ich, was er murmelte.

„Du kannst nicht schwimmen?"

War das nicht offensichtlich?

„Welcher Trottel lässt sich auf einen Kampf über einem Gewässer ein, wenn er nicht schwimmen kann – im Winter?", beschwerte er sich.

Ich, nahm ich an.

„Oh, um Himmels willen...", murmelte er verbittert, als wäre er derjenige, der fast ertrunken wäre.

Dann traf es mich wie der Schlag. Diese hohe Stimme. Der Körper, mit dem ich zusammengestoßen war...

Meine Nase und Mund reichten kaum über die Wasseroberfläche, aber ich drehte mich um, um meinen Gegner anzustarren. Das Wasser hatte seine Mütze weggespült und langes, rotes Haar und eine schlanke Figur offenbart.

„Du bist eine Frau?", stotterte ich.

„Und du bist ein Trottel", murmelte sie.

Fast wäre ich ein drittes Mal untergetaucht, aber sie zerrte mich hoch. „Oh nein, das tust du nicht.“

Als hätte ich es absichtlich gemacht oder so.

„Ich ziehe dich raus“, fuhr sie in demselben genervten Tonfall fort. „Hör endlich auf, zu zappeln!“

„Ich schwimme“, sagte ich zwischen wässrigen Hustenanfällen.

„Du zappelst und es hilft nicht.“

„Ich brauche keine Hilfe!“

„Gut. Dann schwimme allein.“

Ich tat mein Bestes, aber es gelang mir nur, das eiskalte Wasser zu bewegen, nicht aber meinen Körper.

„Ich sagte schwimmen, nicht spritzen“, beschwerte sie sich. „Einfach ausstrecken und paddeln. Genau so.“ Sie demonstrierte es mit einer geschmeidigen, mühelosen Bewegung – als hätte mein in Panik geratener Verstand Raum, irgendetwas zu verarbeiten.

Ich ging zum dritten Mal unter. Das letzte Mal? Meine Kleidung zog mich nach unten und Eis verstopfte meinen Blutkreislauf.

Dann zog sich mein Kragen erneut zusammen und ich war zurück an der Oberfläche, wo die Frau immer noch schimpfte.

„… du nutzloser Trottel.“ Ich hatte den ersten Teil ihrer Tirade verpasst, aber ich verstand das Wesentliche. „Halte einfach still. Wir sind fast da.“

Wir waren nicht fast da. Wir waren meilenweit vom Ufer entfernt.

Okay, okay – der Bach war nur ein paar Klafter breit, aber es hätten genauso gut Meilen sein können.

Sie war wütend und verbittert, aber sie zog mich hartnäckig hinter sich her. Kurze Zeit später schlug meine Hand gegen das Ufer. Schließlich kam ich – schwach – auf die Beine und starrte sie an.

„Du bist eine Frau.“

Sie rollte mit den Augen. „Das ist ein Geschlecht, keine Krankheit.“

Irgendwo oben am Flussufer gluckste Robynne.

„Du hast Will gesagt“, knurrte ich durch klappernde Zähne.

Sie zuckte mit den Schultern. „Ich heiße Willa. Ist das ähnlich genug?"

Es folgte ein langes, tropfnasses Anstarren, bei dem Willa sich weigerte, zurückzuweichen. Ich tat es auch nicht, vor allem, weil ich bei jeder Bewegung Gefahr lief, wieder ins Wasser zu fallen.

„Brauchst du Hilfe?" Robynne grinste mich von der steilen Böschung aus an.

Willa runzelte die Stirn. „Oh, er braucht keine Hilfe. Sieht man das nicht?"

Ich ignorierte sie beide, dankbar, dass die anderen Jungs nicht da waren. Das könnte ich mir sonst für immer anhören.

Mit Robynne, die zog, und Willa, die mich schob – ganz und gar nicht sanft, wie ich anmerken möchte –, schaffte ich es auf die Böschung und blieb wie ein sterbender Fisch liegen. Willa sprang von einem Fuß auf den anderen und versuchte, sich aufzuwärmen. Ich verfluchte sie für ein Dutzend Dinge, unter anderem für das Ausnutzen eines Höhenvorteils.

Vorübergehender Höhenvorteil, erinnerte ich mich.

Mein Bär brummte verträumt. *Sie ist wunderschön. Wie eine Meerjungfrau.*

Eine ruppige Meerjungfrau, murmelte ich zurück.

Mein Bär schüttelte den Kopf. *Wunderschön. Einzigartig.*

Okay, das Tier hatte nicht ganz unrecht. Mit ihren langen Haaren und den Wassertropfen, die langsam über ihr Gesicht liefen, sah sie genauso aus. Ihre nasse Kleidung klebte an ihr und offenbarte ihre weiblichen Kurven. Ihre grünen Augen leuchteten und waren selbstbewusst wie die eines Wesens, das seine Wasserwelt beherrschte...

Ja, das Bild der Meerjungfrau passte – bis sie ihren Mantel in beide Hände nahm und ihn über meinem Kopf auswrang.

Ich fror bereits, aber ich schwöre, diese Tropfen kamen direkt aus der Arktis. Ich schloss die Augen und betete, dass Robynne meinem Elend ein Ende bereiten und diese unerwünschte Frau aus unserem Revier vertreiben möge. Weder Menschen noch Meerjungfrauen hatten etwas in unserem Wald zu suchen.

Aber einen Moment später stöhnte ich auf, denn Robynne sagte...

„Schön, dich kennenzulernen, Willa. Du sagtest, du suchst nach Robin Hood?"

Wieder ein vorsichtiges Nicken.

Robynne grinste und lieferte die Pointe. „Nun, du hast mich gefunden. Ich bin Robynne. Robynne Hood."

Ich schöpfte ein wenig Genugtuung aus dem verblüfften Schweigen, das darauf folgte.

„Schön, dich kennenzulernen", quietschte Willa schließlich.

Robynne gab Willa einen respektvollen Klaps auf die Schulter.

„Willkommen im Sherwood Forest." Dann neigte sie den Kopf. „Lass mich raten. Du bist die Frau aus der Kutsche heute Morgen."

Willa nickte misstrauisch.

„Und jetzt bist du zurück", sinnierte Robynne.

Hmm. Ein verdammt gutes Argument. Was zum Teufel wollte diese Frau? Oder war ihr Zweck auf Erden nur, mich zu quälen?

Willa nickte erneut zurückhaltend.

„Interessant. Sehr interessant", murmelte Robynne.

Es war nicht interessant. Es war höllisch verdächtig. Aber ich war zu sehr damit beschäftigt, Wasser zu husten, um darauf hinzuweisen.

Robynnes Augen funkelten und sie ließ ein schelmisches Lächeln aufblitzen. „Nun dann, Willa. Darf ich dich in unser Lager einladen?"

Ich stöhnte auf. Das konnte doch nicht wahr sein.

Willa warf mir noch einen Blick zu. „Was ist mit ihm?"

Ihre Worte enthielten keinen Funken Wärme, aber anscheinend fühlte sie sich jetzt, da sie mir das Leben gerettet hatte – zum zweiten Mal, verdammt –, für mich verantwortlich.

Großartig. Einfach großartig.

„Es geht dir doch gut, nicht wahr, John?", rief Robynne fröhlich.

„Bestens", knurrte ich.

Innerlich verfluchte ich das Schicksal dafür, dass es mir an diesem Morgen erlaubt hatte, meine Schuld bei Willa zu begleichen. Nur um den Spieß dann wieder umzudrehen, so dass ich erneut in ihrer Schuld stand.

„Siehst du? Es geht ihm gut", sagte Robynne unbekümmert. Dann senkte sie ihre Stimme in diesem verschwörerischen Ton, den Frauen mit anderen ihres Stammes pflegten. „Aber du und ich müssen uns unterhalten."

Kapitel 5

WILLA

Die folgende Stunde war die kälteste – und unwirklichste – meines Lebens. Ich folgte Robynne Hood, der Master-Gesetzlosen, durch den Sherwood Forest. *Die* Robynne Hood – eine lebende Legende, deren Ruf sich wie ein Lauffeuer verbreitet hatte, obwohl die Fakten auf dem Weg verdreht worden waren. Zum Beispiel die Tatsache, dass sie eine Frau war.

„Typisch", murmelte ich. „Frauen bekommen nie die Anerkennung, die sie verdienen."

„Stimmt", pflichtete Robynne mir bei, die ein paar Schritte vor mir herging. „Aber das kann manchmal auch ganz nützlich sein."

Das nahm ich an, obwohl es mich trotzdem schmerzte.

Sie hatte mir ihren Mantel geliehen und ich zog ihn eng um meinen Körper, um mich von der Kälte abzulenken.

„Wer ist Robert?", fragte ich, während ich versuchte, mir einen Reim auf das Ganze zu machen.

„Mein Bruder." Robynnes Seufzer zeichnete ein detailliertes Bild eines törichten jüngeren Bruders, den sie stets vor seinen eigenen Dummheiten bewahren musste. Dann drehte sie sich wieder um und rief: „John? Bist du noch bei uns?"

Ein Brummen war seine einzige Antwort.

Der große, nasse, mürrische Mann hatte Abstand gehalten, seit wir den Bach hinter uns gelassen hatten. Ich ignorierte ihn geflissentlich. Zumindest versuchte ich es. Aber jemand, der so groß – und so rätselhaft – war, verlangte nach einem großen Teil meines Geistes.

Woher hatte er diese Narben? Warum hatte ich das Gefühl, ihn zu kennen? Und würde sich sein Bart als so weich erweisen, wie er aussah, wenn ich mich an ihn schmiegte?

Ich schüttelte mich und konzentrierte mich stattdessen auf den Wald. Ich hatte es schon vor einer Weile aufgegeben, mir den Weg einzuprägen – der Pfad schlängelte sich zu sehr und hatte zu viele Abzweigungen, als dass ich es mir hätte merken können, so dass ich Robynne jetzt wirklich ausgeliefert war. Trotzdem spürte ich keine Bedrohung, nur eine Vorahnung, dass die Ereignisse bald außer Kontrolle geraten würden.

Ich warf einen weiteren säuerlichen Blick hinter mich, obwohl der Wald still war. Für einen so großen Typ bewegte sich John ziemlich lautlos. Auch Robynne bewegte sich geräuschlos und ließ das Unterholz trotz ihres rasanten Tempos kaum zittern. Sie war eindeutig eine Frau, die die Dinge im Griff hatte.

Ich mochte sie bereits. Die Frage war nur, ob ich ihr vertrauen konnte.

Als der Weg sich weiter dahin schlängelte, wichen Kiefern und Eiben hochaufragenden Eichen mit mächtigen Ästen, die das Blätterdach des Waldes und sogar den Himmel darüber zu tragen schienen. An den Baumstämmen und Einkerbungen klebten Schneehäufchen und von Zeit zu Zeit schrie eine wachsame Eule.

Huhu, huhu.

Ich spähte umher. Moment. War das eine Eule oder eine gute Imitation?

Bei einem Geräusch zu meiner Linken wirbelte ich herum und war überzeugt, dass wir verfolgt wurden. Robynne schien nicht beunruhigt zu sein, also musste es sich um ihre eigenen Leute handeln.

Schließlich erklommen wir eine Anhöhe und Robynne rief laut, klar und deutlich:

„Hallo, hallo. Robynne und John kommen zurück. Und wir haben eine Besucherin dabei."

Eindeutig eine Warnung. Ich spitzte die Lippen und fragte mich, was ihre Männer wohl zu verstecken hatten. Geplünderte Schätze? Gestohlene Waffen? Trocknende Unterwäsche?

Was auch immer es war, sie taten es lautlos, und als wir kurze Zeit später zu einer Lichtung kamen, warteten zwanzig Männer schweigend.

„Hallo, alle zusammen", sagte Robynne. „Das ist Willa. Willa Scarlett."

Ich machte mich so groß, wie ich konnte. Was nicht sehr groß war, aber hey. Es war alles eine Frage der Haltung.

Ein paar von ihnen zogen ihren Hut, während andere mich musterten. Gott sei Dank, wurde ich nicht angegafft – ein Vorteil, wenn man sich einer Gruppe von Räubern anschließt, die von einer Frau angeführt wird.

Ich konnte nicht anders, als mich staunend umzusehen. Nicht über die Männer, die so ziemlich das waren, was ich erwartet hatte – keine hartgesottenen Kriminellen, sondern Bauern, Hirten oder einfache Städter, die sich ein neues Leben aufbauen wollten, nachdem sie vor harten Strafen für Bagatelldelikte geflohen waren. Was war nur aus unserem Land geworden?

„Wow. Nettes Lager", murmelte ich unwillkürlich.

Überall in dem Bereich gab es Unterstände. Viele davon waren in die Bäume gebaut, mit zweiten und dritten Stockwerken, die wie Baumhäuser in den Ästen hingen. Durch die Mitte des Lagers floss ein Bach mit kleinen Kanälen, die zu jeder Hütte führten und fließendes Wasser lieferten.

Die Behausungen umringten eine knorrige, uralte Eiche, deren Wurzeln hoch genug herausragten, um als Bänke zu dienen. Pfosten stützten ein Dach und schufen einen offenen Treffpunkt mit einer Feuerstelle zum Braten von Fleisch oder für Lagerfeuer.

In den Städten verdrängten die Menschen die Natur. Hier lebten sie mit der Natur verwoben.

Es war leicht, sich Musik, ein knisterndes Feuer und schallendes Gelächter vorzustellen, wenn eine kleine Gemeinschaft wichtiger Ereignisse feierte – den Wechsel der Jahreszeiten vielleicht oder eine warme, trockene Periode. Einen Geburtstag, eine erfolgreiche Jagd...

Ich schluckte. Oder einen erfolgreichen Raubüberfall. Nicht dass es heute einen gegeben hätte. Aber daran war ich nicht schuld. Das lag alles an John.

Erhobenen Hauptes kam er aus dem Wald, aber seine Fingerknöchel waren fest um seinen Kampfstab geschlungen. Er tat mir fast leid.

Fast. Er war doch derjenige, der alles ruiniert hatte, nicht wahr?

Trotzdem spürte ich einen kleinen Stich im Herzen. Unter Wasser herumzustrampeln entsprach nicht meiner Vorstellung von Spaß. Aber dieser Moment der Berührung, als wir gerade hineingefallen waren, hatte ein unerklärliches Kribbeln in mir verursacht. Er hatte mit den Armen nach meinen gegriffen und als sich unsere Oberkörper näher kamen...

Ein tiefes, donnerndes Bellen ertönte und ein riesiger Körper stürzte sich auf mich. Ich taumelte nach hinten und schrie: „Nosewise!"

Er schnüffelte und leckte mich ganz außer sich vor Aufregung ab.

„Nosey", murmelte ich und umarmte ihn.

Einen Moment lang schloss ich die Augen und dachte an zu Hause. Ich wünschte mich fast dorthin. Aber als ich mich an meine unvollendete Mission erinnerte, richtete ich mich auf und beruhigte Nosey.

„Du bist eine der Damen aus der Kutsche", sagte einer der Männer ein wenig verblüfft. Robert, der attraktive, dümmliche Bruder, wie ich feststellte.

Ein anderer Mann kratzte sich am Kopf. „Sieht jetzt aber nicht mehr wie eine feine Dame aus."

„Also..." Robert rieb sich den Kiefer. „Du wurdest heute Morgen nicht ausgeraubt und jetzt bist du zurück, weil...?"

Alle starrten mich an, auch Robynne, deren Augen dieselbe Frage stellten.

Ich spitzte die Lippen und versuchte zu entscheiden, wie viel ich preisgeben sollte.

„Weil sie wollte, dass es gestohlen wird", mutmaßte Robynne, nachdem sich das Schweigen unangenehm in die Länge gezogen hatte.

Mein Atem stockte. Nun, ja. Aber jetzt, wo sie es laut sagte...

„Das ist lächerlich", höhnte einer der Männer. „Wer will schon ausgeraubt werden?"

Robynne tippte mit dem Fuß auf und dachte nach. „Eine gute Frage."

„Jemand, der nicht haben will, was er hat?", vermutete Robert.

Ein anderer Mann runzelte die Stirn. „Vielleicht ist die Beute verflucht und sie wollte sie auf uns abwälzen."

Nicht der verrückteste Vorschlag nahm ich an, obwohl er völlig danebenlag.

Schließlich gab ich es zu, weil ich dachte, dass dies der beste Weg wäre, meine Mission zu retten. „Sie ist nicht verflucht. Und ja, ich wollte, dass ihr sie nehmt. Nun, meine Herrin wollte es."

„Und wer genau ist deine Herrin?", verlangte John zu wissen, der seinen Stab immer noch fest umklammerte. Vielleicht, um ihn anstelle von mir zu erdrosseln?

„Eine edle Dame, die anonym bleiben möchte. Eine, die König Richard treu ergeben ist..." Ich hielt inne, um ihre Reaktion einzuschätzen.

Einige Männer hoben die Fäuste, andere bekreuzigten sich feierlich vor ihrem Herzen. „Der einzig wahre König. Nicht sein thronraubender Bruder."

„Prinz John versucht nicht einmal, das Lösegeld für den König aufzubringen", murrte ein anderer Mann. „Die Steuern, die er erhebt, dienen nur seinem eigenen Vorteil."

Also, ja. Wir hatten richtig vermutet, was die Loyalität dieser Räuber anging.

„Meine Herrin ist eine Frau von großem Reichtum und Ansehen. Sie befürchtete, dass Prinz John ihre Wertsachen für seine eigene Sache konfiszieren könnte, anstatt das Lösegeld für den König zu bezahlen. Sie beauftragte mich damit, ihre größten Schätze hierherzubringen, wo sie sicher wären." Ich schaute mich herausfordernd um. „Hat sie sich geirrt?"

Jeder einzelne schüttelte den Kopf und schwor dem König die Treue.

„Kein schlechter Plan", gab Robynne zu. „Tatsächlich sammeln wir sogar selbst für das Lösegeld."

„Es war ein *großartiger* Plan." Ich fügte nicht hinzu, *Außer dass er ihn ruiniert hat,* aber ich warf John einen finsteren Blick zu.

Er riss die Hände hoch. „Das wusste ich nicht!"

„Du hast nicht zugehört", zischte ich. „Männer hören nie zu."

Die Hälfte der Jungs schaute zu Boden, während die andere Hälfte Robynne ansah.

Sie und ich tauschten wissende Blicke aus, bis sie seufzte. „Ich verstehe es. Glaube mir, ich verstehe es."

„Gut. Dann stehlen wir eben einen anderen Schatz", versuchte es John.

„Es muss dieser sein", sagte ich.

„Warum gerade diese Beute?"

Ich zögerte gerade lange genug, dass John anklagend mit dem Finger auf mich zeigte. „Seht ihr? Sie erzählt uns nicht alles."

Robynne schien nicht beunruhigt zu sein. „Ich würde einem völlig Fremden auch nicht alles erzählen." Meine Hoffnung stieg, aber dann wandte sie sich an mich. „Trotzdem, wir sind nicht zu dir gekommen. Du bist zu uns gekommen. Wenn du unsere Hilfe willst, musst du uns mehr erzählen."

Nosewise schlenderte zu mir herüber. Er schlug mit seinem Schwanz gegen meine Beine, um mich zu ermutigen, alles zu erzählen.

Ich bin schon seit sechs Stunden hier und ich schwöre, sie sind wirklich nett, sagte seine glückliche Miene.

Ich ballte und löste meine Hände, nicht ganz überzeugt.

Genau in diesem Moment joggte ein Mann mit dunklem Haar und durchdringenden schwarzen Augen ins Lager. Wirklich durchdringende Augen, die mich an einen Adler erinnerten, der aus großer Entfernung auf seine ahnungslose Beute schielte.

„Alan", begrüßte einer der Männer ihn.

Er stürmte atemlos auf Robynne zu, als wollte er ihr eine kritische Nachricht überbringen. Aber sie hielt eine Hand hoch und konzentrierte sich auf mich.

„Warum ist gerade dieser Schatz so wichtig?", wiederholte sie.

Ihr Ton wurde hart und ich wagte es nicht, ihre Geduld auf die Probe zu stellen.

„Nun, zunächst einmal ist es eine riesige Menge", sagte ich. „Genug, um einen großen Teil des Lösegeldes des Königs zu bezahlen."

Robynne wartete und fragte mit ihrem Blick, *was noch?*

Ich griff in meine Taschen und zog die wenigen Stücke heraus, die ich mitgenommen hatte. „Das hier ist nur ein Bruchteil von dem, was sich jetzt in Nottingham befindet – alles der Gnade des Sheriffs ausgeliefert."

Ich wartete, denn ich war mir sicher, dass die Erwähnung dieses Mannes die Gesellen in Angst und Schrecken versetzen würde. Jeder wusste, dass der Sheriff von Nottingham ein skrupelloser Tyrann war, der Prinz John treu ergeben war... Oder wussten sie es nicht?

Und doch huschte ein winziges Lächeln über Robynnes Lippen. Wusste sie etwas, das ich nicht wusste?

„*Stellvertretender* Sheriff. Er ist kein Grund zur Sorge."

Ich erinnerte mich an die freundliche Geste des Ritters in der Stadt. Hmm. Waren die Gerüchte falsch oder handelte es sich um einen ganz anderen Mann?

„Das ist es ja", schaltete Alan sich ein. „Er wurde weggerufen."

Robynne riss den Kopf so schnell herum, dass ich befürchtete, sie würde sich eine Nackenverletzung zuziehen. „Wie bitte?"

Alan nickte grimmig. „Der Sheriff wurde heute Morgen abkommandiert. Auf Befehl von Prinz John – ein besonderer Auftrag. Captain Giles hat das Kommando, bis Sir Guy von Gisborne eintrifft."

Keuchen und besorgtes Gemurmel ging durch die Reihen und Robynne verzog das Gesicht. Als sie sich wieder zu mir umdrehte, war ihre gute Laune verschwunden und wurde durch Sorgenfalten ersetzt.

„Oh, und unser Gast hier wird außerdem gesucht", fuhr Alan fort.

Ich runzelte die Stirn. „Für welches Verbrechen?"

„Jedes Verbrechen, das sie sich ausdenken“, brummte John. „Wie bei allen Männern hier.“

„Nun, das macht sie zu einer von uns“, scherzte einer der Männer.

Ich schenkte ihm ein dankbares Lächeln.

John stapfte auf und murmelte etwas. Was war eigentlich mit diesem Mann los?

Robynne wedelte mit der Hand durch die Luft. „Was macht den Schatz so besonders?“

Die Frau war wie ein Bluthund auf einer heißen Spur. Und ich war nicht in der Lage, es noch länger hinauszuzögern.

Ich zog den Dolch, den ich mitgenommen hatte, und hielt ihn hoch. „Einige der Stücke in der Sammlung sind verwunschen.“

John lachte. „Verwunschen? Mit Magie? Glaubst du das wirklich?“

Ich funkelte ihn an. Komisch, wie schnell sich eine Angewohnheit bilden konnte.

Um ehrlich zu sein, war ich auch skeptisch gewesen. Aber meine Herrin war unnachgiebig geblieben.

Ich drehte den Dolch hin und her und ließ ihn bei jeder scharfen Bewegung das Licht reflektieren. „Ja, mit Magie. Meine Herrin sagte, dieser Dolch sei dazu bestimmt, die schlimmsten Feinde des Königs zu töten.“

Robynne schnaubte. „Wer mag das wohl sein? Es gibt so viele...“

Ich schüttelte den Kopf. „Ungeheuer. Unnatürliche Kreaturen, die Gott nicht auf diese Erde gesetzt hat.“

„Was, wie Geister?“ John spottete.

Als Gelächter aufkam, stampfte ich auf dem Boden auf. Gott, ich hasste es, wenn Männer mich nicht ernst nahmen.

„Nein, ich meine Gestaltwandler. Werwölfe. Werbären. Alle Arten von schrecklichen Kreaturen.“

Alle wurden mucksmäuschenstill und starrten. Das Licht im Wald war nur spärlich, aber ich schwöre, dass einige der Männer blass wurden. Robynne verharrte reglos wie eine Statue und Alans dunkle Augen waren so groß wie die einer Eule.

Gut so. Wenigstens hatten sie das ernstgenommen.

„Dieser Dolch ist so verwunschen, dass er Gestaltwandler töten kann", erklärte ich. „Etwas, das sonst fast unmöglich zu bewerkstelligen ist."

Als ich mit dem Dolch durch die Luft fuhr, sprangen einige der Männer zurück. Sogar Robynne zuckte zusammen.

„Die Feinde des Königs, sagst du?" Ihre Stimme war hart.

Ich nickte. „Wie Sir Guy."

Männer keuchten und ich konnte es ihnen nicht verdenken.

„Ich war auch schockiert, als ich es erfuhr", gab ich zu. „Aber es ist wahr. Sir Guy ist ein Wolfsgestaltwandler. Ich habe seine Transformation mit eigenen Augen gesehen."

Fast erwartete ich, dass sie mich über das Wie, Was, Wo und Wann ausfragen würden, denn wie viele Leute hatten schon Gestaltwandler gesehen? Doch niemand gab auch nur einen Pieps von sich.

„Was ist mit Prinz John?", fragte Robynne und beobachtete mich genau.

„Nun, er ist der Feind des Königs, aber ich bin mir nicht sicher, ob er ein Gestaltwandler ist." Nachdem ich mich nun klar ausgedrückt hatte, steckte ich den Dolch wieder weg. „Das ist nicht das einzige verwunschene Stück. Es gibt noch mehr davon."

„Mit welchen Kräften?", fragte Robynne.

„Ich bin mir nicht sicher", sagte ich wahrheitsgemäß.

Nun, fast wahrheitsgemäß. Meine Herrin hatte einen Ring von ihrem eigenen Finger gestreift, bevor ich das Haus verließ. *Der Ring von Aquitanien,* hatte sie gesagt und ihn ehrfürchtig in ihren Händen gedreht. *Ein Ring, der seinem Träger außergewöhnliche Kräfte verleiht.* Dann hatte sie schelmisch gelächelt. *Aber nur wenn der Träger eine Frau ist.*

In meiner Eile, die Kutsche zu verlassen, hatte ich ihn nicht finden können, aber ich war nicht übermäßig besorgt. Der Sheriff, Sir Guy und jeder andere mächtige Feind des Königs waren Männer, also stellte der Ring kaum eine Gefahr dar, selbst wenn er in ihre Hände fiel.

Ich hatte nie in Betracht gezogen, dass er in den Händen eines Verbündeten verwendet werden könnte. Aber ich wusste auch nicht, dass Robynne Hood eine Frau war. Wenn der Ring wirklich magisch wäre, könnte er ihr helfen.

Dann schluckte ich und fragte mich, *Würde er mir helfen?*

Robynne schaute auf und blinzelte ins schwindende Licht.

„Also gut. Es ist schon spät und wir haben viel zu besprechen."

Dieses *Wir* war an ihre Männer gerichtet, nicht an mich. Aber ich war nicht wirklich in der Position, hier den Ton anzugeben. Ich konnte nur darauf vertrauen, dass Robynne das Richtige tun würde – zum Beispiel einen Plan zu schmieden, um den Schatz aus Nottingham zu stehlen.

Robynne zeigte auf John. „Du. Nimm Willa mit zu dir und richte ihr einen Platz für die Nacht ein, dann bringe sie zum Abendessen zurück."

Unsere Proteste übertönen sich gegenseitig.

„Nein!"

„Moment!"

Robynne zeigte mit einem Finger auf John. „Du hast sie gefunden. Du kümmerst dich um sie."

„Aber...", sagten wir beide genau gleichzeitig.

Robynne schüttelte den Kopf. „Kein Aber."

„Um mich muss sich niemand kümmern!", beharrte ich.

„Dessen bin ich mir sicher, aber das hier ist unser Revier, also tust du, was wir sagen." Nach diesem klaren Befehl wurde Robynnes Stimme leiser. „Ich bin mir sicher, du bist klug genug, um zu verstehen, warum das notwendig ist."

Ich runzelte die Stirn. Nein, ich war nicht hier, um Robynne und ihre Männer aufs Kreuz zu legen. Aber einer völlig Fremden würde ich wohl auch nicht trauen. Trotzdem, mit diesem Mann nach Hause geschickt zu werden?

Ich flehte Robynne mit den Augen an, aber sie scheuchte uns einfach weg. „Kommt schon. Ich bin mir sicher, ihr zwei werdet euch vertragen."

„Ich bin mir sicher, das werden wir nicht", murmelte John und stapfte mürrisch davon.

Ich folgte ihm ebenso unglücklich. Konnte ich ihm trauen? Konnte ich überhaupt jemandem trauen?

Nosewise, der Verräter, blieb mit Robert zurück und überließ es mir, mich meinem Schicksal allein zu stellen.

Ich deutete auf eine Stelle abseits des Pfades, auf dem John mich führte. „Dort. Ich kann die Nacht in dieser Höhle verbringen."

Er schnaubte. „Na dann los. Überlebe eine Nacht ganz allein."

„Eine Nacht allein ist besser als eine Nacht mit dir."

„Dem kann ich nur zustimmen", brummte er. „Aber Robynne hat recht. So gern ich dich auch für immer loswerden würde, wir müssen dich im Auge behalten."

Irgendwie traf mich der *Mich für immer loswerden*-Teil mitten ins Herz.

Ich schnaufte. „Damit ich nicht vielleicht einen Schatz stehle? Oder, warte. Was, wenn ich mich weigere, ihn zu stehlen?"

Er warf mir einen bösen Blick zu. „Ich wusste nicht, dass du ihn gestohlen haben wolltest."

Und schon waren wir wieder dort, wo wir angefangen hatten.

Meine Emotionen waren ähnlich – hin und hergerissen zwischen, *Ich verachte diesen Mann* und *Ich möchte ihn wirklich gern besser kennenlernen* – oder zumindest einfach herausfinden, *woher* ich ihn kannte.

Trotzdem war es ein anstrengender Tag gewesen und das Abendessen mit den fröhlichen Gesellen stand noch bevor. Also folgte ich John auf einem Pfad, der dem Verlauf des Geländes folgend nach oben führte. Bald erreichten wir den Fuß einer Klippe, die von den ersten Strahlen des Sonnenuntergangs in goldenes Licht getaucht wurde. Als ich die Felswand berührte, verströmte sie die Wärme, die sie den ganzen Tag über aufgenommen hatte.

John Little-Gehirn hatte also doch mehr Verstand, als ich angenommen hatte. Es war der perfekte Ort zum Leben, ob im Winter oder im Sommer, bei schönem oder schlechtem Wetter. Ein wunderschöner Ort mit einem gepflegten Pfad und einem rieselnden Bach. Ein von der Natur verstärkter, leicht zu verteidigender Ort, wie ich feststellte.

Wir kamen an einer dunklen Höhle vorbei und stiegen dann zehn Stufen zu einem Unterschlupf hinauf. Einige der Stufen waren natürlichen Ursprungs, während andere in den Fels geschlagen worden waren. Und was den Unterschlupf selbst betraf...

Ich schaute mich beeindruckt um. John Little hatte verdammt gute Arbeit geleistet und sich ein richtiges Zuhause geschaffen. Der felsige Unterstand war tief genug, um Schutz vor Regen und Wind zu bieten, und doch hoch genug, um Sonnenlicht hereinzulassen. Ein endloser Baldachin aus Bäumen erstreckte sich darunter und bildete einen grünen Teppich. Ein Baum überragte die anderen und ich staunte, als ich in der Nähe der Spitze der Krone ein Konstrukt entdeckte.

„Wow. Wer wohnt denn dort oben?"

„Alan", murmelte John und drehte sich kaum um.

Ich staunte noch einen Moment weiter und musterte dann mein Zuhause für die Nacht. Der Felsunterstand war so schlicht wie möglich eingerichtet – es gab eine Feuerstelle, ein Bett auf vier niedrigen Pfosten an einer Wand, ein Regal an der anderen und ein Baumstumpf als Sitzgelegenheit. Von hier aus konnte man die Aussicht am besten genießen. Ich stellte mir John vor, wie er mit geschlossenen Augen dort säße und die letzten Sonnenstrahlen des Tages aufsaugte.

Verdammt, ich könnte mir vorstellen, wie ich *selbst* dort säße und die letzten Sonnenstrahlen des Tages genoss. Vielleicht sogar diese Aussicht mit ihm teilte.

Ich schaute zu, wie John eine Decke aufschüttelte, einen Krug mit Wasser füllte und Kerzen aufstellte, um es mir für die Nacht bequem zu machen. Viel angenehmer als nötig. Die untergehende Sonne warf einen warmen Schein auf sein Gesicht und als ich seine Bewegungen beobachtete, bewegte sich auch etwas in mir.

Der Mann war wie ein Bergsee, ein stilles, tiefes Gewässer. Vielleicht steckte mehr in ihm, als ich gedacht hatte. Vielleicht war er nicht der Narr, für den ich ihn gehalten hatte. Er hatte nichts von meinem Plan mit dem Schatz wissen können. Unter normalen Umständen hätte ich ihn als Helden gefeiert, weil er ihn mich behalten ließ.

Ich erinnerte mich an den Moment in der Kutsche, als unsere Blicke sich trafen und mein Herz wild schlug.

„Was ist mit dir? Wo wirst du schlafen?", fragte ich leiser als zuvor.

Er schaute finster drein und blickte über die Bäume hinweg, was den Zauber brach. „So weit weg von dir wie möglich."

Kapitel 6

JOHN

Das frühe Aufwachen am nächsten Morgen fiel mir nicht so schwer, wie ich es erwartet hatte. Ich hatte die Nacht in Bärengestalt in meiner Höhle verbracht, was mir normalerweise half, stundenlang tief zu schlafen. Aber mein dummes Biest hatte die ganze Nacht nach Willa gelechzt und war in aller Herrgottsfrühe praktisch herausgesprintet, um nach ihr zu sehen.

Ich verwandelte mich in Menschengestalt und zog mich schnell an. Nicht dass Willa auf mich gewartet hätte.

„Raus aus den Federn und rein in den Tag?", murmelte sie und wiederholte meine Worte.

Sie waren herausgeplatzt, bevor ich sie aufhalten konnte – alles die Schuld meines Bären.

„Ich soll jetzt schon gute Laune haben – wirklich?" Sie zeigte mit dem Finger auf die düstere Landschaft. „Wie?"

Selbst nachdem wir mit Robynne und den anderen gefrühstückt hatten, hatten Willa und ich kaum fünf Worte gewechselt. Wie beim Abendessen lud Robynne Willa ein, sich zu ihr zur setzen – eine große Erleichterung für meine menschliche Seite. Aber für meinen Bären...

Verdammt schade, beklagte sich das Tier. *Ich wollte, dass sie sich zu mir setzt.*

Der dumme Bär verstand die Botschaft einfach nicht. Das war das Problem mit ihm. Er war so dickköpfig und allzu hoffnungsvoll, wenn es um Dinge wie das Schicksal ging. Diese Frau war genauso wenig mein Schicksal, wie Robert mein Bruder war – Gott sei Dank.

Nach dem Frühstück nahm ich Robynne zur Seite und versuchte, sie zu überreden, Willa wegzuschicken.

„Willa bricht alle unsere Regeln. Keine Außenseiter. Keine Frauen..."

Robynne warf mir einen scharfen Blick zu. „Seit wann, keine Frauen?"

Ich zögerte und zauderte. Wir hatten diese Regel, bevor Robynne hier ankam und unsere kleine Bande auf Vordermann brachte.

„Ich glaube, Willa bricht alle *deine* Regeln", sagte Robynne.

Das stimmte, aber Regeln hatten einen Zweck. Ohne sie würde die Gesellschaft zusammenbrechen. Selbst hier draußen im Sherwood Forest waren Regeln wichtig. Besonders die Regeln, die ich aufgestellt hatte, verdammt noch mal!

Trotzdem versuchte ich, es zu überspielen. „Ich meinte keine Menschen."

„Ich verstehe", sagte Robynne trocken. „Normalerweise würde ich dir zustimmen, aber die Umstände sind außergewöhnlich."

Ja, das waren sie. Willa war nicht nur ein Mensch, eine Außenseiterin und eine Frau. Sie hasste mich auch aus tiefstem Herzen.

Außergewöhnliche Umstände, ganz sicher.

„Ich hasse Menschen", gab ich schließlich zu.

Robynne schnaubte. „Du hast dein ganzes Leben in einer abgelegenen Hütte verbracht und das einzige Mal, als du dich in die Nähe einer Stadt gewagt hast, bist du in eine Falle getappt. Wieso macht das alle Menschen schlecht?"

Das und ein paar andere negative Erfahrungen, die ich nicht teilen wollte – vor allem nicht die, die mich zum Gesetzlosen gemacht hatten.

Ich schob die Hände in die Taschen. „Das sind sie eben."

Robynne warf mir einen Blick zu.

„Ich traue ihr nicht", sagte ich schließlich.

Robynne gluckste. „Ich auch nicht... Noch nicht. Aber ich mag sie."

Ich schnaubte. Was gab es da zu mögen?

Zu lieben... flüsterte mein innerer Bär verträumt.

Robynne drehte sich um und pfiff, um die Aufmerksamkeit aller auf sich zu ziehen. Alle Lagerhunde – einschließlich Nosewise – kamen schwanzwedelnd angelaufen. Sie lachte und streichelte sie, dann richtete sie sich auf. „In Ordnung, Leute. Hört zu. Ich habe einen Plan."

„Ich hatte auch einen Plan", murmelte Willa.

Ich wandte meinen Blick dem Himmel zu. Junge, war die Frau nachtragend.

Schnell und effizient legte Robynne alles dar. Wir würden eine Gruppe nach Nottingham schicken, um den Schatz ausfindig zu machen. Wenn es eine Möglichkeit gäbe, ihn zu stehlen, würden wir es tun. Auf jeden Fall mussten wir uns beeilen. Wenn Alan richtig gehört hatte, war Sir Guy von Gisborne bereits auf dem Weg, um sich die Beute selbst zu schnappen.

„Wir dürfen nicht zulassen, dass er sie in die Finger bekommt", beharrte Willa. „Nicht er und auch nicht Prinz John."

Sie hasste beide leidenschaftlich – eine der wenigen Gemeinsamkeiten, die wir hatten.

Wir haben viele Gemeinsamkeiten, beharrte mein Bär. *Wir sind beide gern im Freien. Wir können beide mit einem Stab kämpfen...*

Ich verdrehte die Augen. *Wir haben beide zwei Augen, zehn Finger und eine Nase...*

„Wir werden unser Bestes tun, um zu verhindern, dass er Sir Guy in die Hände fällt", sagte Robynne grimmig und fuhr mit den Details fort.

„Was?" Einen Moment später gaffte ich sie an.

„Was?", protestierte Willa im gleichen Augenblick.

„Du bist Teil des Erkundungstrupps", sagte Robynne und zeigte auf mich. Aber Willa sah sie mit einem Kopfschütteln an. „Du nicht."

Wir protestierten beide, aber Robynne war unnachgiebig. Während sie sprach, grub ich mit dem Absatz meines Stiefels eine lange Furche in den Boden. Ich hasste die Stadt. Ich hasste Menschen. Ich misstraute Frauen.

Dann war es also eine gute Nachricht, dass Willa nicht für die Gruppe in der Stadt eingeteilt war. Nicht wahr?

Alles war gut gewesen, bis sie auftauchte. Sie beschuldigte mich, ihren Plan vereitelt zu haben? Nun, sie hatte meine ruhige, bequeme Routine ruiniert.

Und doch, je länger ich in ihrer Nähe war, desto mehr sehnte ich mich nach ihr.

„Aber... aber... ", versuchte Willa es erneut.

Robynne schüttelte so entschieden den Kopf, dass sogar Willa aufgab.

„Wir haben keine Zeit zu verlieren. Du, du und du." Robynne deutete auf Alan, Martin und mich. „Wir gehen in fünf Minuten los."

∞∞∞

Ich verließ das Lager mit der gleichen Entschlossenheit wie Robynne. Das musste ich, denn irgendetwas zog mich immer wieder zurück und ich musste mich zwingen, weiterzugehen.

Kann sie nicht zurücklassen! protestierte mein Bär.

Die Wahrheit war, dass es wehtat, Willa zu verlassen. Genauso wie es wehtat, sie mürrisch und frustriert zu sehen.

Aber, verdammt. Das war eine Wahrheit, der ich nicht tiefer auf den Grund gehen wollte. Also drehte ich mich um und folgte Robynne nach Nottingham. Wir legten die Strecke in weniger als den üblichen zwei Stunden zurück und teilten uns auf, um die Stadt heimlich durch verschiedene Tore zu betreten. Dann bezogen wir auf dem Marktplatz Stellung.

Auf dem Platz herrschte reges Treiben, was weniger am Markt als am Wetter lag. Am Horizont zogen dunkle Wolken auf – ein sicheres Zeichen für ein Gewitter, und zwar ein schweres. Alle beeilten sich, Waren zu ergattern und nach Hause zu bringen, bevor die Sintflut einsetzte.

Robynne passte mit ihrem schlichten Bauernkleid und Mantel gut hinein. Alan und Martin ebenfalls. Meine wuchtige Statur machte es schwieriger, nicht aufzufallen, und so war es meine Aufgabe, im Hintergrund zu bleiben, den Überblick zu behalten und die anderen zu unterstützen, wenn etwas schiefging.

Außerdem spitzte ich meine Ohren für den neuesten Klatsch und Tratsch. Das war nicht schwer, denn die Stadt summte nur so damit.

„Ich habe gehört, dass Sir Guy jetzt mit hundert Männern nach Nottingham marschiert", sagte eine Frau, die vorbeikam.

Hundert? Oh Gott, hoffentlich nicht.

„Ein Jammer, dass der Sheriff nicht da ist. Er würde Sir Guy die Stirn bieten, aber ich bezweifle, dass Captain Giles es tun wird", brummte der Mann neben ihr.

„Ich hoffe nur, dass Sir Guy schnell weiterzieht und uns in Ruhe lässt", ängstigte sich jemand.

Die Frau schnaubte. „Sicher – er wird lange genug bleiben, um sich den Schatz unter den Nagel zu reißen, der gestern angekommen ist."

Ihre Freundin blickte in Richtung Schloss, wohin die Kutsche wohl gebracht worden war. „Man könnte meinen, es sei leichtsinnig, so viele Wertsachen auf einmal zu verschicken, aber irgendwie haben sie es durch den Sherwood Forest geschafft, ohne ausgeraubt zu werden."

Ich bohrte meinen Stiefelabsatz in den Boden. Ja. *Irgendwie*, weil ich sie habe gehen lassen.

Einen Moment später hörte ich Alans Stimme in meinem Kopf. *Gerüchten zufolge hat der Sheriff den Schatz im Schlossturm eingeschlossen, bevor er weggerufen wurde.*

Robynnes gerunzelte Stirn verriet ihre Besorgnis, aber es gelang ihr, beim Thema zu bleiben.

Sicher würde er nichts so Offensichtliches tun.

Er hätte nicht viel Zeit gehabt, eine Alternative zu finden, meinte Alan.

Wir warteten alle auf Robynnes Gedanken. Jeder in unserer Gruppe wusste, dass sie einen geheimen Informanten hatte, der dem Sheriff nahestand. Ich war der Einzige, der wusste, dass es sich bei diesem Informanten um den Sheriff selbst handelte. Wie auch immer, Robynne kam stets genau zum richtigen Zeitpunkt mit ihrem Insiderwissen daher.

Umso ohrenbetäubender war die darauffolgende Stille.

Wo? forderte Martin sie auf.

In Robynnes Antwort spiegelten sich Frustration und Sorge wider. *Ich weiß es nicht.*

Nun, das passierte zum ersten Mal.

Wir warteten schweigend darauf, dass Robynne einen Plan B formulierte – oder C oder D, denn Robynne dachte immer mehrere Schritte voraus. Doch dieses Mal schien sie ratlos zu sein.

Also gut, sagte sie schließlich. *Alan, suche dir einen Ort, an dem du dich zum Adler verwandeln kannst und fliege über den Schlossturm. Schau, was du entdecken kannst, und erstatte Bericht. Martin, schnüffle du auf dem Paradeplatz herum. John und ich bleiben hier und finden heraus, was wir können.*

Alan und Martin verließen den Marktplatz in entgegengesetzte Richtungen. Ich schlenderte in der Gegend herum, dachte nach und lauschte. Wo würde ich die Beute verstecken, wenn ich in Eile wäre?

In einem Brunnen, riet mein Bär. *Einer Gefängniszelle. Unter dem geheimen Honigvorrat in der Schlossküche...*

Eine Trompete ertönte und alle Köpfe auf dem Platz drehten sich um.

„Er kommt!", rief jemand. „Er kommt!"

Ich hoffte, dass damit der Sheriff gemeint war, aber die sich aufsträubenden Härchen an meinem Nacken sagten etwas anderes.

„Sir Guy von Gisborne! Macht den Weg frei für Sir Guy!", brüllte eine der Wachen.

Alle rannten in Deckung, warfen Kartoffelsäcke um und scheuchten Hühner auf. Hufeisen klackerten über das Kopfsteinpflaster und einen Moment später donnerten dreißig berittene Männer auf den Platz. Die Bürger drängten sich zurück und konnten gerade noch verhindern, dass sie zertrampelt wurden.

Trompeten schmetterten zur Begrüßung und verhalfen Sir Guy zu einem großen Auftritt. Er galoppierte auf einem kohlschwarzen Hengst heran, der auf der Stelle tänzelte und sich dann dramatisch aufbäumte.

Natürlich hätte Sir Guy auch auf einem lahmen Pony einreiten und trotzdem für Furore sorgen können. Ich hatte noch nie so dunkle und durchdringende Augen gesehen. Auch hatte ich noch nie so viel Böses in einer Person gespürt. Seine Nasenflügel bebten und verrieten den Wolfsgestaltwandler in ihm. Ein Schwert glitzerte an seiner Seite und prahlte mit all dem Blut, das es vergossen hatte. Wie viel davon war verdient gewesen und wie viel unschuldig?

Insgesamt war Sir Guy die Schlechtheit in Person. Doch dann fuhr eine Kutsche vor und als die Frau darin herausschaute...

„Lady Thornton", keuchte jemand.

Ich lehnte mich zurück und verkniff mir einen Fluch.

„Wer?", flüsterte jemand.

Die Antwort kam leise und ängstlich: „Sir Guys Schwester. Eine Witwe."

Dunkle, berechnende Augen huschten hin und her und ihre Züge wurden noch verkniffener.

Witwe? Gerüchten zufolge hatte sie ihren ersten – und ihren zweiten – Ehemann umgebracht. Ich hatte die Geschichten, Lady Thornton sei doppelt so gefährlich wie ihr Bruder, immer abgetan. Aber ein Blick auf sie ließ mich daran glauben.

Ich wich zurück und war froh, dass sich die Gerbereigrube in der Nähe befand. Gestaltwandler konnten andere Gestaltwandler spüren – und riechen. Wenn einer von ihnen mich jetzt entdeckte...

Robynne stand auf der anderen Seite des Platzes und beobachtete Sir Guy und Lady Thornton.

Scheiße. Ihr Fluch tönte in meinem Kopf.

Ja, das brachte die Sache auf den Punkt.

Sir Guy stieg ab und schritt auf Captain Giles zu, während er ihn mit diesen unheimlichen, obsidianfarbenen Augen fixierte. Riesige Sporen betonten jeden Schritt mit einem metallischen Klirren. *Stampf, stampf, klirr. Stampf, stampf, klirr...*

Robynne wich zurück und rief in unsere Gedanken. *Wir müssen hier raus, bevor wir entdeckt werden. Benutzt jedes Tor außer das Nordtor. Los, alle Mann. Los!*

Mit diesen Worten tauchte sie in der Menge unter und war wie immer nicht zu entdecken.

Ich wartete, um ihr einen Vorsprung zu verschaffen. Um mich herum plapperten die Leute und rempelten mich immer wieder an. Als mich eine weitere Person von hinten anstieß, drehte ich mich halb um und unterdrückte ein Knurren.

Dann stieg mir ein Heckenkirschen-Rosen-Duft in die Nase. Ich erstarrte, als ich einen Jungen sah, der sich durch die Menge drängte. Der Junge, der mich angerempelt hatte. Oder war es...?

Willa! jubelte mein Bär.

Kapitel 7

JOHN

Ich runzelte die Stirn. Moment. Was machte Willa in Nottingham?

Es ist doch gut, in der Nähe unserer Gefährtin zu sein, protestierte mein Bär.

Ich wollte Willa folgen, aber in dem Moment, als mir dieser Gedanke bewusst wurde, stolperte ich.

Unsere was?

Unsere Gefährtin, sagte mein Bär. *Es ist Schicksal.*

Meine Brust zog sich zusammen – vor Freude? Verzweiflung? Unglauben?

Freude, strahlte mein Bär.

Ich schüttelte den Kopf. Nein, Verzweiflung. Ich hatte noch nie an Schicksalsgefährten geglaubt–

Nun, glaube es jetzt, warf mein Bär ein.

–und selbst wenn ich es täte, wäre meine Gefährtin auf gar keinen Fall ein so sturer Mensch wie Willa.

Robynnes leise Stimme drang in meine Gedanken. *Beeile dich, John. Benutze das Westtor. Sir Guys Nachhut ist auf dem Weg zum Osttor.*

Ich blinzelte hin- und hergerissen. Das Westtor war nicht weit entfernt. Aber Willa war auf dem Weg nach Osten. Warum hatte sie Robynnes Anweisung nicht befolgt und hatte im Wald gewartet, verdammt?

Weil sie niemand ist, der einfach wartet, brummte mein Bär stolz. *Sie nimmt die Dinge selbst in die Hand.*

Genau das war das Problem. Ich wollte und brauchte keine eigensinnige, aufsässige Menschenfrau in meinem Leben. Schon gar keine, die am Osttor auf eine Katastrophe zusteuerte.

Halte sie auf! knurrte mein Bär. *Rette sie!*

Irgendetwas sagte mir, dass Willa bei ihrer Rettung genauso kooperativ wäre, wie sie es bei ihrem Raub gewesen war. Aber eine unwiderstehliche Kraft trieb mich vorwärts. Mein Bär wies mir den Weg durch die dichte Menschenmenge. Ich navigierte nach Gefühl, nicht nach Sicht oder Geruch. Ich zitterte, denn jemandem auf diese Weise zu folgen, sollte nicht möglich sein – es sei denn, ich verfolgte meine Gefährtin.

Warum dauert das so lange? Raus! drängte Robynne.

Ich schluckte und folgte Willa. *Neuer Plan. Ich muss mich an Willa halten.*

Musste war passend, denn meine Gliedmaßen handelten von allein und befolgten meine Befehle nicht.

Robynne fluchte. *Ich habe ihr doch gesagt, sie solle im Lager warten.*

Als hätten wir einen weiteren Beweis dafür gebraucht, wie unmöglich Willa war.

Die Menge vor mir lichtete sich und schließlich sah ich, wie sie in die Richtung... der Latrine in der Nähe einer Ecke der Stadtmauer rannte?

Vergiss es, befahl Robynne. *Verschwinde, solange du noch kannst. Sir Guys Männer riegeln die Stadt ab, eine Straße nach der anderen.*

Ich werde meine Gefährtin nicht zurücklassen, schrie mein Bär.

Aber damit konnte ich kaum vor den anderen herausplatzen, also suchte ich nach einer anderen Ausrede.

Willa hat den verwunschenen Dolch, sagte ich schließlich. *Wir dürfen ihn nicht in die Hände des Feindes fallen lassen.*

Robynne fluchte erneut. *Du hast recht. Hole sie und den Dolch dort heraus. Aber haltet euch vom Osttor fern. Sir Guys Männer sind jetzt dort.*

Genau die Richtung, in die Willa eilte. Ich seufzte. Wenn sie tatsächlich meine Gefährtin war, musste das Schicksal mich hassen.

Willa bog um eine Ecke und verschwand. Ich rannte ihr gerade noch rechtzeitig hinterher, um zu sehen, wie sie in einen Schuppen schlüpfte. Ich folgte ihr und stieß die Tür auf. Einen Moment später schlug eine scharfe Klinge vor meinen Bauch.

„Hey!" Ich sprang zurück.

Der verwunschene Dolch verfehlte mich, aber Willas Blick traf mich wie eine physische Kraft.

Ich wich noch einen Schritt vor der Klinge zurück. „Pass doch auf!"

Sie runzelte die Stirn. „Was machst du hier, verfolgst du mich? Verschwinde! Du machst alles kaputt – schon wieder."

Natürlich musste sie mir das unter die Nase reiben.

„Sir Guy ist hier. Wir müssen verschwinden, solange wir noch können."

Klare Anweisungen, die sogar ein Kind verstehen konnte. Doch was tat Willa?

Flink wie ein Äffchen kletterte sie auf die Dachsparren und griff nach etwas.

„Ich brauche diesen Ring…"

„Welchen Ring? Wir müssen von hier verschwinden. Sir Guys Truppen strömen in die Stadt."

„Vom Nordtor aus", murmelte Willa, als wäre das ein großer Trost.

„Und vom Osttor", korrigierte ich sie.

Sie starrte scharf nach unten. „Woher weißt du das?"

Ha. Selbst wenn ich es erklären wollte, könnte ich ja nicht einfach sagen, *Ich bin ein Gestaltwandler. Das sind wir alle im Sherwood Forest. Wir können auf eine Weise kommunizieren, wie es Menschen nicht können. Oh, und bitte pass mit diesem verwunschenen Dolch auf.*

„Lange Geschichte. Wir müssen hier raus, bevor es zu spät ist."

„Ich brauche diesen Ring."

Sie kramte in einem Bündel kleiner Schätze. Gold glitzerte und Silber klirrte, als sich Halsketten verhedderten. Ein Teil des Schatzes?

Ich starrte mit großen Augen. „Wo hast du das her?"

„Lange Geschichte", murmelte sie.

Ich fluchte und spähte zur Tür hinaus. Bis jetzt war die Luft rein, aber ich konnte das Stampfen von Soldaten in der Ferne hören.

„Verdammt, er ist nicht hier." Willa schob das Bündel zurück auf die Dachsparren und sprang hinunter. Kaum war sie gelandet, zerrte ich sie zur Tür hinaus.

„Lass uns gehen."

Sie riss ihren Arm los. „Fass mich nicht an. Und sag mir nicht, was ich tun soll."

Sie war winzig. Ich war groß. Es wäre so einfach, sie über meine Schulter zu werfen und einfach zu gehen. Und es war so schwer, meine Geduld zu zügeln und mit ihr zu diskutieren.

„Also gut. Entscheide selbst. Aber da das Westtor unsere nächstgelegene Option ist..."

Ein kalter Windstoß wehte die Straße hinunter und erinnerte uns daran, dass ein Sturm im Anmarsch war. Ich ging los und betete, dass sie mir folgen würde. Oder vielleicht betete ich auch, dass sie es nicht tat. Willa verwirrte meine Gedanken so sehr, dass ich mich nicht entscheiden konnte.

Sie zögerte, aber einen Moment später hörte ich Schritte. Sie folgte mir.

Aber nicht lange. Mein Bär grinste, als Willa an mir vorbeimarschierte und die Führung übernahm.

Ich rollte mit den Augen. Natürlich. Warum sollte eine Frau einem Mann folgen, wenn sie sich kopfüber in die Gefahr stürzen konnte?

Ohne Vorwarnung blieb sie stehen und ich stieß von hinten gegen sie.

„Pass auf!" Ich packte sie bei den Schultern.

Kleine Energiestöße schossen durch meine Adern und machten meinen Körper warm und benommen. Meinen Verstand auch.

Ich habe dir doch gesagt, dass sie unsere Gefährtin ist, gurrte mein Bär.

„Pass *du* auf", zischte Willa. „Sie kommen. Wir müssen zurückgehen." Sie schnippte mit den Fingern vor meinem Gesicht. „Hallo? Hallo? Konzentriere dich endlich!"

Ich wünschte, ich könnte es, aber ich konnte kaum denken, mich bewegen oder atmen. Nicht bei den warmen, behaglichen Gefühlen, die jeden Winkel meines Körpers durchdrangen.

„Beeile dich", murmelte sie und stieß mich an.

Ich stolperte, dann lief ich hinter ihr her.

Wir stürmten zurück auf den Marktplatz. Sir Guy, Lady Thornton und Dutzende von Truppen nahmen den größten Teil des Platzes ein, aber es war leicht, sich unter die gaffenden Stadtbewohner zu mischen.

„Hier entlang." Willa zog mich hinter sich her, als wäre es *ihre* Idee gewesen, zum Westtor zu gehen.

Wir drängten uns durch die Menge, eine Straße hinauf und gelangten schließlich auf die Hauptverkehrsader, die das Osttor mit dem Westtor verband. Dort wurden wir langsamer. Zu rennen würde Aufmerksamkeit erregen. Wenn wir langsam gingen, könnten wir damit durchkommen.

Ich wagte es nicht, einen Blick auf Sir Guys Nachhut zu werfen. Das brauchte ich Dank des Lärms, den sie machten, auch nicht zu tun. Sie waren durch das Osttor gekommen und hatten sich wie eine Flut ausgebreitet, die die nordöstliche Ecke von Nottingham bedeckte. Vor uns lag das offene Westtor, unsere einzige Hoffnung. Doch die örtlichen Wachen marschierten vor, um Sir Guys Truppen zu begrüßen. Sie klemmten uns zwischen sich ein.

„Verdammt…" Willa suchte nach einem Laden oder einer Gasse, in die wir schlüpfen konnten.

Ich tat es ebenfalls, aber da war nichts. Nur eine Reihe von Fachwerkhäusern, die sich zu beiden Seiten der Straße drängten.

Die Wachen am Tor näherten sich und ich war mir sicher, dass sie uns zum Verhör heranziehen würden – oder Schlimmeres. Inzwischen wurde das militärische Marschgeräusch hinter uns lauter. Es gab keinen Ausweg. Absolut keinen Weg. Außer…

Mir kam eine verrückte Idee. Eine wirklich verrückte Idee. Aber meiner Bärenseite gefiel sie, und bevor ich Zeit zum Nachdenken hatte…

Ich drückte Willa gegen die nächstgelegene Wand und beugte mich vor, als wollte ich sie küssen.

Und, hoppla. Ich beugte mich nicht nur vor. Ich küsste sie wirklich.

Soldaten glucksten und marschierten an uns vorbei, ohne uns zu stören. Sie glucksten lediglich und gaben dumme Kommentare ab wie, *Zeig es ihr, Junge* und *So hungrig und es ist noch nicht mal Mittag.*

Aber all das war hundert Meilen entfernt, denn der Kuss beförderte mich auf eine schwebende Wolke der Glückseligkeit. Eine, in der meine Arme um Willa und ihre um mich geschlungen waren, während unsere Lippen sanft tanzten. Jede Bewegung war weich und wie ein Traum und meine Füße fühlten sich an, als hätten sie den Boden verlassen.

Es war weniger ein Kuss als vielmehr ein Tor zu einer anderen Welt, so wunderschön und perfekt.

Willa schloss ihre Hände um mein Gesicht, um sich besser an mich zu schmiegen.

„Ihr da!", rief jemand.

Wir rissen uns voneinander los und schnappten nach Luft, weil wir nicht geatmet hatten.

Es war einer der Soldaten, der nach seinen Kameraden rief, nicht nach uns.

Ich blinzelte Willa an, die immer noch an der Schwelle zu dieser Traumwelt schwankte. Ich küsste sie erneut und transportierte uns tiefer *hinein* als weiter *hinaus.* Aber als die letzten Wachen hinter uns vorbeigegangen waren, stieß Willa mich zurück.

Ich blinzelte und erwartete halb eine wütende Ohrfeige. Aber Willa sah genauso verwirrt aus, wie ich mich fühlte.

„Sie haben das Tor unbewacht gelassen", flüsterte sie. „Jetzt ist unsere Chance."

Das stimmte, und ich wusste es. Trotzdem brannte ein Teil von mir darauf, mich ungeachtet der Konsequenzen wieder in diesen Kuss zu stürzen. Schließlich trieben uns die Regentropfen zum Handeln an. Der aufziehende Sturm brach schließlich aus.

Hinter uns berieten sich geduckte Wachen mit Sir Guys Truppen. Vor uns stand das Tor offen.

Wir liefen die ersten paar Schritte langsam, dann sprinteten wir los, als der Regen stärker wurde. Wir zögerten im Schutz des gewölbten Tores, dann stürzten wir hinaus.

„Beeile dich", flüsterte Willa.

Wir rannten über die Holzbrücke, die den Wassergraben überspannte, und dann die schlammige Straße hinunter. Innerhalb von zehn Schritten waren wir völlig durchnässt – vom eiskalten Regen von oben und eiskalten Spritzern unter unseren Füßen.

„Wir müssen es außer Sichtweite schaffen. Lauf in Richtung Wald", rief Willa über das Geräusch des prasselnden Regens hinweg.

Wasser tropfte mir an der Nase hinunter, als ich durch die Regenflut deutete. „Zu spät."

Sir Guys Truppen hatten sich zerstreut und alle Wege zwischen Nottingham und dem Wald abgeschnitten.

Wo bist du, John? rief Robynne in meinen Gedanken.

Durch unsere mentale Verbindung konnte ich einen Blick auf ihre Umgebung werfen – den Waldrand, Gott sei Dank. Sie, Alan und Martin hatten es geschafft.

Außerhalb des Westtors, antwortete ich. *Wir kehren um, sobald wir können. Aber im Moment...*

Willa berührte meine Hand. Und trotz der Kälte, des Regens und der drohenden Gefahr ringsherum spürte ich Hoffnung und Wärme.

Hoffnung und Wärme, die mich erschreckten, weil sie etwas zu bedeuten hatten.

Gefährtin, brummte mein Bär.

Ich holte tief Luft. Eins nach dem anderen. Wir brauchten einen Unterschlupf – je eher, desto besser.

Wie immer war Willa mir voraus. Sie rannte los in Richtung Westen. „Hast du eine Idee, wohin wir gehen können?"

Ich rannte neben ihr her und überlegte, welche Möglichkeiten es gab. Keine von ihnen war gut. Nicht, wenn es darum ging, in sicherer Entfernung vor unseren Feinden Schutz zu suchen.

Ich beschloss, dass die zweite Option Vorrang hatte, und beschleunigte das Tempo. „Eine Idee. Ob sie gut ist... " Ich wagte es nicht, Willa in die Augen zu sehen. „Das werden wir sehen. "

Kapitel 8

WILLA

Ich verfluchte Sir Guy, während ich durch den Regen und Schlamm stapfte. Ich verfluchte mich selbst. Ich verfluchte John, weil er recht damit hatte, dass mein Plan zu überstürzt war. Aber verzweifelte Zeiten erforderten verzweifelte Maßnahmen, welche Wahl hatte ich also gehabt?

Okay, vielleicht hätte ich John – ähm, Robynne – nicht nach Nottingham folgen sollen. Aber ich konnte ja nicht wissen, dass Sir Guy zum denkbar schlechtesten Zeitpunkt auftauchen würde.

Wir waren entkommen, aber ich hatte meine Suche nach dem Schatz aufgeben müssen. Schlimmer noch, ich hatte Johns Kuss aus dem Nichts ertragen müssen – eine schreckliche, erniedrigende und unnötige Aktion, die mich für den Rest meiner Tage heimsuchen würde...

... oder meine Träume für den Rest meiner Nächte aufheizen würde. Denn, wow. Wie oft bekam ein Mädchen einen solchen Kuss? Einen, der schnell begann und dann langsamer wurde, denn so ein Kuss war zu schön, um ihn zu überstürzen. Einen, bei dem ich die Augen erst weit aufgerissen und die Lider dann langsam geschlossen hatte, denn er war so gut. Er hatte mit etwas Kälte begonnen und war dann immer heißer geworden, bis ich meine Hände um Johns Taille geschlungen und meine Lippen geöffnet hatte.

Dieser Kuss hatte John ebenso aufgewühlt wie mich. Denn sein Gesichtsausdruck war genauso leer wie meiner und hatte sich zu, *Warte! Bitte hör nicht auf* gewandelt, als wir uns schließlich voneinander lösten.

Also, wow. Einen Kuss, wie ich ihn noch nie zuvor erlebt hatte. Würde ich jemals wieder so gut geküsst werden?

Mein Herz klopfte.

Dann landete mein Fuß in einer Pfütze und das kalte Plätschern brachte mich wieder zur Besinnung. Nein, nein, nein. An diesem Kuss war nichts Begehrenswertes. Er war furchtbar, erniedrigend und unnötig, und daran musste ich mich erinnern.

Ich warf einen Blick auf den großen, muskulösen Kriegertyp, der neben mir herging. Ja, das musste ich mir wirklich merken.

„Wie weit ist es bis zu dieser Abtei?", fragte ich über das Geräusch des Regens.

Sein Blick war grimmig. „Fünf Meilen."

Ich schaute mich um. Wir würden schon früher einen Unterschlupf brauchen. Sir Guys Männer durchkämmten die Umgebung bereits. Seit wir Nottingham verlassen hatten, mussten wir ein halbes Dutzend Mal hin und her laufen, um nicht mit ihnen zusammenzustoßen. Die Sicht war schlecht und die Männer waren genauso miserabel gestimmt wie wir, aber wir konnten es uns trotzdem nicht leisten, noch länger hier zu verweilen.

Ein Pferdegeschirr klirrte und wir wirbelten beide herum. Der Reiter schaute nach links, also wichen wir nach rechts in eine kleine Baumgruppe aus. Ich hockte mich zitternd hin und wartete darauf, dass er vorbeiging.

„Hier drüben", flüsterte John.

Der Baum, auf den er zeigte, war so groß, dass zehn Männer nötig gewesen wären, um ihn zu umschließen. Ein Blitz musste einst in die obere Hälfte des Baumes eingeschlagen haben, die nun in einem spitzen Winkel zum Stamm gebogen war.

„Wenn wir weit genug hineingehen, können wir dort Schutz suchen", flüsterte John und deutete auf den hohlen Stamm.

Es gab Schutz, wie sich herausstellte, aber nur für eine Person. John presste sich in die Lücke, aber ich stand draußen im eiskalten Regen.

„Gut", murmelte ich und schaute mich nach einer anderen Vertiefung um. Ich probierte mehrere aus, aber der Regen strömte in jede hinein.

„Hier drin ist es trocken", zischte John, als der Soldat vorbeigeritten war. „Komm herein."

Ich schüttelte den Kopf. *Komm herein* bedeutete, *zwänge dich hinein* – direkt in seine Umarmung.

Vergiss es, versuchte ich zu murmeln, aber meine Zähne klapperten zu sehr, um die Worte herauszubringen.

„Willa", rief er.

Irgendetwas an seinem sanften, wehmütigen Ton brachte mich zum Schmelzen. Also gab ich nach und bewegte mich steif in seine Arme... an seine Brust... gewissermaßen gegen seinen Schoß. Das war ganz ähnlich wie dieser Kuss.

Elektrisierend.

Äh, schrecklich. Erniedrigend und ... etwas anderes, an das ich mich in meinem kalten, durchnässten Zustand nicht erinnern konnte. Wir waren auf engstem Raum zusammengepfercht und unsere Körper wurden an Stellen aneinandergepresst, wo sie es nicht sollten. Und das hatte Wirkungen, die es wirklich nicht haben sollte.

Aber verdammt, ich musste trocken bleiben, nicht wahr?

Glückliche, kleine Funken durchzuckten jeden Teil meines Körpers. Ein fröhliches Summen drang an meine Ohren, als würde Amor ein Liebeslied für uns singen. Ich seufzte, schloss die Augen und entspannte mich zum ersten Mal an diesem Tag.

Einen Moment später riss ich die Augen wieder auf. Moment, ich war weder entspannt noch fühlte ich mich wohl. Oder doch?

„Ich dachte, du hättest gesagt, es sei trocken", murmelte ich angesichts der Tropfen, die meine Ellbogen trafen.

„Halb trocken", gab John zu.

Wir starrten beide schweigend in den Regen hinaus.

Halb trocken und *trocken* waren beides Übertreibungen, entschied ich, aber weniger nass als der Wolkenbruch, der nur wenige Zoll neben uns hinunterprasselte.

Es kam mir in den Sinn, dass, wenn ich nur je einen Zoll zu beiden Seiten hätte und John so viel größer war als ich...

Ich drehte mich, um aufzuschauen. „Warte mal. Bleibst du überhaupt trocken?"

Den Rinnsalen nach zu urteilen, die von seinen Schultern liefen, nein. Sein Tonfall war wahrscheinlich das einzige, was an ihm trocken war.

„Halb", war alles, was er sagte.

Ich kauerte mich in den Schutz, den er für mich geschaffen hatte. Wie konnte ein Mann nur so ein Trottel sein, aber gleichzeitig so rücksichtsvoll? War es der Kuss, der die Dinge zwischen uns irgendwie verändert hatte, oder vielleicht unser gemeinsamer Feind? Denn jetzt fühlten wir uns eher wie Komplizen als wie Gegner an.

„Vielleicht kann ich mir einen eigenen Unterschlupf suchen", bot ich an, obwohl ich wusste, dass meine Aussichten gering waren.

„Oder du bleibst hier und verhältst sich ruhig", antwortete er scherzhaft.

Eine weitere wortlose Minute verging, ohne dass die Sturmflut nachließ.

„Danke schön", flüsterte ich halb in der Hoffnung, dass er es nicht hören würde.

Er seufzte. „Nichts zu danken. Außerdem stehe ich in deiner Schuld."

„Wofür?"

„Dafür, dass du mich aus diesem Fluss gezogen hast."

Ich runzelte die Stirn. Er führte eine Strichliste?

„Man soll nicht helfen, damit einem Leute etwas schuldig sind", sagte ich. „Man soll helfen, weil es das Richtige ist."

„Es ist das Richtige, meine Schulden zu begleichen."

„Wenn es um Geld geht, ja. Aber wie wägst du andere Dinge ab?" Als ich mich zu ihm umdrehte, stand ich teilweise im Regen, aber das war mir egal. „Ist, mich trockenzuhalten, gleichbedeutend damit, dir das Leben zu retten?"

„Gut, gut. Ich schulde dir immer noch etwas", brummte er.

„Darum geht es mir nicht."

„Oh, um Himmels willen." Er riss die Hände hoch. „Also gut. Ich bin dir nichts schuldig. Ich halte dich nur trocken, weil es das Richtige ist." Er öffnete seine Arme und winkte mich streng zu sich heran.

Ich verharrte etwa zehn Sekunden lang. Mit einem Blick, der sagte, *Nur weil ich keine andere Wahl habe*, schmiegte ich mich schließlich – ähm, zwang ich mich – zurück in seine trockene Umarmung.

„Halb trocken", murmelte ich eine Minute später.

Von meiner Position aus konnte ich nicht sehen, wie er mit den Augen rollte, aber ich war mir sicher, dass er es tat.

„Sei froh, dass du so klein bist", knurrte er.

Ich stieß ihm einen Ellbogen in die Rippen. „Ich bin nicht klein."

„Warum bist du so empfindlich?"

Ha. Dieser Kerl beschuldigte *mich*, empfindlich zu sein?

„Ich bin nicht empfindlich. Das ist nur eine Tatsache. Es ist besser, wenn man sich nicht auf Männer verlässt."

„Und trotzdem bist du trocken."

Ich zuckte mit den Schultern. „Halb. Bis jetzt."

Der Regen fiel weiter in Strömen und am Abhang zu beiden Seiten unseres Baumes bildeten sich kühle, kleine Flüsschen. Es war nur eine Frage der Zeit, bis sie in unser Versteck sickerten.

„Vielleicht sind es Frauen, auf die man sich nicht verlassen kann", murmelte John.

Seine tiefe, knurrende Stimme war verführerisch nah an meinem Ohr. Was bedeutete, dass auch seine Lippen nicht weit entfernt sein konnten.

Mein Herz setzte einen Schlag aus.

Trotzdem behielt ich meine kompromisslose Fassade aufrecht. „Frauen zetteln keine Kriege an. Frauen vergewaltigen, plündern oder stehlen nicht – oder zumindest nur sehr, sehr selten. Wenn sie stehlen, dann nicht, um sich selbst zu bereichern, sondern um hungrige Kinder zu füttern."

Es folgte eine lange, stille Pause, bis er murmelte: „Okay, damit hast du recht."

Ich genoss diesen kleinen Triumph im Stillen.

„Aber du musst zugeben, dass die Ausnahmen ziemlich schrecklich sind. So wie Lady Thornton." Sein Tonfall deutete auf einen bitteren persönlichen Verrat hin – und zwar nicht von Lady Thornton.

„Stimmt", räumte ich ein. „Aber sie ist ein Sonderfall. Nimm Robynne zum Beispiel. Sie ist eine Frau. Kann man ihr nicht vertrauen?"

„Robynne ist eine Ausnahme."

Komisch, wie mich das traf. Als wollte auch ich die Ehre haben, eine Ausnahme zu sein. Ich wollte diesen Respekt, dieses Vertrauen.

„Inwiefern eine Ausnahme", fragte ich.

John dachte einen Moment lang nach und zuckte dann mit den Schultern. „Sie ist ehrlich. Und klug – klüger als wir alle – und verdammt loyal."

Trotz seines schroffen Tons ließen mich seine Worte ein wenig erweichen. Offensichtlich war auch John loyal – und einer der seltenen Männer, die eine Frau als ebenbürtig oder sogar überlegen behandeln konnten.

Innerlich seufzte ich leicht. Wenn ich nur jemanden hätte, der so loyal zu mir wäre.

„Du meinst, sie ist König Richard gegenüber loyal?"

Er nickte. „Und uns gegenüber. Ihren Männern, meine ich."

Ihre Männer. Plural. Loyal. Ein Team.

Die Frau ist ein Glückspilz, seufzte ein Teil von mir.

Aber dann fing ich mich wieder. Es war besser – sicherer, einfacher – mein eigenes Eine-Frau-Team zu sein. Auf diese Weise war ich die einzige Person, die mich enttäuschen konnte.

Irgendwie war dieser Gedanke nicht sonderlich inspirierend.

Ein weiteres langes Schweigen dehnte sich in relativer Ruhe aus. Offensichtlich waren wir besser dran, wenn keiner von uns sprach.

Was mich eigentlich nicht so traurig hätte machen sollen, aber das tat es.

Deshalb war ich unerklärlich froh, als John schließlich sagte: „Vorhin in der Stadt, dieser... dieser... "

Dieser Kuss? hätte ich fast hinzugefügt.

Unglaublich. Köstlich. Umwerfend, summte es in meinem Hinterkopf.

John beendete seinen Satz und ließ mein Ego schrumpfen: „... dieser Mann... “

So viel zum Thema unglaublich, köstlich und umwerfend. War der Kuss für ihn nur Mittel zum Zweck gewesen?

„Sir Guy, meine ich“, sagte John. „Im Lager hast du gesagt, er sei ein Gestaltwandler. Woher weißt du das?“

Hässliche Erinnerungen stiegen in mir auf und ich hatte Mühe, meine Stimme ruhig zu halten.

„Seit König Richard zu den Kreuzzügen aufgebrochen ist, hat Prinz John die Steuern erhöht. Und seine Geldeintreiber legen noch eine eigene Gebühr obendrauf. Vor einem Jahr hat meine Mutter gedroht, sich bei Obrigkeiten wie Sir Guy zu beschweren.“

John wartete darauf, dass ich weitersprach.

Ich schaute finster, als ich die Geschichte zu Ende erzählte: „Die Steuereintreiber lachten nur und sagten, *Was glaubt Ihr, wer Sir Guy ist?*“ Ich schüttelte den Kopf und war jetzt genauso wütend wie damals. „Nicht *wer*, sondern *was*. Dann verwandelten sie sich direkt vor unseren Augen in Wölfe, kamen Schritt für Schritt näher und knurrten und sabberten.“

Ich ballte meine Hände zu Fäusten und versuchte, mir nicht anmerken zu lassen, wie verängstigt ich an diesem Tag gewesen war. Die Gestaltwandler hatten es zuerst auf meine Mutter und meine jüngere Schwester abgesehen, dann auf meine ältere Schwester und mich, als wir dazwischen gegangen waren. Wäre nicht ein weiterer Steuereintreiber gekommen, um die Gestaltwandler weiterzutreiben – nicht weil es falsch war, unschuldige Seelen zu ermorden, sondern weil sie spät dran waren –, war ich mir sicher, wir wären einen schrecklichen Tod gestorben.

Ich übersprang den Rest bis zum Ende. „Als sie gingen, um Sir Guy Bericht zu erstatten, habe ich gesehen, wie auch er sich verwandelte.“

Nichts konnte meine Mutter erschüttern, aber diese Gestaltwandler schon. Ich werde nie vergessen, wie sie alle Türen und Fensterläden im Haus verriegelte, uns in die Arme schloss und vor Angst zitterte.

Der Aspekt des *wilden Tiers* war nur ein Teil dessen, was uns Angst machte. Ihre sadistische, machthungrige Seite war noch schlimmer, vielleicht weil sie rein menschlich war.

„Werwölfe. Ungeheuer." Ich berührte meinen Dolch. „Ich bin mir nicht sicher, ob diese Waffe verwunschen ist, aber wer weiß? Sie könnte sich als nützlich erweisen."

Ehrlich gesagt, war das jede Menge Angeberei, denn ich wollte es nie und nimmer mit einem Wolfsgestaltwandler aufnehmen, während ich nichts weiter als einen Dolch hatte. Verdammt, ich wollte es überhaupt nicht mit einem Wolfsgestaltwandler aufnehmen.

Meine Geste bewirkte, dass sich die Klinge bewegte, und als sie John berührte, zuckte er zusammen. Er zuckte *wirklich* zurück, als hätte er tatsächlich Angst.

Ich unterdrückte ein Glucksen. Wahrscheinlich war sie seiner Leiste ein wenig zu nah gekommen. Gott wusste, wie sehr Männer *diese* Gegend schützen wollten.

Die Sache war die, dass der Dolch heiß geworden war, als Sir Guy in Nottingham ankam. Ich hatte ihn unbewusst mit der Hand berührt und war fast erschrocken über die Wärme, die von der Klinge ausstrahlte. Deshalb war ich geneigt, an die Magie zu glauben. Und wenn der Dolch wirklich verwunschen war, was war dann mit dem Ring?

Der Ring von Aquitanien, hatte meine Herrin gesagt und ihn ehrfürchtig in ihren Händen gedreht. *Ein Ring, der seinem Träger außergewöhnliche Kräfte verleiht. Aber nur wenn der Träger eine Frau ist.*

„Lady Thornton", fluchte ich.

„Sie ist noch schlimmer als ihr Bruder", murmelte John.

Meine Gedanken überschlugen sich. Als Frau konnte Lady Thornton die außergewöhnliche Macht des Ringes anzapfen und für ihre bösen Zwecke missbrauchen.

Ich warf einen Blick nach Nottingham, obwohl die Bäume und der Nebel meine Sicht behinderten. Der Ring lag immer noch unter die anderen Schätze gemischt. Was, wenn Sir Guy und Lady Thornton gerade dabei waren, sie zu durchwühlen?

„Ich wette, sie ist auch eine Gestaltwandlerin", flüsterte ich. „Ein Monster wie Sir Guy. Böse. Grausam. Unbarmherzig."

„Menschen können auch grausam sein", bemerkte John.

„Das stimmt. Ich habe gehört, der Sheriff ist genauso schlimm wie jeder Gestaltwandler."

„Das war der alte Sheriff. Es gibt jetzt einen neuen. Nun ja, einen stellvertretenden Sheriff. Er hat bewiesen, dass er sehr fair ist."

Ich zuckte mit den Schultern. „Macht korrumpiert, weißt du. Und stell' dir einmal vor, wie schlimm das ist, wenn es sich um einen Gestaltwandler handelt."

John sagte kein Wort. Wieder einmal dehnte sich die Stille aus.

Es konnte erst kurz nach Mittag sein, aber das Licht war düster und der Regen so stark, dass ich hinter den Bäumen kaum etwas sehen konnte. Die feuchte Kälte sickerte unaufhaltsam in meine Knochen und ließ mich noch stärker zittern.

„Bleib dicht bei mir", befahl John und zog mich wieder heran.

Ich wollte protestieren – wirklich, das wollte ich –, aber seine Wärme lockte mich an wie ein Kamin und ich schmiegte mich an ihn. Dadurch wurden Johns Arme locker um meine Taille geschlungen, obwohl er den Anstand hatte, die Hände auf seine eigenen Oberschenkel zu legen.

Die Oberschenkel, die in diesem Moment um meinen Körper geschmiegt waren. Ich schluckte und kämpfte gegen unanständige Gedanken an.

„Dieser Regen kann doch nicht den ganzen Tag andauern", versuchte ich es.

John seufzte. „Wir sind hier im Nottinghamshire. Das kann er und wird er wahrscheinlich auch."

Ich starrte mürrisch in den Wolkenbruch hinaus. „Wenigstens hält es Sir Guys Männer davon ab, zu gründlich zu suchen. Aber wir sollten trotzdem Wache halten, nehme ich an."

„Ich halte Wache", knurrte er wieder ganz gereizt.

„Wir sind zu zweit. Wir können uns abwechseln. Du weißt schon, zusammenarbeiten." Ich zwang das Wort heraus.

„Ich werde Wache halten", murmelte er in diesem *Mein Leid kennt keine Grenzen*-Ton.

Ich streckte eine Hand aus. „Als wäre irgendjemand so dumm, bei diesem Wetter unterwegs zu sein."

„Wir müssen trotzdem wachsam bleiben", erwiderte er. „Es ist nicht sicher hier unter diesen Mensch– ich meine in diesen Örtchen. "

„Deshalb müssen wir uns auch abwechseln. Irgendwann wirst du müde werden. Vielleicht sogar schläfrig. "

Der Mann war ein grimmiger, mächtiger Riese, doch in meiner Vorstellung schlummerte er so friedlich wie ein Baby. So süß, so verletzlich, dass ich den Drang verspürte, ihn zu beschützen.

Er lachte. „Wir halten im Lager abwechselnd Wache und ich kenne jeden Trick, wenn es darum geht, wachzubleiben. "

Das musste ich hören. „Zum Beispiel? "

Er beugte sich vor und flüsterte mir direkt ins Ohr. „Denke an all den Sex, den du jemals hattest. In allen Einzelheiten. "

Und *wusch* – die durch unsere Nähe geschürte Glut des Verlangens loderte zu einem regelrechten Inferno auf.

„Ich bezweifle, dass meine Liste so lang ist wie deine", antwortete ich und klang dabei viel sittsamer, als ich es sollte.

Sein sündiges Lachen traf mich bis ins Mark. „Vielleicht. Vielleicht auch nicht. "

Jetzt bereute ich meine Frage, denn ich hasste den Gedanken, dass er mit einer anderen Frau zusammen sein könnte. Wie lang war seine Liste überhaupt? Länger als meine, dessen war ich mir sicher.

In der Stille, die darauf folgte, nahm das Rauschen des Regens einen geradezu sinnlichen Unterton an. Gut, dass wir uns nicht in einem gemütlichen, stimmungsvollen Zimmer mit Kamin und einem großen, warmen Bett befanden. Ich könnte vergessen, dass ich in seiner Nähe auf der Hut sein musste.

Aber der kalte, schlammige Matsch unter meinen Füßen ließ mich das noch einmal überdenken.

Trotzdem funktionierte der *An Sex denken*-Trick, wie ich Stunden später feststellte. Der Regen fiel weiter in monotonen Strömen und John nickte tatsächlich eine Weile ein. Ich bemerke es daran, wie sich sein Kinn auf meinen Kopf stützte. Ein Gefühl, das ich viel zu sehr mochte, und das in die Erinnerungen eindrang, die ich für meine Wache heraufbeschworen hatte – Erinnerungen an meine heiße Nacht mit dem süßen, gut gebauten Nelson, dem Sohn des Schmieds. So sehr, dass die Visionen von Nelson, der sich über, unter und in mir bewegte, mit den Visionen von John verschwammen.

Ich räusperte mich und streckte mich jedes Mal aufrechter, wenn ich mich dabei ertappte, aber John schlich sich immer wieder in meine Träume. Verdammt sei dieser Mann! Verdammt sei meine Libido!

Als John einige Zeit später aufwachte, war der Nachmittag immer noch trüb. Der Regen prasselte noch immer unaufhörlich auf die Erde.

Das rumpelnde Geräusch, das John beim Aufwachen von sich gab, klang wie ein Bär, der sich aus dem Winterschlaf schüttelte. Zunächst sagte er kein Wort und ich auch nicht, aber ein kribbelndes Gefühl am Rande meines Verstandes ließ mich mich fragen, ob er versuchte, meine Gedanken zu lesen.

Ha. Als würde ich ihn dort jemals hineinlassen.

Dann runzelte er die Stirn – ich konnte es nicht sehen, aber ich schwöre, ich konnte es spüren – und brummte: „Nelson?"

Ich erstarrte. Wow. Moment mal.

Dann, puh. Mir wurde klar, dass er kein Gedankenleser war. Ich musste den Namen laut geflüstert haben.

Ich stieß einen verträumten Seufzer aus, nur um ihn zu ärgern. „Nelson... "

Er schnaubte und ich wettete, wäre Nelson da gewesen, hätten sie sich auf die Brust getrommelt oder mit der Größe ihres männlichen Glieds geprahlt.

Ich rollte mit den Augen. Männer!

Ich streckte eine Hand in den eiskalten Regen, um meine Libido abzukühlen, aber auch, um die Bedingungen zu testen.

„Vielleicht sollten wir gehen", schlug ich vor.

Sir Guys Männer hatten ihre Suche wahrscheinlich aufgegeben, aber sie würden wieder aufbrechen, sobald der Regen nachließ.

„Vielleicht sollten wir das", murmelte der Hulk hinter mir.

Es war, als würde ich mit einem Felsbrocken sprechen, oder zumindest so, wie ich mir den Klang eines Felsbrockens vorstellte, so tief und rau.

Ich schüttelte ein Bein aus, dann das andere, und trat vorsichtig aus unserem Versteck. John folgte mir und deutete nach Westen.

„Dort entlang."

Ein paar Schritte später ertappte ich ihn dabei, wie er mich seitlich musterte.

„Was?"

Er runzelte die Stirn, doch es dauerte eine Weile, bis er sprach. „Im Ernst? Nelson?"

Ich lachte erfreut darüber, ihn verärgert zu haben. Ich antwortete mit meiner tiefsten, sinnlichen Stimme.

„Im Ernst, Baby. Nelson."

Seine Stirn runzelte sich noch tiefer und er stapfte mit einer männlichen Prahlerei voran, die besagte, *Ich könnte Nelson jederzeit übertrumpfen.*

Ich konnte nicht widerstehen, während der nächsten paar Schritte seinen Hintern zu studieren. Und vielleicht leckte ich mir auch ein oder zweimal über die Lippen. Denn, ja – ich wette, das könnte er.

Nicht dass ich daran interessiert wäre, es zu bestätigen, erinnerte ich mich. Nicht im Geringsten.

Kapitel 9

JOHN

Nelson? brummte mein Bär.

Wer auch immer das war, ich hasste den Kerl.

Ich hasste ihn auf dem ganzen Weg nach Winslow Abbey, fünf knochendurchweichende Meilen lang.

Der Sturm ließ allmählich nach, doch der Gedanke daran brachte mich nur zu einem bitteren Lachen.

Ein Sturm? Das war Willa. Eine so feurige Frau hatte alle Voraussetzungen für einen perfekten Sturm aus *Drama* und *Komplikation.* Sie und dieser Scheißkerl Nelson.

Die schlechte Nachricht war, dass ich es in ihren Gedanken gelesen hatte, was nicht möglich sein sollte – es sei denn, das Schicksal hatte uns füreinander bestimmt.

Die gute Nachricht war, dass wir auf dem Weg zu einem Kloster waren. Vielleicht würde es helfen, mein unwillkommenes Verlangen zu dämpfen. Immerhin sollte dieser Ort frei von Sünde sein.

Einen Moment später seufzte ich. Das *sollte* er sein.

Willa schaute zu mir hinüber. „Was?"

Ich schüttelte den Kopf. „Nichts."

Sie sagte kein Wort, aber ihr Augenrollen verriet alles. *Männer!*

Als wir weitergingen, ließ der Regen nach, und die Geräusche wurden allmählich durch das Zwitschern der wenigen Vögel ersetzt, die es wagten, ihre Nester zu verlassen. Meine Kleidung und meine Haare klebten an meiner Haut, so dass ich ununterbrochen fröstelte. Wenn ich mich doch nur in

Bärengestalt verwandeln und die sofortige Wärme meines Fells genießen könnte! Aber mit Willa in der Nähe durfte ich das nicht.

Gestaltwandler sind Ungeheuer. Unmenschlich. Ihre Worte hallten in meinem Kopf wider.

Es sollte mir egal sein, was ein unwissender Mensch dachte, aber trotzdem. Diese Worte trafen mich tief.

Ich krümmte meine Hand – die verletzte – und dachte an den Tag zurück, durch den ich für immer in Willas Schuld gestanden hatte. Eine Schuld, die ich zu begleichen versucht hatte, nur um ihren Zorn und eine neue Schuld auf mich zu ziehen, als sie mich aus dem Bach gezogen hatte. Also tat ich mein Bestes, um sie im Regen trocken zu halten...

Halb trocken, mischte sich mein Bär ein.

Also gut, um sie im Regen halb trocken zu halten, aber das zahlte nicht wirklich etwas zurück.

Wir haben ihr geholfen, aus Nottingham zu entkommen, meinte mein Bär.

Ja, mit diesem Kuss, der wie aus dem Nichts kam. Der Kuss, der immer noch Flammen durch meine Adern züngeln ließ.

Meine Lippen zuckten und ich sehnte mich danach, es noch einmal zu tun. Ich sehnte mich danach, sie wieder zu berühren. Selbst an einer sicheren Stelle, wie ihrer perfekten Hüfte.

Ich ließ meinen Blick dorthin wandern, nur um wieder blass zu werden. Vielleicht keine so sichere Stelle, denn dort hatte sie ihren Dolch versteckt. Aber, verdammt. Willa war wahrscheinlich auch mit einer normalen Klinge tödlich. Was spielte es für eine Rolle, ob dieser verwunschen war?

Es spielte eine Rolle, weil sie nichts von meiner Bärenseite wusste. Und sie durfte es nicht herausfinden, denn dann würde sie mich verachten.

Ich unterdrückte einen schweren Seufzer.

Als wir eine Anhöhe erklommen, deutete Willa auf die Häuser des Klosters vor uns.

„Also, eine Abtei? Was macht dies zu einem sicheren Ort?"

Ich hielt inne und ließ alles auf mich wirken. Dicke Mauern bildeten ein riesiges Viereck mit der Kirche als Mittelpunkt und anderen, bescheideneren Bauwerken an den Seiten: den Kreuzgängen, den Unterkünften der Mönche, dem Haus des Abtes und so weiter.

Ich machte mich auf den Weg zu einer kleinen Kapelle, einem der wenigen Gebäude außerhalb der Klostermauern.

„Wir haben hier einen Kontaktmann.“

Willa schaute skeptisch, aber sie sprang neben mir durch das hohe, nasse Gras.

„Gut, dass wir schon durchnässt sind“, scherzte sie.

Ich verbarg ein Lächeln. Sie hatte diese Art, die Dinge positiv zu sehen – außer wenn es um mich ging, vielleicht. Aber ich fing an, mir Sorgen zu machen, weil sie schon den ganzen Tag lang diese kalten, nassen Klamotten trug. Als Gestaltwandler würde ich nicht krank werden, aber Willa könnte es durchaus.

Der grasbewachsene Hang endete in einem Feld, das die Abtei umgab – im Sommer mit Weizen bedeckt, jetzt genauso trist wie das Wetter. Mit anderen Worten, offenes Gelände. Wir näherten uns schleichend – und Junge, war Willa gut darin. Sie war so leise, dass ich mich immer wieder umdrehte, um zu sehen, wo sie war, nur um festzustellen, dass sie bloß einen halben Schritt hinter mir war.

Schließlich kamen wir an der Kapelle an und ich zog die Tür auf. Sie knarrte so laut, dass ich zusammenzuckte. Wir schlüpften ins Innere, wo gewölbte Decken und Dutzende von flackernden Kerzen eine ganz andere Atmosphäre schufen als das kalte, graue Nichts, durch das wir den ganzen Tag gegeistert waren.

„Wow“, murmelte Willa. „Ich war nie sonderlich religiös aber allein das Versprechen, warm und trocken zu sein, könnte mich bekehren.“ Dann dachte sie einen Moment lang darüber nach. „Ich wette, das ist für manche Leute der halbe Grund.“ Dann warf sie einen Blick zur Tür und lehnte sich vor. Sie senkte die Stimme: „Also, dein Kontakt...?“

„Einer der Mönche hier. Hoffentlich hat er uns kommen sehen.“

Ich setzte mich auf eine der Kirchenbänke und ließ meine Aufmerksamkeit zur Mitte einer Kerze wandern.

Ähnlich wie schon zuvor bei dem Baum zögerte Willa, dann rutschte sie neben mich.

„Wir haben uns hereingeschlichen. Wie sollte er uns entdecken?", flüsterte sie.

Ich brannte darauf, ihr die Wahrheit zu sagen. *Er ist ein Gestaltwandler so wie ich. Mit extrem scharfen Sinnen. Oh, und übrigens, wir Gestaltwandler sind nicht alle so schlecht, wie du denkst. Du kannst uns vertrauen.*

Du kannst mir vertrauen, fügte mein Bär traurig hinzu.

„Er kommt mehrmals am Tag hierher", erklärte ich. „Es ist seine Aufgabe, dafür zu sorgen, dass die Kerzen stets brennen."

Sie schnaubte. „Ein teuflischer Job."

Ich ermahnte sie und deutete auf das Kreuz am Altar. „Pass auf, was du sagst."

Genau drei Sekunden lang herrschte eine bedrückende Stille. Dann brachen wir beide in Gelächter aus.

„Pst! Pst!", versuchte es Willa, obwohl sie genauso laut lachte wie ich.

Es war albern, aber ein herzliches Lachen war genau das, was ich nach einem miserablen Tag brauchte.

Was wir beide brauchen, grinste mein Bär und sah zu, wie Willa sich krümmte.

Ihre Augen strahlten mit einem breiten Lächeln und schallendem Gelächter, das sich die meisten Frauen verkneifen würden. Aber nicht Willa.

Lachen, genau wie warme Suppe, flauschige Welpen und knisternde Lagerfeuer, löste Spannungen und die nächsten Minuten vergingen in freundlicher Stille. Willa rutschte sogar nah genug heran, um meine Seite zu wärmen. Okay, wohl eher, um ihre eigene Seite an mir zu wärmen, aber mein Bär brummte fröhlich.

Sie vertraut mir. Sie mag mich.

So sehr ich mir auch einredete, dass ihr nur kalt und sie nur verzweifelt war, der Gedanke festigte sich in mir.

Ich mag sie auch, fuhr mein Bär fort.

Hinter uns knarrte die Tür und wir zuckten auseinander wie verbotene Liebende.

„Tuck." Ich begrüßte den jungen Mönch mit einem Nicken.

„Hallo, John. Und hallo, Miss?"

„Willa." Sie stellte sich vor, bevor ich es konnte.

Tuck ließ sein perfektes Grinsen aufblitzen – das, bei dem Frauen ins Schwärmen gerieten und in Erwägung zogen, in ein nahe gelegenes Kloster einzutreten – und brachte mich dazu, den attraktiven Löwengestaltwandler zum ersten Mal zu hassen. Er hatte alles. Gutes Aussehen... einen athletischen Körperbau... zwei funktionierende Hände und zehn flinke Finger...

Dann betrachtete ich die Kehrseite. Tuck war auch in der Ausbildung für einen Job, der ihn für die Ewigkeit in den Zölibat zwingen würde. Nein, danke. Nicht mit einer Frau wie Willa, um...

Ich unterbrach den Gedanken an dieser Stelle.

„Ihr seid sicher zum Beten gekommen." Tuck täuschte einen frommen Blick vor.

„Ähm, ja", antwortete ich. „Wir beten für einen Ort, an dem wir für ein oder zwei Tage Unterschlupf finden können. Einen Ort, an dem Sir Guy –, der Teufel – uns nicht finden kann."

Seine Augen blitzten bei der Andeutung von Ärger auf. „Ihr seid also diejenigen, hinter denen sie her sind. Vier Soldaten kamen heute Morgen hier an und fragten nach Euch."

Ich verkrampfte mich, aber Tuck winkte unbekümmert mit der Hand ab. „Sie sind im Speisesaal und rühren sich nicht vom Feuer weg – oder von ihrem Krug Bier." Dann wurde er ernst. „Trotzdem müssen wir vorsichtig sein. Folgt mir."

Ich flüsterte eine Warnung, bevor er die Tür erreichte: „Hört zu, Tuck. Das könnte gefährlich für Euch werden."

Seine Augen tanzten. „Versprecht Ihr es?"

Willa gluckste.

„Ich meine es ernst", beharrte ich. Tuck war ein guter Mann und entscheidend für Robynnes Pläne. Von den Reichen zu nehmen und den Armen zu geben, war nicht so einfach, wie es klang, und Tuck war ein wichtiges Glied in unserer Versorgungskette.

„Ich meine es auch ernst", versicherte er mir. „Essen, beten, schlafen auf Wiederholung bringen mich noch um. Tag für Tag,

Woche für Woche, Monat für Monat, Jahr für..." Er brach mit einem traurigen Ton ab und zwang sich dann zu einem schwachen Grinsen. „Okay, es sind erst vier Monate, achtzehn Tage und sechs Stunden. Nicht dass ich zählen würde..."

Nachdem er in beide Richtungen geschaut hatte, führte er uns hinaus, wies uns den Weg und ging dann selbst in eine andere Richtung. Seinen Anweisungen folgend schlichen Willa und ich um die Außenmauern der Abtei herum, eilten über eine breite Straße, versteckten uns im Gebüsch und folgten einem Bach. Nicht weit flussaufwärts stand das verlassene Mühlhaus, das Tuck beschrieben hatte.

„Er hat nicht gescherzt", murmelte Willa. „Es sieht wirklich so aus, als könnte es von einem Niesen umgeworfen werden."

Ich öffnete die Tür einen Zoll nach dem anderen, um zu verhindern, dass das Dach einstürzte.

Das tat es nicht, obwohl ich mir das Niesen verkneifen musste, das der Staub verursachte. Offensichtlich war dieser Ort schon seit Jahren nicht mehr in Betrieb. Nur das Wasserrad drehte sich vom Bach angetrieben weiter. Es erzeugte ein ständiges Rumpeln außerhalb der Westmauer. Der innere Mechanismus war ausgeklinkt worden und ließ den massiven Mühlstein schlummern.

Das war die Bachseite des Raums. Eine Ecke auf der anderen Seite war für die Grundbedürfnisse eines Müllers eingerichtet worden. Es gab einen kleinen Tisch, ein Waschbecken, ein Bett und eine Feuerstelle.

Willa stieß einen staubigen Holzstapel an. „Nun ja, der ist trockener als ich."

Tuck tauchte kurz darauf mit einem Paket von Hilfsgütern wieder auf.

„Extra-groß für Euch." Er warf mir eine Tunika zu und Willa eine zweite. „Klein für Euch..."

Sie fing sie mit einer Hand auf und knurrte: „Ich bin nicht klein."

„Ähm, medium, meinte ich." Tucks Mundwinkel zuckten.

Willa warf ihm einen Blick zu, dann hielt sie sich die Kleidung an den Körper.

„Ich weiß, es ist nicht gerade der letzte Schrei der Mode, aber das ist alles, was wir haben", sagte Tuck. „Je schneller wir Euch aus Euren Klamotten kriegen, desto besser."

Sie stemmte die Hände an die Hüfte. „Wie bitte?"

Ich liebe es, wenn sie so kämpferisch klingt, murmelte mein Bär.

Ich musste zugeben, dass es mir auch gefiel. Aber hauptsächlich, wenn sich ihr Kampfgeist nicht gegen mich richtete.

Tuck streckte die Hände hoch. „So habe ich das nicht gemeint." Dann seufzte er. „Oder vielleicht doch. Ich bin schon so lange hier, ich werde noch verrückt. Es tut mir leid."

Zu seinem Glück ließ Willa es durchgehen.

„Wie dem auch sei, Ihr müsst euch abtrocknen und warm werden." Tuck ließ einen Laib Brot und etwas Käse auf den Tisch fallen, dann warf er ein paar Decken auf das schmale Bett. „Das ist das Beste, was ich im Moment für Euch tun kann. Es ist neblig genug, um ein Feuer zu machen, aber haltet es klein."

„Das ist großartig. Danke", sagte Willa.

„Mit Vergnügen", antwortete Tuck. „Ich werde morgen nach Euch sehen. Wie lange gedenkt Ihr, hierzubleiben?"

Ich schaute Willa an, die auf die Frage in meinen Augen hin nickte. Komisch, dass diese Form der Kommunikation für uns reibungsloser funktionierte, als zu reden.

„Morgen früh sind wir wieder weg", versicherte ich Tuck.

Er schüttelte den Kopf. „Nach dem, was ich gehört habe, meint Sir Guy es ernst. Er lässt seine Männer das Land nach dem verschwundenen Schatz durchkämmen."

Willa wandte ihren Blick ab und presste die Lippen zusammen. Das war besser, als mir einen bösen Blick zuzuwerfen, der besagte, *Das ist alles deine Schuld,* dachte ich.

„Sie sind auch auf der Suche nach zwei verdächtigen Personen, die sich aus Nottingham geschlichen haben, bevor die Tore geschlossen wurden. Die Beschreibung ist vage, aber sie reicht aus. Wenn jemandem Eure Größe auffällt – oder Euer Haar..." Tuck zeigte auf Willa „... ist es vorbei."

Willa schaute mich an, als wollte sie sagen, *Ich habe dir doch gesagt, du bist zu groß.*

Ich zuckte mit den Schultern und war versucht, zu erwidern, *Ich habe dir doch gesagt, dass dein Haar zu schön ist.*

Aber, hoppla. Diesen Teil hatte ich immer nur gedacht. Das und andere Dinge, die ich nie aussprechen würde, wie beispielsweise, *Darf ich nur einmal mit den Fingern darüberstreichen?*

Und das war nur der Anfang eines ganzen Katalogs von Wünschen, von denen ich während meines Nickerchens geträumt hatte. Wünsche wie der, ihre langen, feurigen Locken auf einem Kissen ausgebreitet zu sehen, während sie zu mir aufschaute. Wir beide nackt und im Bett. Wünsche, wie mich ins Kissen zu lehnen, während Willa auf mir ritt und zuckte. Ihr seidiges Haar würde durch die Luft wirbeln, während sich ihre Lippen in wortloser Ekstase bewegten.

Ich räusperte mich. Schade, dass ich das nicht auch mit meinem Verstand tun konnte.

„Es wäre klug, wenn Ihr Euch ein paar Tage bedeckt haltet", fuhr Tuck fort. „Da der Sheriff aus der Stadt abberufen wurde, gibt es niemanden, der Sir Guy die Stirn bieten kann."

Ich runzelte die Stirn. „Was wisst Ihr darüber? Wo ist der Sheriff? Warum?"

Tuck zuckte mit den Schultern, aber seine sonst so fröhlichen Augen zeigten Besorgnis. „Offenbar wurde er gerufen, um dem Sheriff von Darby zu helfen. Das ist alles, was ich weiß."

Nicht gut. Robynne hatte sich nichts anmerken lassen, aber ich wusste, dass sie sich Sorgen machte. Andererseits könnte die Abwesenheit des Sheriffs eine gute Sache sein. Sir Guy war ein Wolfsgestaltwandler und wenn er herausfand, dass Daniel – der Sheriff – ein Drache war... Nicht gut. Ein Drache hätte in einem Zweikampf die Oberhand, aber im Hinblick auf unsere übergeordnete Mission war Daniels größter Vorteil, dass er uns von innen heraus half. Wir konnten es uns nicht leisten, dass er als Gestaltwandler – oder als unser Verbündeter – verraten wurde.

Mein Stirnrunzeln vertiefte sich. War es möglich, dass Sir Guy Daniel verdächtigte und ihn absichtlich abberufen ließ?

Schlimmer noch, was, wenn es sich um eine Art Hinterhalt handelte?

Kein Wunder, dass Robynne die Nachricht wie ein Schlag getroffen hatte.

So viele Fragen. So vieles hing in der Schwebe. Und ich konnte so wenig tun, um einzugreifen.

Den Schatz zu finden, war das Einzige, was ich tun konnte, um unsere Sache auf diese Weise voranzutreiben. Den Schatz, der mir entgangen war.

Alles deine Schuld. Dieses Mal war ich derjenige, der mit sich selbst schimpfte.

Ich schaute Willa an und wünschte, ich könnte es erklären.

„Alles in Ordnung?", fragte Tuck.

Ich schüttelte mich aus meiner Tagträumerei. „Ja. Sicher. Gut."

„Rosig." Willa zupfte an ihrem nassen Ärmel.

„Nun, ich werde von Zeit zu Zeit nach Euch sehen."

Tucks Augen blitzten, als er zwischen Willa und mir hin und her schaute. Sein schelmisches Grinsen sagte, *Und wie ich nach Euch sehen werde.*

Gott sei Dank, läuteten in diesem Moment die Glocken in der Ferne. Tuck seufzte. „Ich muss gehen. Es ist Zeit zu beten... mal wieder."

„Wie oft jeden Tag?", fragte Willa.

Tuck winkte mit einer *Fragt nicht*-Geste ab. „Zu oft. Stellt Euch vor, Ihr wärt Gott. Würdet Ihr nicht auch ab und zu eine Pause wollen?"

Willa gluckste. „Das könntet Ihr dem Abt vorschlagen."

Tuck grinste. „Das habe ich. Er war nicht amüsiert. Ich musste für eine Woche ein Schweigegelübde ablegen."

Die Glocken tönten weiter und jeder *Gong* zog den armen, zögernden Tuck einen weiteren Schritt fort.

„Ich muss gehen", wiederholte er traurig. „Aber wenn es Ärger gibt, werde ich hier sein." Der Gedanke schien ihn ein wenig aufzumuntern.

Damit schritt er davon.

Willa stand neben meiner Schulter in der Tür und schaute ihm nach. „Dieser Mann ist auf gar keinen Fall Priester."

Ich wusste, was sie meinte. Tuck war für Schlachtfelder geboren – und gebaut –, nicht für Kirchenbänke oder Klöster.

Der Löwengestaltwandler musste es gehört haben, denn er drehte sich mit einem Seufzer um. „Entweder hasst Gott mich, oder seine Wege sind wirklich unergründlich."

Er winkte, dann verschwand er und ließ uns allein zurück.

Sehr allein, wie ich feststellen musste, als Willa sich umdrehte und mit mir zusammenstieß. In dem Moment, als sich unsere Körper berührten, raste Feuer durch meine Adern.

„Entschuldigung", sagten wir beide gleichzeitig.

In unserer Eile, uns voneinander zu lösen, verhedderten sich unsere Füße und ich musste sie festhalten, um nicht umzufallen. Das brachte ihre smaragdgrünen Augen direkt vor meine und mir wurde eine Zeit lang schwindlig. Ich hielt sie eine Weile so fest – zu lange, das wusste ich, aber es schien Willa nichts auszumachen. Ihre Lippen bewegten sich – wiederholte sie gedanklich vielleicht unseren Kuss? Und wenn ja, würde sie mich sie wieder küssen lassen? Gab es eine Chance, dass ein Typ wie ich und eine Frau wie sie…

Mit einem Schlucken stellte ich sie wieder auf die Beine und trat zurück.

Kapitel 10

WILLA

Es war großartig, die Nacht nicht im Regen zu verbringen. Das Essen, das Tuck uns gebracht hatte, war einfach, aber gut, vor allem nach einem so kalten, tristen Tag. Einen Unterschlupf zu haben, um Sir Guys Truppen zu entgehen, war ebenfalls großartig.

Nur mir ging es an diesem Abend nicht gut.

Das Zittern, das den ganzen Tag über gekommen und gegangen war, hörte für eine Weile auf und kam dann mit aller Macht zurück. Meine Hände über das winzige Feuer zu halten, das John entzündet hatte, half nicht. Es half auch nicht, ganz dicht davor zu stehen – so dicht, dass John mich zurückzog und die Flamme am Saum meiner Tunika löschte.

„Sei vorsichtig“, mahnte er. „Geht es dir gut?“

„Mir ist nur bisschen kalt“, murmelte ich und rieb meine Arme.

Ich zog meine Stiefel aus und legte den verwunschenen Dolch zusammen mit dem Rest meiner Waffen neben das Bett – ein kurzes Messer, meinen zweischneidigen Quillon-Dolch, ein langes Messer, dann meinen Basilard mit dem H-förmigen Griff...

Eines nach dem anderen knallte ich sie auf den Tisch und Johns Augenbrauen zuckten jedes Mal.

Wie viele Waffen braucht eine Frau? fragte sein erschrockener Gesichtsausdruck.

Ich war so müde, dass ich mir nicht die Mühe machte, eine Antwort zu murmeln. *Eine mehr, als ihre Feinde erwarteten.*

Es gab nur ein Bett und normalerweise hätte ich mich darum gestritten, wer es bekommt – oder wer nicht, denn Gott bewahre uns davor, dass einer von uns dem anderen etwas schuldig wäre, indem er eine bequeme Unterkunft für die Nacht beanspruchte.

Aber ich zitterte so stark, dass ich mich ohne ein Wort des Protestes darauf fallen ließ und die Decke fest umklammerte. Nach einer weiteren langen Minute des Zitterns schlang ich die Ränder enger um meinen Körper, zog eine Ecke über meinen Kopf und kauerte mich in der Dunkelheit zusammen.

„Geht es dir gut?", fragte John außerhalb meines Kokons.

„Bestens." Meine Zähne klapperten.

Es herrschte Stille. Dann knarrte eine Bodendiele – John trat näher.

„Wirklich gut?"

„Wirklich", log ich. Hilfe war wirklich das Letzte, was ich wollte. Vor allem *seine* Hilfe.

Ich verschränkte die Hände vor der Brust und versuchte verzweifelt, jedes Fünkchen Wärme einzuschließen.

Es folgte weiteres Schweigen, das allerdings auch nicht lange anhielt. Etwas raschelte und dann legte sich etwas Weiches und Leichtes über mich. Obwohl ich die Augen geschlossen hatte und zur Wand gedreht lag, wusste ich, dass es John war, der mich mit seiner Decke zudeckte.

„Du kannst mir deine Decke nicht geben", sagte ich schwach.

„Ich kann es. Und ich habe es getan."

Hätte ich Energie für etwas anderes als Frösteln gehabt, hätte ich mich geweigert. Aber die zusätzliche Wärme war eine unwiderstehliche Droge, die mich der Besinnungslosigkeit näher brachte.

Ganz sanft schob er die Ränder der Decke unter mich und hüllte mich wie eine Mumie ein.

„Wie ist das?"

„Besser. Danke", sagte ich mit zitternder Stimme. „Wie kommt es, dass dir nicht kalt ist?"

„Wir sind ziemlich zäh", murmelte er.

Ich wollte schnauben. Ich war auch zäh. So zäh, wie man nur sein konnte. Und doch konnte ich nur daliegen und wie ein verängstigtes Kaninchen zittern. Gott, ich hasste es, so erbärmlich zu sein.

Meine Gedanken überschlugen sich und ich fragte mich, wer *wir* war. Die fröhlichen Gesellen des Sherwood Forest? Sie mussten zäh sein, aber trotzdem. Die einzigen Kreaturen, die einen so nassen Tag wie den unseren überstehen konnten, ohne krank zu werden, waren dickfellige Tiere. Wölfe... Dachse... Bären...

Mein vernebelter Verstand entschied, dass *Bär* am besten zu John passte. Er war so groß, so fähig *wild* zu sein, und dennoch so sanft.

Rührend sanft, so wie jetzt, als er den Rand seiner Decke um meine eisigen Füße wickelte.

„Danke", erinnerte ich mich, zu sagen. „Das ist besser."

Tatsächlich nur ein wenig, aber ich wollte, dass er mich in Ruhe ließ. Ich meinte es nicht persönlich. Es war nur so, dass ich mich nicht gern auf jemanden verließ. Ich kam gut allein zurecht. Allein war es sicherer. Besser. Weniger kompliziert. Es bedeutete auch, einsam zu sein, aber hey. Der Kompromiss war es wert... zumindest die meiste Zeit.

„Du zitterst immer noch", brummte er eine Minute später.

Ich verlor auch das Gefühl in meinen Fingern, aber das brauchte er nicht zu wissen.

„Es ist das Flackern des Feuerscheins", versicherte ich, während mich ein unkontrollierbares Frösteln durchlief.

„Nicht der Feuerschein", murmelte John.

Nein, das war es nicht, aber wenn er genau wie ich versuchen würde, es vorzugeben...

Je mehr ich zitterte, desto schwieriger wurde es, klar zu denken. Wenn ich doch nur den Ring hätte, den meine Herrin erwähnt hatte.

„Den Ring von was?", fragte John.

„Aquitanien", sagte ich mit klappernden Zähnen. „Ein Ring, der seinem Träger außergewöhnliche Kräfte verleiht – wenn man an so etwas glaubt. Er muss bei dem Schatz in Nottingham sein."

Jedes Wort wurde von einem Zittern unterbrochen. Erst nachdem ich sie ausgesprochen hatte, erinnerte ich mich daran, dass es ein Geheimnis sein sollte.

Und verflixt. Jetzt, wo die Worte herauskamen, wollten sie nicht mehr aufhören. „Es funktioniert aber nur bei Frauen."

Das bedeutete, dass es nicht so schlimm war, John davon zu erzählen, nicht wahr? Ich spürte eine Lücke in meiner Logik, aber ich verstand sie nicht genau.

John legte mir eine Hand auf die Stirn, so wie es meine Mutter früher getan hatte, als ich noch klein war. Es fühlte sich gut an, zur Abwechslung einmal umsorgt zu werden. Aber, Moment. Ich sollte nicht wollen, dass sich jemand um mich sorgte, nicht wahr? Und, Mist. Hatte ich den Ring wirklich laut erwähnt?

„Erzähle es niemandem", zischte ich nur für alle Fälle.

Aber er schien nicht zuzuhören. Das war ärgerlich, aber in diesem Fall praktisch. Als er endlich damit fertig war, meine Temperatur zu prüfen, gab er einen kleinen Laut von sich. Ich fragte mich, ob das gut oder schlecht war. Dann setzte er sich auf den restlichen freien Platz auf dem Bett – die Stelle, an der sich meine Beine befinden würden, hätte ich mich nicht in eine Embryonalstellung zusammengerollt. Das Bett gab unter seinem Gewicht nach, und in meinem Kopf schrillten die Alarmglocken.

Nun, die Alarmglocken *hätten* schrillen sollen, aber sie taten es nicht. Nicht, wenn seine wohlige Wärme mir so nah war.

„Versteh das jetzt nicht falsch...", warnte er und glitt neben mir ins Bett.

Offensichtlich hatte die Kälte mein Gehirn erreicht, denn das Gegenteil war der Fall.

Genau richtig, seufzte jede kältegeplagte Ecke meines Körpers.

Er rutschte so behutsam und langsam zu mir, dass es unmöglich war, ihm nicht zu vertrauen. Er legte seinen Kopf über meinen, winkelte seine Beine an und schlang seinen großen Körper um mich.

Und, wow, es fühlte sich an wie ein warmes, mit Alkohol versetztes Getränk, das einen von innen heraus wärmte. Doch es war nicht nur die Wärme, sondern auch dieses Gefühl der *Richtigkeit.*

„Du machst es mir wirklich schwer, dich zu hassen", murmelte ich schließlich.

„… wie bitte?"

Gott, war er süß. Gut, dass die Decke mein Lächeln vor ihm verbarg.

„Ich mache nur Witze", murmelte ich.

Mein Zittern war wie eine lange Regennacht – ich merkte nicht, als es nachließ, aber schließlich tat es das doch. Stück für Stück entspannte sich meine Muskulatur und die Energie, die entwichen war, kehrte langsam zurück.

Auch Johns Steifheit ließ nach und er streckte sich bequemer aus. Das Bett war schmal und er war groß, aber irgendwie passten wir perfekt darauf.

„Weißt du, wenn du so bist, bist du gar nicht so herrisch", murmelte er.

Ich stieß ihm einen Ellbogen in die Rippen – sanft. „Ruiniere es nicht."

Er lachte. Ein Geräusch, das in die gleiche Kategorie fiel wie das Knistern des Feuers. Heimelig. Tröstlich. Warm.

Ich sog das Geräusch in mich auf, so wie ich seine Körperwärme aufnahm, und fühlte mich wieder etwas lebendiger.

„Warum bist du so nett zu mir?", kam ich nicht umhin, zu fragen.

Er zuckte mit den Schultern und ließ sich mit der Antwort viel Zeit. So lange, dass ich mich fragte, ob das, was er schließlich antwortete, die Wahrheit oder eine Ausflucht war.

Weil ich dich mag, sehnte ich mich, zu hören.

Ich biss mir auf die Lippe. Ich hatte einen Groll gegen ihn gehegt, ihn mit schnippischen Kommentaren angegriffen und mich generell zickig verhalten. Warum um alles in der Welt sollte dieser Mann mich mögen?

Und, verdammt. Warum war es mir wichtig, dass er es tat?

„Weil Robynne es so gewollt hätte", antwortete er schließlich.

„Oh. Sehr loyal von dir." Ich meinte es auch so.

John verlagerte sein Gewicht und versuchte, es sich bequemer zu machen. Es funktionierte – für uns beide. So bequem, dass ich nicht bemerkte, dass sein Arm locker um meine Seite geschlungen war. Bemerkte er es?

„Ist Loyalität etwas Schlechtes?", murmelte er über meine Schulter hinweg.

„Es ist keine *kluge* Sache. Man kann sich auf andere Menschen nicht verlassen."

„Ich kann mich auf Robynne verlassen."

Seine Worte waren so gleichmäßig, so selbstverständlich, dass ich sie beneidete.

„Es hat eine Weile gedauert, bis ich es erkannt habe, aber jetzt weiß ich es", schloss er.

Ich nehme an, er hatte ein Argument – und vielleicht eine tiefere Lektion für mich. Vertrauen entsteht nicht über Nacht. Es entwickelt sich allmählich, vor allem nach gemeinsamen Herausforderungen.

Der Gedanke begann, sich in eine gefährliche Richtung zu entwickeln, also starrte ich auf die Wand vor mir und versuchte, einen klaren Kopf zu bekommen. Das Einzige, was ich noch im Blickfeld hatte, war Johns Hand – die vernarbte Hand. Ich öffnete den Mund, um ihn danach zu fragen, schloss ihn dann aber wieder. Das ging mich nichts an.

„Wie hast du Robynne kennengelernt?", fragte ich schließlich.

„Sie hat uns gefunden. Ich war bereits mit den anderen im Sherwood Forest."

„Oh." Ich fragte nicht nach den Einzelheiten. Robynnes Bande waren allesamt Gesetzlose, aber das störte mich nicht – nicht in diesen schwierigen Zeiten, in denen die Verzweiflung zu viele Menschen zu Bagatelldelikten trieb und die mangelhafte Ermittlung völlig unschuldige Seelen belastete.

„Diebstahl", sagte John geradeheraus.

Ich riss die Augen weit auf, aber eher wegen des Geständnisses als wegen des Verbrechens selbst. Und ich war noch überraschter, als er fortfuhr.

„Ich bin zwei Frauen mit einer kaputten Kutsche begegnet“, murmelte er. „Einer älteren Dame, ihrer Tochter und den kleinen Kindern der Tochter.“

Sein langsamer, schwankender Ton verriet mir, dass dies Details waren, die er nicht oft erzählte. Ich hielt den Atem an und wartete darauf, dass er weitersprach.

„Ich war gerade dabei, das Rad für sie zu reparieren, als ein paar Soldaten vorbeikamen und die Kutsche durchsuchten. Sie fanden vier goldene Kelche, die auf die Beschreibung derer passten, die aus einer nahen Kirche gestohlen worden waren.“ Er schüttelte den Kopf und murmelte: „Wer stiehlt denn aus einer Kirche?“

Ich runzelte die Stirn. Nicht John. Darauf würde ich mein Leben verwetten.

„Die Frauen taten ganz schockiert und schoben es auf mich. Ich, der ihnen seine Hilfe angeboten hatte! Sie sagten, ich hätte die Kelche dort versteckt.“ Jeder Muskel in seinem Körper – und davon gab es viele, alle in extra, extra groß – spannte sich an. „Du hättest sehen sollen, wie sie geweint und die Soldaten angefleht haben. Natürlich haben die Soldaten ihnen geglaubt...“

Mein ganzes Leben lang hatte ich mich über die Nachteile von Frauen aufgeregt. Über die Vorteile, wie die Unschuldsvermutung, hatte ich nie wirklich nachgedacht.

„Ich bin abgehauen, aber die Soldaten sind mir gefolgt“, fuhr John fort. „Hinterher hörte ich, dass die Soldaten behaupteten, ich hätte sie fast umgebracht, obwohl ich darauf geachtet hatte, nicht mehr als ein paar blaue Flecken zu verursachen. Was aber wirklich schmerzt, ist die Tatsache, dass die Kirche den Frauen zwei der Kelche überließ, weil sie geholfen hatten, gestohlenes Eigentum wiederzubeschaffen.“

Ich war fassungslos. „Das ist so falsch.“

John zuckte mit den Schultern. „So ist es eben. Aber ich bedaure nicht, dass es mich nach Sherwood Forest gebracht hat.“

Ich runzelte die Stirn. Vielleicht, aber das hätte seine Entscheidung sein sollen, keine Notwendigkeit.

„Entschuldige. Ich wollte nicht neugierig sein.“

Er musterte mich und schenkte mir dann ein schwaches Lächeln. „Ich schätze, es liegt daran, dass du im Moment nicht ganz klar im Kopf bist."

Ich hasste es, mich in einem solchen Zustand zu befinden, aber ich schätzte sein wohltätiges Denken. Vielleicht war es an der Zeit, dass ich ihm die gleiche Höflichkeit entgegenbrachte.

„Ist dir wenigstens wärmer?", fragte er.

Ja, besonders ums Herz, das auf das Doppelte seiner üblichen Größe anschwoll. In den letzten Stunden hatte John nichts als Geduld und Güte gezeigt – dieselben Eigenschaften, die ihn mit diesen Frauen in Schwierigkeiten gebracht hatten, verflucht sollen sie sein.

„Viel wärmer", flüsterte ich. „Und nochmals Entschuldigung."

„Wofür?"

Ich machte eine vage Bewegung und stellte mir all meine Fehler vor, die für zukünftige Generationen in diese Wand geritzt worden wären.

„Es tut mir leid, dich beschuldigt zu haben. Es tut mir leid, kindisch gewesen zu sein. Und danke, dass du mir geholfen hast."

Na also. Eine Entschuldigung. Eine richtige Entschuldigung. Ich war so stolz auf mich.

Ich spürte, wie er lächelte. „Gern geschehen. Und danke, dass du mir geholfen hast."

Ich holte tief Luft und begab mich auf unbekanntes Terrain. „Vielleicht können wir das alles hinter uns lassen und ... du weißt schon, uns gegenseitig helfen, um zu erreichen, was wir uns vorgenommen haben. Ohne eine Strichliste zu führen, meine ich."

Ich drehte mich zu ihm um und hoppla. Jetzt, wo mein Kopf etwas klarer war, wurde mir bewusst, wie nah wir uns waren. Angesicht zu Angesicht. Im Bett. Die Lippen nur wenige Zoll voneinander entfernt...

Oder vielleicht war mein Verstand doch nicht so klar, denn ich hätte schwören können, dass seine honiggoldenen Augen glühten. Sie wirbelten sogar.

„Guter Plan. Zu kooperieren." Seine Stimme war ganz heiser. „Unverbindlich. Gegenseitig."

Vielleicht könnten wir es ein wenig verbindlich machen, drängte eine sinnliche Stimme tief in mir.

Vielleicht war das mein Problem – dass ich alle auf Abstand hielt. Niemals vertraute.

Langsam bewegte John seine Hand, bis sie um mein Gesicht geschmiegt war. Mein Herz schlug heftig, als ich mich an unseren Kuss erinnerte. Selbst für einen vorgetäuschten Kuss war es der Wahnsinn gewesen. Wie würde sich wohl ein echter Kuss anfühlen?

Er zeichnete die Linien meines Kiefers nach. Hatte er den gleichen Gedanken?

Die Kerzen, die Tuck für uns dagelassen hatte, flackerten um uns herum und ahmten das Feuer im Kamin nach. Ich zwang mich, John weiter in die Augen zu sehen, und nicht im Verlangen zu ertrinken. Aber das war schwierig, denn wenn das Verlangen einmal entfacht war, verflog es nicht einfach wieder. Es verlagerte sich einfach woanders hin, zum Beispiel tiefer in meinen Körper, bis hin zu meiner Weiblichkeit. Dorthin, wo ich ein Bein über seins schlingen und meinen Körper näher an Johns pressen könnte...

Gut, dass diese Decken mich wie eine Mumie einhüllten.

Ich öffnete die Lippen nur einen Spalt und wartete. Hoffend.

Johns Blick fiel darauf und ich konnte spüren, wie er mit sich selbst rang. Dann wippte sein Kehlkopf und er wich einen einzigen, widerwilligen Zoll zurück.

„Guter Plan", wiederholte er ein wenig unbeholfen.

Ein Kuss war im Entstehen gewesen, ganz sicher. Aber jetzt flatterte er wie ein Schmetterling davon. Oder eher wie eine Motte. Das war passender, wenn man den Zustand dieser Decken bedachte.

Ich rollte mich zurück und wandte mich der Wand zu, aber mein Körper blieb an seinen geschmiegt.

„Gute Nacht", flüsterte ich.

Wie zuvor legte er seine Hand auf meine Seite. Und dieses Mal ergriff ich sie.

„Gute Nacht", brummte er und machte es sich bequem.

Kapitel 11

JOHN

In dieser Nacht schlief ich auf einer Engelswolke. Alles fühlte sich leicht an, glücklich, sogar schwebend, und die Sorgen waren weit, weit entfernt. Das war der beste Schlaf, den ich seit sehr langer Zeit gehabt hatte.

Das Aufwachen hätte eine Qual sein müssen, aber das war es nicht, denn meine Arme waren um Willa geschlungen. Sie hoben und senkten sich mit jedem leisen Atemzug, den sie tat.

Auch mein Brustkorb hob und senkte sich. Verdammt, daran könnte ich mich gewöhnen.

Es war uns am Abend zuvor gelungen, uns zivilisiert zu unterhalten, und ich war heute Morgen optimistisch, dass wir eine bessere Ausgangsposition haben würden.

Im gemeinsamen Bett, scherzte mein Bär fröhlich.

Bei diesem Gedanken schluckte ich schwer. Wir hatten die Nacht nicht in diesem Sinne miteinander verbracht, aber es fühlte sich intimer an als Nächte, die ich nackt –, lüstern – mit anderen Frauen verbracht hatte. Nicht dass es viele gewesen wären – jedenfalls nicht so viele, wie Robert und einige der andere prahlten.

Mein Bär seufzte, als ich Willa fester an mich drückte. *Das einzig Wahre.*

Ich stieß einen Atemzug aus und versuchte, meine Gedanken nicht mit mir durchgehen zu lassen. Letzte Nacht war Willa verletzlich gewesen. Ich sollte mich darauf gefasst machen, dass sie mit ihrer üblichen Frechheit und Attitüde aufwachen würde.

Mein Bär grinste. *Das ist es, was ich an ihr mag. Eines von vielen Dingen.*

Sie erwachte eine gute Stunde später und streckte sich schläfrig in meinen Armen. Dann spannte sie sich an, was einen Moment der Erkenntnis markierte. Ich konnte praktisch hören, wie sie kreischen, und spüren, wie sie ihren Fuß gegen meine Leiste stoßen würde.

Aber beides passierte nicht. Willa blieb noch eine Minute lang steif, dann entspannte sie sich in meiner Umarmung.

Innerlich jubelte mein Bär ausgelassen. Nach außen hin blieb ich sehr, sehr still, aus Angst, den Moment zu verderben.

Schließlich gab sie ein lautes Gähnen von sich, das heißen sollte, *Ich bin jetzt offiziell wach, also hoffe ich, dass du hinter mir anständig bist.* Ein übertriebenes Dehnen vermittelte die gleiche Botschaft, nur für den Fall, dass ich so müde – oder dumm – war. Dann setzte sie sich auf und schnippte mit den Fingern, als wollte sie sich auf Erfrierungen untersuchen.

Fast hätte ich gefragt, *Geht es dir besser?* Aber Willa würde es hassen, wenn man sie an ihre Verletzlichkeit erinnerte. Also entschied ich mich für ein neutrales „Guten Morgen" und versuchte, einen männlichen Weg zu finden, um wegzurutschen.

Willa ersparte uns beiden einen peinlichen Moment, indem sie das Bett sanft am Fußende verließ. Die Decken waren immer noch eng um sie geschlungen, aber sie schob sie beiseite – eine Handlung, die meine Leistengegend nur noch härter machte.

„Guten Morgen", murmelte sie und streckte sich nach oben.

Meine Kehle wurde trocken. Das leichte Unterkleid, das sie trug, war dünn und enthüllte die sanfte Rundung ihrer Hüfte... ihre Brüste... die Spitzen ihrer Brustwarzen...

Ich starrte sie an, dann riss ich meinen Blick los.

Sie warf sich eine Tunika über ihr Unterkleid – zu schade – und kämmte sich dann mit den Fingern durch das lange Haar und ordnete es neu. Fasziniert schaute ich dabei zu. Jede sanfte Bewegung ließ das gedämpfte Licht auf eine andere Weise über ihr rotes Haar tanzen. Es leuchtete wie Sonnenschein, der über einen Fluss glitzerte. Auch die kaskadenartigen Bewegungen waren ähnlich, bis hin zu der Art und Weise, wie sie drei Abschnitte bildete und diese ineinanderflocht.

Ich schaute fasziniert zu. War das schwierig oder einfach? Würde sie es mich eines Tages probieren lassen? Oder vielleicht könnte ich damit anfangen, den Zopf zu lösen…

„Nun dann…“, murmelte sie und schaute auf.

In der vergangenen Nacht hatten wir unsere Kleider zum Trocknen über die offenen Balken des Mühlhauses gehängt und Willa sprang hoch, um nach ihren zu greifen.

Die meisten Leute – und alle Bären – wachten langsam auf. Aber Willa sprang bereits herum, bereit, in den Tag hinauszustürmen. Sie war immer mit hoher Geschwindigkeit unterwegs – außer in Ausnahmesituationen wie am vergangenen Abend.

Wenn ich sie wirklich ärgern wollte, würde ich sie daran erinnern.

Ich beschloss, dass es sicherer war, es nicht zu tun. Schließlich hatte sie immer noch diesen verwunschenen Dolch dabei.

Ich zog ihren Mantel in einer leichten Bewegung herunter. „Hier, bitte sehr.“

Dann erstarrte ich. Hoppla. Das würde sie bestimmt verärgern.

Und tatsächlich runzelte sie die Stirn und steckte ein Dutzend Worte in einen harten Blick, der besagte, *Ich kann meinen eigenen Mantel herunterziehen, verdammt noch mal, weißt du.*

Ich blieb stehen und machte mich darauf gefasst, dass sie mir einen Vortrag darüber hielt, wie klein sie nicht war.

Glücklicherweise rollte sie nur mit den Augen und sagte durch zusammengepresste Lippen: „Danke.“ Dann prüfte sie den Stoff und seufzte.

„Trocken?“, fragte ich.

Sie schüttelte den Kopf. „Halb.“

Ich verbarg ein Grinsen.

Die Sekunden verstrichen langsam. Willa schaute zu den Dachsparren hinauf. Ich starrte auf meine Füße. Es herrschte Stille bis auf das ständige Rumpeln des Mühlrads außerhalb der Mauern.

Schließlich gab sie mir den Mantel zurück. „Würdest du ihn bitte zurückhängen?"

Ich achtete darauf, keinerlei Emotion zu zeigen. „Natürlich."

Auch mein Mantel war immer noch feucht, also ließ ich ihn hängen. Willa schlang sich eine Decke wie einen Umhang um die Schultern und warf mir einen missbilligenden Blick zu. „Wird dir nie kalt?"

Ich zuckte mit den Schultern. „Normalerweise nicht."

Als Nächstes prüfte sie ihre Stiefel und murmelte: „Als hättest du eine Schicht Fell oder so etwas."

Ich schluckte und wünschte, ich könnte sagen, *oder so etwas.*

Metallisches Klirren ertönte, als Willa ihr Waffenarsenal sortierte. Ich zählte mit den Augen. Drei Messer, zwei Dolche und zwei besonders kleine Klingen, die man in den Ärmel stecken oder in einen Stiefel schieben konnte. Sie verwahrte sie so geschickt wie ihre Haare – und das, obwohl sie nur ein Unterkleid, eine Tunika und eine Decke trug. Wie zum Teufel machte sie das?

Danach ging sie zur Anrichte hinüber und sortierte die spärlichen Lebensmittel. „Hmm. Brot zum Frühstück nehme ich an."

Als wir uns an die gegenüberliegenden Seiten des zu kleinen Tisches setzten, zog ich meine Beine dicht an mich heran. Es war allerdings ein Kampf, sie dort zu behalten. Sie schlichen sich immer wieder nach vorn, als wäre das Kuscheln von letzter Nacht unser neuer Normalzustand.

Willa wog das Brot in ihren Händen, bevor sie es in zwei Teile riss und mir ein Stück reichte.

Ich schüttelte den Kopf. „Das ist mehr als die Hälfte."

„Du bist größer. Du solltest mehr bekommen. Du weißt schon, um... ähm..." Sie gestikulierte vage.

Mein Bär spitzte die Ohren und wartete sehnsüchtig auf etwas wie, *Um all diese Muskeln zu erhalten.*

„... um nicht zu verhungern."

Ich schluckte einen Seufzer hinunter.

Als sie einen Bissen nahm, runzelte sie nachdenklich die Stirn. „Jetzt müssen wir uns nur noch überlegen, wie wir den Schatz zurückbekommen. Sobald wir das geschafft haben, mache ich mich wieder auf den Weg.“

Mein Herzschlag verlangsamte sich zum Kriechtempo. Was hatte sie gesagt?

Ich schluckte und konnte mir kaum ein gewimmertes *Du willst gehen?* verkneifen.

Als Bär könnte ich mich tagelang verkriechen. Zeit genug, um Willa kennenzulernen. Vielleicht sogar Zeit genug, um mich zu erklären und mir eine gemeinsame Zukunft vorzustellen. Aber Willa war eine rastlose Seele, denkend und planend und immerzu in Bewegung. Wie kam ich darauf, dass sie bei einem Mann wie mir bleiben wollte?

Ich zwang mich zu einem geschäftsmäßigen Nicken. „Natürlich.“

Willa begegnete meinem Blick und für den Zeitraum eines Herzschlags glaubte ich, ein trauriges Flackern in ihren Augen zu sehen. Meine Beine zuckten und bettelten darum, sich unter dem Tisch mit ihren zu verbinden.

Sag mir, dass du nicht fühlst, was ich fühle. In Gedanken übte ich eine Rede, von der ich nicht glaubte, dass ich sie jemals laut aussprechen könnte. *Sag mir, dass diese Verbindung, die ich spüre, nicht vom Schicksal vorherbestimmt ist. Und ich lasse dich ohne Widerspruch gehen. Aber wenn du fühlst, was ich fühle...*

Das Feuer im Kamin war erloschen, doch ich konnte schwören, dass ich es noch immer knistern hörte. Und diese aufgeladene, prickelnde Hitze, die den Raum zwischen uns wärmte – das war nur eine Erinnerung. Nicht wahr?

Lichtpunkte leuchteten in Willas Augen und meine Fantasie machte sie zu einer Gestaltwandlerin. Zu einem Luchs vielleicht, der mit Anmut und Energie durch den Wald schleichen konnte. Oder ein Reh mit großen, glänzenden Augen und einem wachsamen Blick, bereit, sich in Sicherheit zu bringen.

Eine Bärin, flüsterte meine tierische Seite.

Mein Herz schlug wild. Wenn Willa Gestaltwandlerin wäre, würde das alles ändern. Ihre Lippen bewegten sich und ich beugte mich vor und hielt den Atem an.

Ein Knarren ertönte draußen. Willa drehte sich um und was auch immer sie hatte sagen wollen, war für immer verloren.

„Vielleicht bringt Tuck uns etwas Frisches zum Frühstück." Sie ging auf die Tür zu.

Meine Nasenflügel bebten, als mein Bär die Luft prüfte. Ich streckte eine Hand aus, um Willa aufzuhalten. Im gleichen Moment erstarrte sie und kam zu derselben Erkenntnis wie ich.

Das waren nicht nur zwei Füße dort draußen. Es waren vier. Sechs ... vielleicht sogar mehr.

Unsere Blicke begegneten sich und wir tauschten eine stumme Botschaft aus. *Nicht Tuck. Soldaten?*

Ich schnappte mir meinen Stab und stellte mich neben die Scharnierseite der Tür. Ohne einen Laut nahm Willa auf der anderen Seite Position ein. Eine Hand lag auf der Waffe, die sie an ihrer Seite verbarg.

Dann klopfte jemand an die Tür. „Öffnet auf Befehl von Sir Guy."

Willas Gesicht wurde sauer und ich konnte das Widerwort in ihren Gedanken lesen. *Ich befolge keine Befehle eines Ungeheuers.*

Ungeheuer. Gestaltwandler. Mein Bär jammerte und ich wünschte, ich könnte es erklären. *Ein Gestaltwandler zu sein, machte einen nicht zum Ungeheuer. Für jedes schwarze Schaf gab es ein Dutzend guter Bürger.*

Weitere Knarrgeräusche deuteten auf eine ganze Einheit von Soldaten hin. Ich gab Willa ein Zeichen, zurückzutreten, während ich überlegte, wie ich die meisten Feinde ausschalten und sie am besten beschützen konnte.

Aber ihre Augen funkelten und verrieten, dass sie einen besseren Plan hatte. Ich stöhnte, denn ich war mir sicher, dass er mir nicht gefallen würde, ich jedoch auch keine Wahl hätte.

Bevor ich protestieren konnte, prüfte sie ihre Tunika, setzte ein Lächeln auf und öffnete lässig die Tür.

„Guten Morgen. Was kann ich für Euch tun?"

Jeder Muskel spannte sich an, als ich hinter der Tür verborgen blieb. Wut baute sich in mir auf – eine fremde Art von Wut, die wie in einem Hexenkessel brodelte. Eine Wut, die sagte, *Einen Schritt näher an meine Gefährtin heran und ich werde jeden von euch töten.*

Meine Fingernägel schmerzten, als der Bär in mir darum kämpfte, seine Krallen auszufahren. Meine Haut kribbelte als Vorbote der Verwandlung zu Fell. Ich biss die Zähne zusammen und konnte mein inneres Biest kaum unterdrücken.

„Entschuldigt die Störung, Madam, aber wir haben den Befehl, nach verdächtigen Personen in der Gegend zu suchen", sagte der Soldat.

Willa schlug sich eine Hand aufs Herz. „Meine Güte, wie beängstigend."

Ha. Als würde ihr irgendetwas Angst machen.

„Ein Glück, dass wir niemanden gesehen haben", fügte sie hinzu.

Die Stufe knarrte, als der Soldat sich vorbeugte. „Wir?"

Ich zuckte zusammen, aber Willa reagierte schnell. „Ja. Ich, mein Mann und die Kinder." Sie zog mich zu sich heran und presste mich an die Seite ihres Körpers.

Die Soldaten schauten auf – und wurden ein wenig blass. Willa stieß mir ihren Ellbogen in die Rippen, woraufhin ich einen Arm um ihre Schultern legte.

„Nur ein paar Besucher, Schatz", säuselte sie und schlang ihren Arm um meine Taille. Neunzig Prozent von mir waren nervös und bereit, die Eindringlinge in Stücke zu reißen. Die anderen zehn Prozent genossen, wie gut es sich anfühlte, gehalten zu werden und sie zu halten.

„Ihr müsst meinen Mann entschuldigen. Er ist heute Morgen etwas langsam. Nun ja, wie jeden Morgen."

Zur Vergeltung drückte ich ihre Schulter, was ihr Kichern in ein Quietschen verwandelte. Dann rieb sie sich die Augen. „Ich schwöre, keiner von uns hat letzte Nacht auch nur ein Auge zugetan. Die Zwillinge waren stundenlang wach."

Ich machte große Augen. Zwillinge?

„Ich weiß, wie das ist", sagte der am nächsten stehende Soldat, wie es nur ein müder Vater konnte.

Eine zweite Wache spähte auf das Dach und dann in das Mühlhaus. „Ihr wohnt hier?"

Ich hielt den Atem an. Wie wollte sich Willa aus dieser Sache herausreden? Das Mühlhaus war viel zu baufällig für einen Familienwohnsitz.

Willa lachte auf eine Art und Weise, die ihn garantiert davon abhielt, weitere Fragen zu stellen, wenn man bedachte, wie dumm sein erster Versuch war. „Ganz sicher nicht. Wir waren auf dem Weg zu Verwandten in Winthrop, aber das Wetter hat uns aufgehalten." Sie winkte ab. „Wir haben nichts Verdächtiges gesehen, aber Ihr könnt gern hereinkommen."

Ich klammerte mich so fest an die Kante der Tür, dass es ein Wunder war, dass das Holz nicht splitterte. War sie verrückt geworden?

Aber nachdem Willa sich erst einmal auf eine Angriffslinie festgelegt hatte, war sie wie eine Bulldogge: „Seid aber bitte leise. Ich möchte die Kinder nicht wecken. Lucy hat einen so leichten Schlaf. Harold nicht so sehr, aber sobald er gestört wird, schreit er und schreit."

Der Soldat neben ihr zuckte zusammen.

„Ja, in den letzten vierzehn Tagen gab es nichts als Geschrei", klagte Willa. „Ich hoffe, es ist nur das Zahnen. Gott bewahre, dass es die Pocken sind…"

Alle Soldaten, die sich zur Tür gedrängt hatten, sprangen zurück. Ihr Anführer erblasste.

„Die Pocken?"

Willa streckte die Hände hoch. „Wahrscheinlich zahnen sie nur. Ich bin wohl nur eine überängstliche Mutter, aber nach dem, was letztes Jahr passiert ist…"

Sie verstummte erneut und ließ die Saat des Zweifels auf fruchtbaren Boden fallen.

„Was ist letztes Jahr passiert?", murmelte einer der Soldaten.

Ein anderer gab ihm einen Tritt, als wollte er sagen, *Weißt du das nicht, du Trottel?*

Dabei war im letzten Jahr nichts Bemerkenswertes passiert. Aber Willas Tonfall forderte jeden Mann dazu auf, die Lücken mit all den Schrecken zu füllen, die er sich nur vorstellen konnte. Sogar ich stellte mir das Schlimmste vor. Die schwarze Pest. Die Pocken. Teufelszeug…

Willa verdrehte die Hände in einem Abbild mütterlicher Besorgnis. „Gerade wenn ich denke, dass Harolds Durchfall aufhört, wird er wieder schlimmer." Dann schüttelte sie den Kopf. „Es tut mir leid, ich schwafele. Bitte, kommt doch herein. Wir haben seine Sauerei beseitigt – nun ja, größtenteils. Ich setze den Kessel auf..."

Je mehr sie die Männer nach vorn winkte, desto weiter wichen sie zurück.

„Nicht nötig, Madam", beeilte sich der Anführer zu sagen. „Es tut mir leid, dass wir Euch gestört haben."

Willa winkte fröhlich. „Gar kein Problem. Wir werden es Euch sicher wissen lassen, wenn wir etwas Verdächtiges sehen. Wo können wir Euch finden?"

Sie klang so süß und aufrichtig. Ich nahm mir vor, in Zukunft doppelt so vorsichtig zu sein.

„... meldet Euch einfach bei jemandem in der Abtei", rief der Soldat, der bereits zehn Schritte entfernt war. „Ihr braucht mich nicht persönlich aufzusuchen."

„Also gut. Guten Tag, meine Herren."

Willa winkte ihnen fünf Sekunden lang zum Abschied zu, bevor sie die Tür schloss. Ich stieß einen Atemzug aus und versuchte, meinen Herzschlag zu beruhigen.

Sie zog fragend eine einzelne Augenbraue hoch. „Was?"

Ich starrte noch eine Minute länger, dann brummte ich: „Zwillinge?"

Sie brach in Gelächter aus. So sehr, dass sie sich aufs Bein klatschte und sich die Seiten hielt.

Ich blinzelte, dann ertappte ich mich dabei, wie ich in ihr Johlen einstimmte.

Kinder. Pocken. Durchfall. Ha. Das einzig Ansteckende in diesem Mühlhaus war unser Lachen. Wir beide schwankten hin und her und lachten uns schlapp. Und zumindest für diese wenigen Momente schien unsere Situation nicht so düster und verzweifelt zu sein. Wir hatten zu essen. Wir hatten eine Unterkunft. Wir hatten einander.

Ich brachte durch mein Lachen ein paar Worte hervor. „Wie alt sind die Zwillinge?"

Willa täuschte ein Augenrollen vor. „Du kannst dich nicht einmal an den Geburtstag deiner eigenen Kinder erinnern?"

Ich grinste. „Er scheint mir entfallen zu sein. Wie die Kinder selbst. Lucy und Harold?"

Sie lachte und tätschelte meine Brust mit einer *Schon gut*-Geste. „Offensichtlich haben sie ihren Verstand von meiner Seite der Familie geerbt."

Kinder. Eltern. Familie. Begriffe, die mir nie in den Sinn gekommen waren, funkelten plötzlich wie goldene Waben aus Honig, zumindest vor meiner Bärenseite.

Okay, vielleicht auch für meine männliche Seite.

Wir lachten und lachten und die Klänge – der eine hoch, der andere tiefer – wickelten sich ineinander und erfüllten den Raum wie eine frische Brise. Selbst nachdem das Lachen verklungen war, grinste ich Willa an und sie grinste zurück.

Offenbar hatte Willa vergessen, wie man die Stirn runzelte. Und hoppla. Offensichtlich hatte ich es auch.

Ich mochte uns so lieber. Scherzend, nicht streitend. Lachend. Kooperierend.

Willa stupste mich an. „Komm bloß nicht auf dumme Gedanken, Heißsporn."

Meine Wangen erröteten, denn genau das war geschehen.

Trotzdem tat ich mein Bestes, keine Miene zu verziehen. „Das würde mir im Traum nicht einfallen, Schatz."

Kapitel 12

WILLA

Wir saßen noch zwei weitere Tage im Mühlhaus fest. Wenn es nicht gerade in Strömen regnete, durchkämmten Sir Guys Männer die Landschaft. Wir zogen es vor, beides zu meiden.

Das hatte den Vorteil, dass meine Kleidung trocknen konnte – überwiegend – und ich Zeit hatte, John besser kennenzulernen.

Der Nachteil war, dass ich es hasste, eingesperrt zu sein, und dass ich John besser kennenlernte. Das war nicht gut, denn wenn ich zu viel Zeit damit verbrachte, in seine honigfarbenen Augen zu schauen, veränderte sich etwas in mir. Schlimmer noch, häusliche Zweisamkeit zu spielen, brachte mich auf schlechte Ideen, wie diese Art Leben zu mir passen könnte, wenn ich jemals einen guten Mann fände. Einen Mann wie John. Ruhig. Rücksichtsvoll. Aufmerksam. Ganz und gar nicht der Trottel, für den ich ihn gehalten hatte.

Aber ich war kein Teamplayer. Ich war keine hilflose Frau. Ich verließ mich nicht auf andere und veränderte mich nicht für anderer Leute Erwartungen.

„Ist alles in Ordnung?“, fragte John.

Ich wirbelte herum, nachdem ich auf das Wasserrad gestarrt hatte, das sich drehte und drehte und drehte. „Ja. Sicher. Definitiv.“

Er neigte den Kopf, sagte aber kein Wort. Aber er kam herüber, um mit mir durch das Fenster auf das Wasserrad zu schauen. Zuerst bemerkte ich ihn kaum, so still war er. Aber bald konnte ich ihn nicht mehr *nicht* wahrnehmen, denn mein

Herz klopfte schneller, als meine Sinne sich seiner Anwesenheit neben mir übermäßig bewusst wurden. Und nicht nur bewusst, sondern sie reagierten wie jedes der vier Elemente, als kämen sie mit ihrem Gegenstück in Berührung. Wasser, das gegen Feuer zischte. Luft, die Erde in einem Wirbelsturm drehte. Ein Mann, der eine Frau aufwühlte.

Ich schluckte schwer und zwang mich, zurückzuweichen, anstatt näherzukommen. Ich setze mich auf das Bett, um meine Waffen zu polieren. Das würde mein Selbstbild der Unbesiegbarkeit stärken, nicht wahr?

Aber, verdammt. Selbst dann suchten mich sinnliche Träume heim. Träume von schwerem Keuchen und nicht nur einer erneuten Beinahe-Begegnung. Vom Tanzen, oh so nah, aber nicht in einem Ballsaal. Von wildem Reiten, aber nicht auf dem Pferderücken. Von der Jagd nach Höhenflügen, die mich vor lauter wilder Befriedigung aufschreien ließen.

Ich räusperte mich und warf John einen schuldbewussten Blick zu – genau in dem Moment, als er das Gleiche tat.

Wir hatten weiterhin das Bett geteilt – um die nächtliche Kälte abzuwehren, aus keinem anderen Grund! – und er hatte mehr als einmal schnell aufstehen müssen. Normalerweise in den Momenten, in denen meine Gedanken am schmutzigsten waren. Wir waren so aufeinander eingestimmt, dass es beängstigend war.

Ich hob den verwunschenen Dolch und ließ das schwache Licht darauf glitzern.

„Hast du Lust zu kämpfen?", fragte ich. Wir kämpften ab und zu, um uns die Zeit zu vertreiben und unsere Fähigkeiten beizubehalten.

„Ja, aber nicht mit dieser Klinge."

Ich lachte. „Sie ist nur gegen Gestaltwandler verwunschen."

„Es bleibt trotzdem eine Klinge und du bist viel zu geschickt damit."

Ein Kompliment, das ich gern annahm.

„Wie kommt es eigentlich, dass du so gut mit Waffen umgehen kannst?", fragte er.

Ich zuckte mit den Schultern. „Meine Mutter bestand darauf, dass meine Schwestern und ich uns zu verteidigen wissen."

Ich erzählte ihm von meiner Mutter, ihrem Geschäft und den Lehrern, die sie für uns gefunden hatte. Von dem alten Ritter, der mich wie seine eigene Tochter behandelte, bis hin zu dem Fassbinder, der als Bogenschütze ausgebildet war, und dem Schmied, der in seiner Freizeit gern mit Streitäxten kämpfte.

John zog die Augenbrauen hoch. „Streitäxte?"

„Und Kampfstäbe, wenn seine Stimmung umschlug." Dann kicherte ich. „Ha – wenn seine Stimmung *umschlug*. Verstehst du?"

Wie süß von John, dass er über mein seltsames Wortspiel lachte, anstatt zu stöhnen. „Ja, ich verstehe es."

Wir grinsten uns ein wenig zu lange an.

Fast hätte ich noch weitere Aspekte meiner Ausbildung erwähnt, wie zum Beispiel den schicksalhaften Tag, an dem ich als Trainingspartner für die Tochter eines örtlichen Lords ausgewählt wurde. Der Lord war ein besonderer Mann – reich genug, um seine Tochter zu einer begehrten Braut zu machen, *und* liebevoll genug, um sie vor abtrünnigen Plünderern, grausamen Freiern oder potenziellen Entführern zu schützen. Da es sich für ein Mädchen von adliger Geburt nicht anschickte, sich mit einem Mann zu messen, wurde ich als ihre Trainingspartnerin rekrutiert. Unsere erste gemeinsame Lektion hatte uns blaue Flecken und Schrammen beschert. Danach waren wir für immer beste Freundinnen.

Jetzt, Jahre später, hatte sich in der Welt und für uns als Individuen so vieles verändert. Aber wir waren immer noch beste Freundinnen und ich würde alles für sie tun.

Das bedeutete, ihre Identität zu schützen, sogar vor John, also ließ ich diese Details weg.

Ich räusperte mich. „Nun denn, was soll es heute sein – Klingen oder Stäbe?"

Die Antwort kam nie, denn es klopfte an der Tür. John verspannte sich, dann entspannte er sich und öffnete die Tür.

„Es ist nur Tuck."

„Nur Tuck?", protestierte der junge Mönch.

Ich grinste und freute mich, Tuck mit seiner täglichen Lieferung von Essen, Nachrichten und guter Laune begrüßen zu können.

„Brot. Würstchen. Äpfel." Er ließ alles auf den Tisch plumpsen. „Gern geschehen."

„Danke", antworteten John und ich wie ein paar Schulkinder.

„Bier?", bot ich an.

„Von mir aus gern."

Wir setzten uns an den Tisch und stießen mit den Krügen an.

„Auf neue Freunde", sagte Tuck. „Aus der Verzweiflung heraus, aber ich bin nicht wählerisch. Und auf eine kurze Atempause von der Tristesse meines Daseins."

„Ihr könntet Euch jederzeit zu uns in den Sherwood Forest gesellen", sagte John.

Tuck verzog das Gesicht. „Schwierige Entscheidung. Ich bevorzuge die Gesellschaft der Gesetzlosen, aber das Bier hier ist besser." Er seufzte und zupfte an seinem Gewand. „Ich bin nur nicht hierzu geboren."

Es war ein Witz und gleichzeitig kein Witz. Ich spitzte die Lippen. Armer Tuck.

Dann setzte er ein Lächeln auf. „Schon gut. Ich habe ein paar Neuigkeiten aus Nottingham. Welche wollt Ihr zuerst hören: die gute oder die schlechte Nachricht?"

„Gute", sagte ich.

„Schlechte", murmelte John zur gleichen Zeit.

Tuck grinste und zeigte auf mich. „Die Dame zuerst. Die gute Nachricht."

John schnaubte. „Dame? Sie?"

Ich beschloss, es als Kompliment zu verstehen.

Tuck gluckste und fuhr fort. „Die gute Nachricht: Lady Thornton hat Nottingham verlassen."

John blies erleichtert die Backen auf.

„Ist sie wirklich so schlimm, wie man sagt?", fragte ich.

Beide Männer nickten gleichzeitig. „Schlimmer."

Tuck fügte hinzu: „Ihre Kutsche blieb immer wieder im Schlamm stecken, so dass sie drei Anläufe brauchte, aber schließlich schaffte sie es."

„Das zeigt nur, welch eine hartnäckige, gefährliche Gegnerin sie wäre", murmelte John.

„Oder wie verzweifelt die Stadtbewohner sie loswerden wollten. Normalerweise hätten sie die Kutsche nach dem ersten Versuch aufgegeben. Aber anscheinend gab es viele Freiwillige, die ihr helfen wollten, sich auf den Weg zu machen."

Wir lachten, tranken einen Schluck Bier und wurden dann ernst.

„Und die schlechte Nachricht?", fragte John.

Tuck lehnte sich mit säuerlichen Blick zurück. „Sir Guy ist immer noch in der Stadt und wütet über den Schatz, den niemand finden kann."

„Ist das nicht gut?", warf ich ein.

„Nicht, wenn er anfängt, unschuldige Leute zu foltern, um herauszufinden, wo er sich befindet."

Ich starrte mürrisch auf meine Füße. Meine Mutter hatte oft gesagt, dass Reichtum eher ein Fluch als ein Segen sei. Jetzt verstand ich endlich, was sie damit gemeint hatte.

„Die Frage ist, was hat Robynne als Nächstes geplant?", fragte Tuck.

John zuckte mit den Schultern und schaute hinaus. „Ich weiß es nicht. Vielleicht ist es an der Zeit, zurück ins Lager zu gehen, um es herauszufinden."

Oder du könntest auch selbstständig denken, hätte ich fast gesagt.

Aber das hätte schnippisch geklungen und ich fing an, John zu verstehen. Hierarchie war ihm wichtig, und Robynne war der Boss.

Ich stieß einen kleinen inneren Seufzer aus. Diese Art von Respekt würde ich mir auch gern verschaffen. Aber das bedeutete, Beziehungen aufzubauen – nicht gerade meine Stärke.

„Ihr solltet mindestens noch eine Nacht bleiben", sagte Tuck. „Die Gegend wimmelt immer noch von Soldaten."

Ich stapfte mit dem Fuß auf. „Suchen sie nach uns?"

Tuck verzog das Gesicht. „Sie suchen nach Hinweisen auf den Standort des Schatzes. Und da ein paar verdächtige Gestalten kurz nach Sir Guys Ankunft schnell aus der Stadt geflohen sind…"

„Wir hatten nicht einmal etwas dabei!", protestierte ich. „Wir haben uns nur... nur... "

Meine Wangen brannten, weil ich ja nicht gerade sagen konnte, dass wir uns *nur geküsst haben*. Tucks sexbesessener Verstand würde sich daran festbeißen und mit ihm durchgehen und durchgehen und durchgehen.

„Wir sind einfach hinausspaziert", warf John ein.

„Außerdem war der Schatz schon seit dem Vortag in Nottingham", erklärte ich. „Jeder hätte sich damit davonmachen können. "

Tuck klopfte uns beiden auf den Rücken. „Nun, Ihr seid diejenigen, hinter denen sie her sind. Glückwunsch. "

Ich wollte gerade etwas erwidern, als mir etwas bewusst wurde. Wenn Tuck erwischt wurde, wie er Dieben Unterschlupf gewährte...

Ich schluckte. „Es tut mir leid, dass wir Euch mit hineingezogen haben. "

Er schnaubte. „Ein wenig Aufregung ist genau das, was ich brauche. "

Er spielte es herunter, aber die Gefahr war real. Für ihn und für alle in der Abtei.

Ich dachte daran, wie knapp es mit den Soldaten gewesen war. „Wir sollten so schnell wie möglich aufbrechen. "

„Morgen", beharrte Tuck. „Ich wecke Euch kurz vor den Laudes. Die einzigen Leute, die verrückt genug sind, um diese Zeit aufzustehen, sind Mönche. "

Er stand auf, um zu gehen, und verabschiedete sich mit einem letzten Wackeln seiner Augenbrauen. „Viel Spaß bei Eurer letzten Nacht im Mühlhaus Hotel. Tut nichts, was ich nicht auch tun würde, Kinder. "

Ich schwöre, dieser Mann konnte mehr Anspielungen in eine einzige Silbe packen, als eine Armee von sexhungrigen Soldaten an einem ganzen Abend am Lagerfeuer bewerkstelligen würde.

Und verdammt, wenn sich der Gedanke nicht tief in mein Inneres bohrte.

Der Rest des Tages plätscherte dahin wie das Wasserrad, das sich im Kreis drehte, ohne irgendwohin zu kommen. John aus dem Weg zu gehen, war in diesem engen Raum unmöglich.

Tucks Worte schienen die gleiche Wirkung auf ihn gehabt zu haben, denn seine Augen leuchteten mit einem genauso heißen Glühen.

Ich wandte mich ab und starrte aus dem Fenster. Es war düster, das Ende eines weiteren dieser Tage, die ohne einen richtigen Sonnenuntergang ausklangen. Nur tristes Grau, das immer dunkler wurde, bis sich die Nacht endgültig einstellte.

Ein Seufzer erklang über meiner Schulter. „Die Nächte im Wald sind besser."

Es war John, der so leise hinter mir aufgetaucht war, dass ich es nicht gehört hatte. Wäre es ein anderer gewesen, wäre ich aus der Haut gefahren und hätte ein Messer gezogen. Aber bei John...

Kein einziger Muskel in meinem Körper spannte sich an. Im Gegenteil, ein schläfriges Summen setzte ein, wie das einer Katze, die in der Sonne döste.

„Inwiefern besser?", flüsterte ich.

Er schmiegte sich ein wenig näher an mich. „Man hört die Vögel. Die Blätter. Den Bach. Man ist ein Teil davon und es ist nicht nur das Ende eines Tages. Es ist der Beginn der Nacht."

„Stimmt, aber es ist schwer, etwas zu sehen."

Er zuckte mit den Schultern. „Menschen sind zu sehr auf das Tageslicht fixiert."

Menschen. Lustig, wie sein Tonfall dies wie eine fremdartige Spezies klingen ließ.

„Einige meiner besten Spaziergänge sind die, die ich nachts allein mache", fuhr er fort.

Ich schnaubte. „Klingt gut – wenn man ein Mann ist. Als Frau ist das nicht so einfach."

„Oh. Richtig", murmelte John, der offensichtlich zum ersten Mal darüber nachdachte.

Ich schloss die Augen und stellte mir vor, wie ein nächtlicher Streifzug durch den Wald wäre, wenn ich nichts zu befürchten hätte. Wenn ich zum Beispiel ein Mann wie John wäre.

Aber ich wollte nicht er sein. Ich mochte es, ich selbst zu sein. Also änderte ich die Idee und fragte mich, wie es wohl wäre, wenn ein Mann wie John an meiner Seite wäre.

Jetzt hatte diese Fantasie einen Reiz.

„Erzähle mir von einem dieser Spaziergänge", flüsterte ich.

„Nun, es gibt einen Pfad am Bach, den ich mag... " John war kein großer Redner, also war ich darauf vorbereitet, eine Menge Lücken selbst zu füllen. Aber die Welt, in die er mich entführte, war so lebendig wie meine besten Fantasien.

„... und wenn man im Herbst genau hinsieht, kann man Beeren finden, sehr kleine, aber sehr süß... "

Mir lief das Wasser im Mund zusammen und meine Nasenflügel bebten, als wäre ich mit ihm dort draußen.

„Das Wasser gurgelt, als würde es mit dir sprechen, und es fühlt sich an, als könntest du es verstehen, wenn du nur lange genug zuhörst... "

„Das klingt schön", entschied ich.

„Das ist es auch", flüsterte er.

Langsam blinzelte ich zurück in die Gegenwart. Ich drehte mich um und sah John mit geschlossenen Augen und einem wehmütigen Ausdruck auf seinem Gesicht. Im Haus war es bis auf das Rumpeln des Wasserrades und das Plätschern des Baches still. Urgewalten, die sich nicht aufhalten ließen, wie der Regen... der Wind... die Anziehung, die ich zu John verspürte...

Ohne nachzudenken, drückte ich mich auf die Zehenspitzen und küsste ihn. Ein Kuss, der fast aus dem Nichts kam, aber nicht ganz, denn er hatte sich in den letzten Tagen zusammengebraut wie ein Sturm. Die Art, die man kommen sieht, obwohl man lieber in die andere Richtung schaut. Und dann, *bumm!* Der Sturm bläst herein und wirft dich um.

John schlang seine Arme um meine Taille und bewegte seine Lippen unter meinen. Sanft, voller Hoffnung und Sehnsucht. Genau wie ich.

Als ich den Winkel leicht veränderte, öffnete er die Lippen und ich drängte mich näher. Und näher...

„Führen diese Waldspaziergänge jemals zu einem Kuss?", flüsterte ich. Ich hatte die Hände um seinen Hals gelegt und meine Brust wurde an seine gedrückt.

Ein kleines Lächeln huschte über seine Lippen. „Das ist das erste Mal."

Ich nickte langsam, dann verkündete ich: „Das zweite Mal", und begegnete ihm zu einem weiteren Kuss.

In den nächsten hitzigen Minuten erfuhr ich eine Menge über John – und über mich selbst. Wie dick sein Haar war und wie leicht man es greifen konnte. Wie weich sein Bart über meine Wange strich... meinen Hals... meine Brust. Wie leicht ich meine Abwehr fallenließ, um zu bekommen, wonach ich mich sehnte.

Ich lernte auch, wie viele verschiedene Geräusche ich machen konnte. Winzige Quietschgeräusche, wenn er meine Brüste mit den Händen berührte. Tieferes Brummen, wenn seine Hüfte gegen meine stieß. Begieriges Flüstern, als er mich ins Bett zog. Wir entledigten uns auf dem Weg aller Schichten und ein sinnlicher Schleier umhüllte uns, bis ich feststellte, dass ich ihn auf die Matratze gedrückt hatte.

Der Schleier hatte einen goldenen Schimmer so wie Johns Augen. Ein Glanz, der sich zu einem regelrechten Feuer steigerte, als ich mich breitbeinig auf ihn setzte, hinuntersank und ihn tief in mir aufnahm. Ich warf den Kopf zurück und ließ meine Hüfte kreisen. Eine Weile tanzten wir in diesem Tempo und genossen die Neuheit des Ganzen. Dann wurden unsere Atemzüge und unsere Bewegungen auch heftiger und schneller. Schneller und schneller bis an den Abgrund der Erlösung.

Wir rollten uns herum, ohne uns zu trennen, und als John die Führung übernahm...

Ich warf meinen Kopf mit einem spitzen Schrei zurück, als er bis zum Anschlag in mich stieß. Seine Atemzüge wurden hektisch, als er sich bewegte und meinem Zerren an seinem stählernen Hintern gehorchte. Dann stoppte sein Atem, er verkrampfte sich und hielt uns in einem Moment der puren Ekstase fest. Mein fester Griff tat das Gleiche und mein Körper erbebte um seinen.

Lichtstrahlen durchfluteten meinen Geist und blendeten mich, als ich kam – und kam und kam. Als das Hochgefühl abebbte und dann für eine Zugabe erneut über mich hereinbrach, schrie ich wieder auf. John gab einen heiseren Laut von sich und hielt mich fest.

Schließlich entspannten sich seine Muskeln, einer nach dem anderen, und er ließ sich auf das schmale Bett hinuntersinken. Unsere Finger verschränkten wir ineinander, so wie unsere Körper ineinander verschlungen waren. Sein Atem wärmte meinen Hals.

Als ich unter ihm erschlaffte und langsam wieder zu Atem kam ... fühlte es sich ein wenig nach dem Spaziergang an, den John beschrieben hatte – die Entdeckung eines wunderschönen Ortes, den ich nie wieder verlassen wollte.

Ich schlang meine Arme und Beine um ihn, hielt ihn fest und hörte zu, wie sein Herz im Takt mit meinem schlug.

Kapitel 13

JOHN

Mein Herz klopfte wild. Mein Körper glühte mit einer inneren Hitze. Mein Bär brummte vor Vergnügen.

Es war tatsächlich Schicksal. *Willa* war mein Schicksal.

Ich rollte mich auf die Seite und hielt sie nah bei mir fest. Dieselbe Position, in der wir die letzten beiden Nächte verbracht hatten, nur nackt. Und welch einen Unterschied diese wenigen Schichten machten! Nur ein Stückchen Stoff, aber sie hätten genauso gut Mauern sein können, die sagten, *Diese Frau wird dich nie und nimmer hereinlassen.*

Mein Bär seufzte glücklich. *Und wie sie uns hereingelassen hat.*

Es klang plump, aber das Biest meinte mehr damit. Willa hatte mir einen Teil ihres Herzens anvertraut. Ich hielt sie und betete, dass sie mich nicht zwang, sie loszulassen.

Gott sei Dank, tat sie dies nicht. Sie stieß nur einen zufriedenen Seufzer aus und drehte sich, so dass sich ihr Rücken an meine Vorderseite schmiegte.

Ein Lächeln umspielte meine Lippen. Die meiste Zeit war diese Frau kratzbürstig und widerspenstig. Wer hätte gedacht, dass sie eine so verdammt gute Schmuserin wäre, sobald sie ihre Abwehr fallenließ?

„Mmm", summte sie und schlang ihre Arme um meine.

Wohl eher eine unverschämte Schmusebacke. Ich war im Himmel und dort wollte ich auch bleiben.

„Soll ich ein Feuer machen?", bot ich einige Zeit später an. Es war dunkel und die Nacht würde kalt werden.

„Mir ist warm genug, Danke." Sie wackelte mit dem Hintern, was meinen Schwanz zucken ließ. „Und wenn es kalt wird, können wir uns auf andere Weise aufwärmen."

Ich lachte. Das war die Art von Dingen, die Männer an manchen Abenden am Lagerfeuer sagten, um den Mangel an weiblicher Gesellschaft auszugleichen. Ich würde nie erzählen, was Willa gerade gesagt hatte, aber es machte Spaß, es sich vorzustellen. Vielleicht würde das die endlosen Witze über Little John endlich verstummen lassen.

Little? Ha, von wegen klein, grollte mein Bär.

Bei diesem Gedankengang war es nur eine Frage der Zeit, bis uns wieder *heißer* wurde. Doch es gab noch andere Freuden zu entdecken, wie das Küssen ihrer Schulter und auf ihr Summen zu lauschen.

Sie schlang ihre Hände um meine und drückte sie gegen ihre Brust, wobei sie sanft über meine Haut strich. Ihre Bewegungen wurden langsamer und ich verkrampfte mich, als sie sich auf die Narben konzentrierte. Es war schwer, es nicht zu tun, wenn man bedachte, wie runzlig die Haut dort war.

Dann hörte sie auf und murmelte: „Entschuldige. Du hast mich gerade an etwas erinnert."

Mein Herz klopfte heftiger. Sie stellte die Verbindung her und meine menschliche Seite war entsetzt. Mein Bär hingegen. . .

Ich will, dass sie von mir weiß. Sie muss es wissen.

Das stimmte, vor allem, wenn wir wirklich füreinander bestimmt waren. Aber es ihr jetzt zu sagen? Hier? Und am schwierigsten von allem – wie? Ein Mann sagte nicht einfach so, *Ich bin ein Bärengestaltwandler. Eines dieser Ungeheuer, von denen du gesprochen hast. Aber mach dir keine Sorgen. Du und ich sind dazu vorherbestimmt, zusammen zu sein. Außerdem war der Sex großartig. Vielen Dank. Davon hätte ich gern noch viel mehr und ich will auch noch weiter kuscheln.*

Alles, was ich hätte sagen können, wäre falsch rübergekommen, also beschränkte ich mich auf ein paar Worte. „An was erinnert?"

Es folgte eine lange Pause gefolgt von einem Kopfschütteln. „Nichts. Es ist wirklich albern."

Mein Herz schlug inzwischen so laut, dass ich meinen eigenen Puls in den Ohren hören konnte. „Was ist albern?"

Sie strich mit dem Daumen über meinen Handrücken, während sie nachdachte, bevor sie endlich sprach. Ich wagte die ganze Zeit über nicht mehr als ein oder zwei zittrige Atemzüge.

„Vor langer Zeit, als ich im Wald spazieren ging...", begann sie so leise, dass ich mich anstrengen musste, es zu hören.

Und Junge, ich wollte es hören.

Aber sie zögerte, dann schüttelte sie den Kopf und murmelte schließlich: „Schon gut. Es ist albern."

Nicht albern, wollte ich unbedingt sagen.

„Wie dem auch sei...", verkündete sie unbekümmert. „Nicht wichtig. Nicht jetzt."

Es war wichtig – geradezu entscheidend – aber sie wackelte erneut mit ihrem Hintern vor meiner Leistengegend, was mich ablenkte.

Schon bald berührten wir uns, küssten uns, und die Dinge heizten sich auf. Irgendwann gluckste Willa, drehte sich in meinen Armen und zeigte auf meine Nase. „Du, Mr. Little, bist ein Lustmolch."

„Ein Lustmolch, aber kein kleiner", scherzte ich. Einen Augenblick später stieg die Hitze in meinen Wangen auf, denn das war plumper rübergekommen, als ich es beabsichtigt hatte. „Ich meine, im Allgemeinen. Nicht irgendeinen bestimmten Teil. Ich meine..."

Willa lachte so heftig, dass sie sich schüttelte. „Da muss ich zustimmen. Aber wage es ja nicht, mich klein zu nennen."

Ha. Diese Lektion hatte ich bereits auf die harte Tour gelernt. Sie mochte von ihrer Statur her... äh, *zierlich* sein, aber nicht in irgendeiner anderen Hinsicht.

„Darf ich sagen, dass du perfekt passt?" Ich ließ eine Hand über ihre runde Hüfte gleiten. Trotz des Größenunterschieds passten wir wirklich perfekt zusammen.

„Ich würde *uns* als perfekt passend bezeichnen." Sie schlang ihr Bein um meines und öffnete ihr Inneres für mich.

„Ha. Du, Willa Scarlett, bist eine Verführerin."

Sie machte eine Show daraus, zu schnaufen. „Hey! Du hast mich doch in dieses Bett gelockt." Die Worte hätten hart sein können, aber ihr heiterer Ton nahm ihnen jegliche Schärfe. „Ich habe dich durchschaut, wie du siehst."

Ich riss die Augenbrauen hoch. „Hast du das?"

Sie nickte ernst. „Das habe ich. Du bist unverbesserlich. Unmöglich, und doch auf eine Art verlockend, die ich nicht verstehen kann."

„Ähm... danke?"

„Gern geschehen." Sie drückte mit einem Finger auf meine Brust. „Aber lass dir das nicht zu Kopf steigen. Du kannst auch unglaublich nervig sein – aber selbst dann kommt es von Herzen."

Ich lächelte. „Worte, die es wert sind, eines Tages in meinen Grabstein geschlagen zu werden?"

„Es gäbe Schlimmeres, weißt du."

Einen Moment lang drohten ernste Gedanken meine Stimmung zu trüben. Worauf würde ich am Ende meines Lebens zurückblicken? Nur auf lange, einsame Tage oder auf etwas Bedeutungsvolleres?

Lang, aber nicht einsam, solange wir unsere Gefährtin haben, murmelte mein Bär. *Und zusammen werden wir sie bedeutsam machen.*

Könnten wir das? Würden wir das? Ich zog Willa enger an mich und fragte mich, ob ich den Sprung wagen sollte.

„Und wie könnte deine Grabinschrift lauten?", fragte ich.

Sie dachte genau drei Sekunden lang nach und hob ihre Finger zu Gänsefüßchen in die Luft. „*Sie hat ihr Bestes gegeben?*"

Ich schüttelte den Kopf. „Ich weiß, du kannst mehr als das."

Ein Lächeln umspielte ihre Lippen. „Okay, wie wäre es damit: *Sie war einfallsreich, unabhängig und Richard, unserem wahren König, loyal. Durch ihre mutigen Taten hat sie dazu beigetragen, Frieden und Ordnung im Land wiederherzustellen?*"

„Wow. Ehrgeizig."

Ihre Augen blitzten auf und zeigten mir, dass es die Wahrheit war. Was mich nicht im Geringsten überraschte.

Dann fügte sie einen Scherz hinzu. „Würdest du, *Sie hat ihn bis zum Ende verrückt gemacht,* vorziehen?"

Ich lachte und sie stimmte mit ein. Ehe ich mich versah, hatten wir uns in einen weiteren Lachkrampf hineingesteigert. Ein Lachkrampf, der ewig dauerte, bis er verging und der uns noch lange danach warmhielt.

So warm, dass ich tief einatmete und die Luft anhielt, während ich in Willas smaragdgrüne Augen blickte.

Sie hat ihn bis zum Ende verrückt gemacht, würde eine lange Zeit zusammen bedeuten. Vielleicht sogar ein Leben.

Für immer, flüsterte mein Bär.

Willa war keine Gestaltwandlerin und ich konnte ihre Gedanken nicht lesen, aber ich schwöre, dass ihre Augen funkelten, als würde sie das Gleiche denken.

Ich brannte darauf, etwas zu sagen, aber ich fürchtete auch, den Moment zu ruinieren. Fühlte Willa genauso?

Ihre Lippen zuckten, aber anstatt zu sprechen, beugte sie sich zu einem weiteren Kuss vor. Ein langer, träger Kuss, der ein Dutzend Dinge hätte bedeuten können. Aber angesichts der Art und Weise, wie unsere nackten Körper miteinander verschmolzen... Nun, der Kuss entschied sich schnell für eine Richtung und folgte ihr. Unsere Zungen tanzten und Willa beugte ihr Knie zur Seite, um mich zu sich einzuladen.

„Ja", murmelte sie und warf ihren Kopf zurück, als ich meine Finger durch ihre weiche Weiblichkeit gleiten ließ.

Oh ja, stöhnte mein Bär, als sie ihre Hand um meinen Schaft schlang.

Weißes Licht blendete meine Sicht und beinahe wäre ich dem Drang erlegen, ohne weiteres Vorspiel in sie zu gleiten. Aber Willas Hände führten meinen Kopf nach unten... hinunter... hinunter zu ihrer geheimsten Stelle. Ich fügte mich freudig und ließ meine Zunge all die verruchten Dinge andeuten, die ich bald mit ihr anstellen wollte.

Ich leckte sie geradewegs in einen... zwei... drei Orgasmen, die eine Frau für den Rest der Nacht vor Befriedigung schlafen lassen sollten. Aber Willa erholte sich kurz nach jedem Höhepunkt und verlangte nach mehr... und mehr...

„Mehr", stöhnte sie und kratzte mit den Fingernägeln über meinen Rücken.

Man musste kein schlauer Gestaltwandler sein, um den Wink zu verstehen. Ich küsste mich wieder nach Norden, bis ich ihre Lippen verschlang. Gleichzeitig suchte ihre Hüfte nach meiner und einen Moment später...

„Ja", hauchte Willa, als ich sie mit meinem dicken Schaft ausfüllte. „Ja... "

Als sie ihre Beine um meine Taille schloss und sich zu bewegen begann, wurde jede Regung von einem kleinen Wimmern des Verlangens begleitet. Das Bett schloss sich mit passendem Knarren an, das sich noch verstärkte, als ich jeden ihrer Stöße mit meinem Stoß erwiderte. Allmählich fanden wir einen perfekten Rhythmus, bis wir in einen Rausch aus schierem, brennendem Begehren fielen. Meine Sicht verschwamm ein wenig und eine Schweißperle rann mir die Brust hinunter, doch alles andere war pure Geschwindigkeit. Schließlich explodierte ich mit einem Stöhnen, das von Willas scharfem Schrei begleitet wurde. Wir erstarrten beide und klammerten uns an den Höhepunkt, solange wir konnten. Dann ließen wir langsam und außer Atem los.

Es dauerte eine ganze Minute, bis Willa ihre Finger träge über meinen Rücken gleiten ließ und seufzte. Außer ihre Schulter zu küssen, bewegte ich mich nicht. Ich konnte es nicht. Ich war zu sehr damit beschäftigt, darüber nachzudenken, was als Nächstes kommen würde. Ein ganzes Leben zusammen oder nur eine Nacht voller prickelnder Erinnerungen?

Ein ganzes Leben, wählte mein Bär sofort.

Willas enge Umarmung deutete das Gleiche an. Ich konnte nicht anders, als zu hoffen. Aber Hoffnung war eine schwierige Sache und die Nächte konnten voller Illusionen sein. Ich zog sie an mich, schloss die Augen und fragte mich, welche Wahrheit das grelle Licht des Tages wohl bringen würde.

Einige Zeit später wachte ich durch ein Geräusch auf. Ich hob den Kopf und lauschte, dann verwarf ich es wieder. Nur ein weiteres Knarren des Wasserrads.

Ich ließ mich wieder auf die Matratze sinken und kuschelte mich an Willas Schulter.

Mmm, mein Bär brummte verträumt.

Ich zog die Decke um sie herum und schloss die Augen, um mir das Gefühl genau einzuprägen. Es hatte mir nie etwas ausgemacht, nachts allein zu sein, aber plötzlich erschien mir diese Option elendig. Was sollte ich mit dem leeren Raum zwischen meinen Armen anfangen? Woran sollte ich schnuppern, wenn nicht an Willas Heckenkirschenduft?

Dann stöhnte ich, denn ich verspürte ein Bedürfnis. Und das Einzige, was das Bett nicht bot, war eine Möglichkeit, sich zu erleichtern. Ich blieb noch eine Weile ruhig liegen, bevor ich nachgab und aus dem Bett schlüpfte.

Selbst dann stand ich noch einen Moment lang neben dem Bett und beobachtete das Heben und Senken von Willas Brust und die Form ihrer Finger, die immer noch an der Stelle lagen, wo meine gewesen waren. Wirklich wunderschön. Die Schönheit des Friedens nahm ich an. Frieden und Zufriedenheit.

Mein innerer Bär beglückwünschte sich selbst zu einer guten Leistung. Aber auch ich fühlte mich friedlich, also sollte ich vielleicht auch Willa gratulieren.

Dann ertappte ich mich. Ich führte schon wieder eine Strichliste. Spielte es eine Rolle, wer wem ein gutes Gefühl bereitete, solange das Ergebnis eine friedliche Nacht für uns beide wahr?

Nein. Nicht in einer Beziehung, die auf Dauer ausgelegt war.

Schließlich zwang ich mich, hinauszustapfen. Die kühle Luft streifte über meine nackte Haut und weckte die wilde Seite in mir. Ich spürte den Drang, mich in meine Bärengestalt zu verwandeln. Es waren schon einige Tage vergangen – viel zu lange für einen Bären, der etwas auf sich hielt.

Und so verwandelte ich mich trotz des Lockrufs einer Frau und eines warmen Bettes und umrundete das Mühlhaus ein paar Mal. Es konnte nie schaden, seine Umgebung zu prüfen, vor allem, wenn man weit weg von zu Hause war.

Regentropfen befeuchteten mein Fell, als ich an Büschen und unter Bäumen vorbeistreifte. Der Boden war satt und feucht unter meinen Tatzen. Ich sah keinerlei Anzeichen, dass außer Tuck in letzter Zeit jemand gekommen oder gegangen war. Wasser gurgelte den Bach hinunter und plätscherte vom Mühlrad, das sich immer weiterdrehte.

Dann ertönte ein Schnaufen und ich drehte mich um.

Einen Moment später sträubten sich die Haare auf meinem Rücken. Es war Tuck in Löwengestalt.

Ich konnte nicht schlafen, also dachte ich, ich schaue mich einmal um. Er gähnte und entblößte monströs große Zähne. *Ihr auch?*

Ich bezweifelte, dass er ein so warmes Bett wie das meine verlassen hatte, aber ich nickte – und achtete darauf, windwärts zu bleiben. Was zwischen Willa und mir passierte, war privat. Kostbar.

Perfekt, brummte mein Bär glücklich.

Alles scheint ruhig zu sein, berichtete Tuck. Dann seufzte er und peitschte mit seinem Schwanzbüschel. *Wie immer.*

Der arme Kerl brauchte so dringend Action, dass ich mir fast um seinetwillen wünschte, es gäbe etwas Ärger.

Gibt es Neuigkeiten von Robynne? fragte ich, als wir parallel zum Bach dahinschlenderten.

Tuck schüttelte den Kopf, wodurch seine dicke Mähne wippte. *Alan war hier, aber es gab nichts Neues. Nichts über den Sheriff, nichts über den Schatz.*

Was ist, wenn die Abberufung des Sheriffs eine Falle war? fragte ich mich laut.

Tucks Schnurrhaare zuckten. *Wenn es eine ist, wird Robynne es durchschauen. Außerdem habt Ihr hier schon genug Gefahren, um die Ihr Euch kümmern müsst.*

Ich spähte durch die Bäume auf die Abtei und die umliegenden Felder. *Ihr habt recht. Wir hatten bereits Besuch. Aber das ist schon eine Weile her.*

Tuck wirbelte herum. *Was?*

Ich erzählte von der Begegnung und obwohl Tuck über Willas Lösung lachte, wurde er schnell ernster.

Was, wenn es Gestaltwandler gewesen wären? Was, wenn sie versucht hätten, Willa zu entführen?

Ich knurrte. *Niemand entführt Willa.*

Mein vehementer Ton ließ Tuck den Kopf herumwirbeln, und ich tat mein Bestes, um es zu überspielen.

Niemand könnte sie mit Gewalt nehmen – nicht einmal ein Gestaltwandler. Nun, nicht ohne einen Kampf.

Tuck überlegte. *Ich weiß, dass sie kämpferisch ist, aber wie erfolgreich wäre ein kleines Frauchen wie sie in einem Gestaltwandlerkampf?*

Ich biss die Zähne zusammen, um nicht zu knurren: *Sie ist nicht klein.*

Stattdessen blieb ich bei, *Sie ist mehr als fähig und es hilft auch, einen verwunschenen Dolch zu tragen.*

Tuck neigte den Kopf. *Welche Art Verwünschung?*

Eine, um Gestaltwandler zu töten. Also passt auf, dass Ihr sie nicht unvorbereitet trefft, scherzte ich halb. *Es gibt auch noch einen besonderen Ring. Den Ring von Aquitanien.*

Tuck starrte mich an. *Sie hat den Ring von Aquitanien?*

Es klang, als hätte er davon gehört, aber wie war das möglich? Eine vage Erinnerung drängte sich mir auf und mein Bär brummte. *Willa hat gesagt, ich solle es geheim halten.*

Hoppla. Stimmt. Nun, es schien nicht so, als hätte sie ihn tatsächlich in ihrem Besitz. Aber vorsichtshalber versuchte ich, es zu überspielen.

Oder vielleicht einen anderen Ring. Für mich sind die alle gleich, sagte ich schnell. Zu schnell? Tucks Interesse war definitiv geweckt.

Doch er schwieg und ich beließ es dabei.

Wir gingen noch ein Stück weiter und hielten dann an einer Stelle inne, an der der Fluss eine Kurve machte und eine breite Kaskade bildete. Nicht so schön wie ein Wasserfall, aber trotzdem hübsch.

Wir sollten Willa hierherbringen, schwärmte mein Bär. *Und ein Picknick machen. Kekse und Honig. Wäre das nicht schön?*

Ja, das wäre es. Aber zuerst bräuchten wir besseres Wetter und, was noch wichtiger war, einen sicheren Zeitpunkt.

Ich kratzte mit der Tatze über den Boden. Hätten sich doch nur nicht so viele Schwierigkeiten angehäuft.

Schicksal, flüsterte eine Stimme in meinem Kopf.

Ich biss die Zähne zusammen und bog zurück in Richtung Mühle. Ich wurde von Willa genauso stark angezogen wie von dem Wunsch, mich zu verwandeln. Sie war ein genauso starkes Bedürfnis, ein Instinkt.

Tuck neigte seinen Kopf in Richtung Süden. *Ich werde noch ein wenig weiter patrouillieren. Wollt Ihr Euch mir anschließen?*

Ich schüttelte den Kopf. Ich war nur kurze Zeit weg gewesen, aber ich brannte bereits darauf, Willa wieder in die Arme zu schließen.

Als Tuck ging, eilte ich zurück zum Mühlhaus. Jetzt, da mein Bedürfnis nach Willa wieder erweckt war, konnte ich es nicht mehr abschütteln.

Schicksal, sagte das Rumpeln des Wasserrads, als ich mich in meine menschliche Gestalt zurückverwandelte.

Ich stand noch eine Weile vor der Tür, fröstelnd und nachdenklich. Das Schicksal hatte mich nie besonders beschäftigt. Aber jetzt... Wohin wollte es mich führen und konnte ich ihm vertrauen?

Begierig darauf, meine Gefährtin in die Arme zu schließen, schlüpfte ich wieder hinein.

Kapitel 14

JOHN

„Pst."

Ich winkte die summende Mücke weg und zog mir die Decke über den Kopf. Aber einen Moment später...

„Pst."

Jetzt folgte dem Geräusch ein Anstoßen und ich fuhr meine Krallen aus, um nach dem Ding zu schnappen.

„Oha." Jemand sprang weg. „Passt doch auf."

Ich runzelte die Stirn. Tuck? Er sollte uns doch erst später wecken.

Ich knurrte und warf ihm einen finsteren Blick zu. „Es kann doch nicht schon Zeit für die Laudes sein."

„Ist es auch nicht. Aber... "

„Mmm?", murmelte Willa im Halbschlaf.

Ich strich mit einer Hand über ihre Schulter und erstarrte. Das war ihre nackte Schulter, zusammen mit ihrem nackten Körper, der sich an mich drückte. Die Decken versteckten die guten Stellen – überwiegend –, aber sie konnten die Wahrheit nicht verbergen.

Tuck grinste. „Gut geschlafen?"

Verdammt, ja. Wie der beste, wochenlange Winterschlaf, den mein Bär so sehr mochte, nur besser. Ein Schlaf wie im Himmel – und verdammt, ich würde noch immer schlummern, wenn Tuck nicht gewesen wäre.

Mein finsterer Blick vertiefte sich. „Was zum Teufel macht Ihr denn, Euch an uns heranzuschleichen?"

„Ihr meint, an Eure Tür zu hämmern und über jede knarrende Diele zu stolpern, um sicherzugehen, dass Ihr angezogen seid?"

„Nun, das sind wir nicht", brummte ich und versuchte, meine Würde wiederzuerlangen.

Aber, zur Hölle. Er hatte recht. Normalerweise wachte ich beim geringsten Geräusch auf – oder Geruch. Hatte ich mein Gespür verloren?

Willa rekelte sich in meinen Armen und blinzelte dann wie ein verschlafenes Kätzchen. Als sie Tuck entdeckte, schaute sie zweimal hin.

Ich hielt den Atem an und wartete darauf, dass mein kleiner Hitzkopf explodieren würde. Mir gegenüber, Tuck gegenüber, der ganzen Welt gegenüber.

Aber sie gähnte nur und murmelte: „Oh, Hallo."

Tuck wackelte mit den Fingern. „Guten Morgen."

Sie schüttelte den Kopf. „Es ist noch nicht Morgen. Kommt beim ersten Tageslicht wieder zurück. Besser noch, beim zweiten, wann auch immer das sein mag."

Tuck gluckste. „Haha. Zweites Tageslicht. Der war gut."

Dann wurde er wieder ernst. „Leider kann es nicht warten. Ihr müsst sofort aufstehen."

Willa kroch tiefer unter die Decke und weigerte sich, sich zu rühren.

Ich war mir sicher, dass sie genauso veranlagt war wie ich – immer auf Gefahr bedacht und bereit, aufzuspringen. Die Tatsache, dass sie es nicht tat, ließ meinen Bären seine Brust stolz aufplustern.

Das ist meine Frau und ich habe sie befriedigt. Zutiefst. Dann gluckste das Biest. *Zutiefst. Verstehst du?*

Na toll. Noch so ein Komiker, wenn ich tatsächlich nur schlafen wollte.

„Alan ist gerade mit einer dringenden Nachricht eingeflogen", beharrte Tuck. Dann erstarrte er bei seinem Ausrutscher. Alan war ein Adlergestaltwandler, aber Willa wusste das nicht. Glücklicherweise war sie zu erschöpft, um den Teil mit dem Fliegen zu verstehen.

Widerwillig schlüpfte ich aus unserem kleinen Liebesnest und schnappte mir eine der Decken, um den Anstand zu bewahren. Ich hatte gehofft, Willa nicht zu stören, aber in dem Moment, als ich mich bewegte, griff sie nach mir. Und als sich unsere Blicke trafen...

Ich schwankte auf meinen Füßen. Ihr Blick war voller Wärme. Akzeptanz. Vielleicht sogar voller Liebe. Und ein Glanz, der sagte, *Du gehörst mir und ich gehöre dir. Für immer.*

Mein Herz setzte einen Schlag aus und eine Stimme grollte tief in meiner Seele. *Meine Schicksalsgefährtin.*

Falls ich mir vorher nicht sicher war, so war ich es jetzt. Und Willa schien es auch zu wissen. Sie schien es sogar zu akzeptieren, wenn auch nur unbewusst.

Meine Augen fühlten sich warm an – ein sicheres Zeichen dafür, dass sie glühten, aber Willa zuckte nicht zurück. Wir waren beide zu sehr in diesem magischen Zauber gefangen.

„John", zischte Tuck.

Wäre er nur einen halben Schritt näher gekommen, hätte ich ihn vielleicht geschubst. Stattdessen warf ich Willa einen letzten, sehnsüchtigen Blick zu und folgte ihm zur Tür.

„Alan war gerade hier", flüsterte Tuck. „Er brachte eine eilige Nachricht von Robynne. Sie bricht nach Darby auf und braucht Euch, um die Leitung des Lagers zu übernehmen, bis sie zurückkommt."

Es war leicht genug, zwischen den Zeilen zu lesen – und ich wusste, dass Alan ihre Worte wortwörtlich wiedergegeben hätte. *Nach Darby aufzubrechen* bedeutete, dass sie sich um Daniel, den Sheriff, sorgte. War das alles eine von Sir Guy gestellte Falle gewesen? Und *die Leitung des Lagers bis zu ihrer Rückkehr zu übernehmen* bedeutete, *die Männer aus Schwierigkeiten herauszuhalten.* Sie hatten ein Händchen dafür, in solche zu geraten – und zwar in Hülle und Fülle –, aber das konnten wir uns jetzt nicht leisten. Nicht mit Sir Guy in Nottingham, der uns unbedingt aus dem Wald vertreiben wollte.

„Was hat Robynne gesagt?", fragte Willa.

Ich drehte mich um und sah sie nur einen Schritt entfernt in eine dünne Decke gehüllt stehen.

Es war wohl kaum der richtige Zeitpunkt, um die Details mit meiner Fantasie auszufüllen, aber ich konnte nicht anders, als ihre perfekten Kurven zu mustern. Kurven, die ich bis vor wenigen Augenblicken unter meinen Händen gespürt hatte.

Ich knurrte, als ich Tuck dabei ertappte, wie er dasselbe tat. Nicht dass ich es ihm verübeln könnte. Willa hatte einen Wahnsinnskörper und Tuck war schon sehr, sehr lange im Kloster. Aber ich konnte nicht widerstehen, ihm ein territoriales Knurren in den Kopf zu senden.

Sie gehört mir.

Tuck richtete seinen Blick wieder auf Willas Gesicht. „Robynne hat eine Nachricht gesandt. Sie braucht John im Sherwood Forest, und zwar sofort."

Willa machte ein langes Gesicht. „Oh."

Ich neigte den Kopf. Warum sah sie so mürrisch aus? Wir hatten doch sowieso vorgehabt, zu gehen.

„In Ordnung. Wir sind in einer Minute bereit", sagte ich.

Tuck wartete an der Tür und wandte uns den Rücken zu, während wir uns anzogen und unsere Sachen packten. Zumindest ich tat das. Willa war entschieden langsamer.

„Bereit wofür?", fragte sie und umklammerte die Decke.

„Bereit, in den Sherwood Forest zu gehen." War das nicht offensichtlich? Befehle waren Befehle.

Ich zog meine Hose an, dann meine Stiefel, aber Willa verschränkte die Arme fest.

„Wir müssen nach Nottingham und den Ring finden, bevor Sir Guy es tut", beharrte sie. „Wir haben keine Zeit für einen Umweg durch den Wald."

Da war er wieder – dieser verdammte Ring. Der, über den Willa sich weigerte, Einzelheiten preiszugeben. Vertraute sie mir nicht?

„Wir kümmern uns später darum. Robynne hat gesagt... "

Willa unterbrach mich. „Robynne weiß nichts von dem Ring."

„Welcher Ring?", fragte Tuck.

Willa warf mir einen anklagenden Blick zu, der sagte, *Siehst du, was ich wegen dir jetzt verraten habe?*

Trotzdem konnte ich es mir nicht leisten, in dieser Sache nachzugeben. „Robynne weiß nichts davon, weil du es ihr nicht gesagt hast." Ich fügte mit einem harten Blick noch ein paar Worte dazu. *Auch mir gegenüber hast du nicht mehr als ein paar Andeutungen gemacht. Vertraust du mir nicht?*

„Moment. Meint Ihr den Ring von Aquitanien?", fragte Tuck.

Willas Augen blitzten auf und mir wurde flau im Magen. Das sollte doch ein Geheimnis sein.

Sie funkelte Tuck an. „Woher wisst Ihr davon?"

Tucks Augen wanderten zu mir und lenkten Willas Blick dorthin. Ihr Mund öffnete sich langsam und ihr Kiefer wurde hart.

„Du hast es ihm erzählt. Du hast es ihm erzählt, nicht wahr?"

Das war keine Frage. Eine Anschuldigung. Eine, derer ich absolut schuldig war.

Ich öffnete den Mund, aber es kamen keine Worte heraus.

„Ich kann nicht glauben, dass du es ihm erzählt hast", wütete sie. „Ich habe doch gesagt, du sollst es niemandem erzählen!"

„Ich... ich... " Ich stammelte eine Weile, aber was gab es zu sagen?

„Ich erzähle es niemandem", schwor Tuck und versuchte, sie zu beruhigen.

Aber es war zu spät und es sollte noch schlimmer werden.

„Moment mal. Wann hattet ihr überhaupt die Möglichkeit zu reden?", fragte sie.

Wut war wie Feuer; sie entzündete alles in ihrer Nähe. Jetzt war ich auch wütend. „Ich bin gestern Abend für ein paar Minuten hinausgegangen. Brauche ich dafür deine Erlaubnis?"

„Nein, aber du hattest keine Erlaubnis, es Tuck zu erzählen!"

Jetzt schrie sie. Das war nicht gut. Und als sie die Augen argwöhnisch zusammenkniff, konnte ich mir die Worte vorstellen, die ihre zusammengepressten Lippen zurückhielten.

Welche Geheimnisse hast du noch von mir? Kann ich dir überhaupt vertrauen?

Und einfach so flogen die Mauern, die wir um uns herum niedergerissen hatten, wieder hoch.

Tuck riss die Hände in die Luft. „Eins nach dem anderen. Im Moment werdet Ihr im Sherwood Forest gebraucht."

Willa schüttelte den Kopf. „Der Ring ist in Nottingham."

„Wo es von Sir Guys Männern nur so wimmelt", erklärte er.

„Genau deshalb müssen wir ihn vor ihnen finden", beharrte sie.

„Wir?", fragte ich.

Ihr funkelnder Blick machte Worte überflüssig. Worte wie, *Ja, wir. Es sei denn, du machst einen Rückzieher, wenn ich dich am meisten brauche.*

Mein Mund klappte zu. Wo auch immer Willa hinging, würde auch ich hingehen. Es war in meine Seele gebrannt, wie der Winterschlaf oder nächtliche Waldspaziergänge.

Tuck warf mir einen strengen Blick zu. „Robynne braucht Euch. Die Männer brauchen Euch."

Willa braucht uns, beharrte mein Bär.

Irgendwie musste ich sie überzeugen. Aber es war so, als würde man versuchen, eine Felswand umzustimmen.

„Ihr könntet euch trennen", schlug Tuck vor.

Ich verkrampfte mich. Willa runzelte die Stirn.

„Oder auch nicht", murmelte Tuck eine Sekunde später.

Definitiv nicht, brummte mein Bär.

„Wir werden einen Plan aushecken", versprach ich. „Sobald wir wieder im Lager sind. Wir werden sowieso Hilfe brauchen, um den Ring zu finden."

So, das klang doch vernünftig, nicht wahr?

Aber Willa blieb standhaft und sah in ihrer Togadecke immer mehr wie eine Kriegsgöttin aus.

„Das wird zu lange dauern. Ein oder zwei Leute können sich besser hinein- oder herausschleichen als eine ganze Armee."

Ein oder zwei. Ich konnte selbst zwischen diesen Zeilen lesen. Mit anderen Worten, *Ich werde es ohne dich tun, wenn es sein muss.*

Ich schüttelte den Kopf mit einem Nein. „Eine Person kann die Beute nicht allein tragen."

Ihre Augen funkelten, als hätte ich sie gerade als unfähig bezeichnet. Und, Mist. Für Willa war das wie ein Kriegsschrei.

Ihr Kiefer wurde hart und ihr Blick sagte, *Ich werde dir zeigen, wer fähig ist.*

„Wir brauchen nicht die ganze Beute", beharrte sie. „Der Ring ist alles. Er kann Robynne helfen."

Ich schüttelte den Kopf. „Zu riskant. Es könnte den Rest der Beute für König Richards Lösegeld gefährden."

„Wenn ich den Ring finde, werde ich wahrscheinlich den ganzen Schatz finden. Dann können wir einen Plan machen, wie wir ihn zurückholen."

Tuck fuchtelte mit den Händen in der Luft herum. „Wir haben für so etwas keine Zeit."

Willa warf ihm einen finsteren Blick zu, aber sie griff nach ihren Kleidern. Tuck wandte sich ab, um ihr Privatsphäre zu geben. Und ohne nachzudenken, tat ich dasselbe. Aber in dem Moment, als ich mich umdrehte, spürte ich Willas Blick auf meinem Rücken.

Ich wandte mich zu ihr zurück, aber es war zu spät. Ihr Blick blieb hart.

Ich dachte, darüber wären wir hinaus, sagte ihr Gesichtsausdruck. *Ich dachte, wir vertrauten einander.*

Ich sah ihr tief in die Augen. *Das dachte ich auch.*

Zehn harte Sekunden des Starrens später wandte Willa sich ab. Sie zog ihre Kleider an und packte ihre Sachen zusammen wie ein Ritter, der sich für den Kampf rüstete. Kein gutes Zeichen.

Meine Brust zog sich zusammen und mein innerer Krieg tobte weiter. Wo lag meine Loyalität – bei Robynne und den fröhlichen Gesellen oder bei der Frau, die ich liebte?

Dann zog sich meine Brust noch fester zusammen, denn was, wenn es keine Liebe war?

Das ist es. Es ist Liebe! beharrte mein Bär.

Ich schluckte schwer. Ich hatte gesehen, wie die Liebe aus guten Männern Narren machte. War ich nicht genau wie sie?

Nicht, wenn es Schicksal ist, rief mein Bär. *Aber das Schicksal bringt immer Prüfungen mit sich. Wir müssen uns beweisen.*

Ich verzog das Gesicht. Ich hatte in diesem Zeitalter der Kreuzzüge schon vieles davon gesehen – Männer, die loszogen, um sich zu beweisen. Meistens kostete es sie ihr Leben und sie hinterließen hungernde, trauernde Familien. Wahre Helden waren diejenigen, die verantwortungsbewusst handelten und sich dem sinnlosen Wagnis des Schicksals widersetzten.

Ich versuchte es noch einmal. „Robynne hat gesagt... "

Willa unterbrach mich erneut. „So sehr ich Robynne auch respektiere, du musst selbstständig denken. "

Ich versuchte es. Das tat ich wirklich. Aber ehrlich gesagt, hatte ich mich daran gewöhnt, dass Robynne das Denken übernahm. Die beste Antwort, die mir einfiel, war: „Ich muss an das große Ganze denken, nicht nur an mich. "

Und, verdammt. Das kam nicht richtig rüber.

Willa kniff die Augen zu feurigen Schlitzen zusammen. „Nur an mich denken? Denkst du, dass ich das tue? "

„Das habe ich nicht gemeint. Es ist nur so, dass du keine Ahnung von den Mächten hast, mit denen du spielst, wenn es um Magie geht. "

„Und du weißt es? "

Ich biss die Zähne zusammen. Ja, ich wusste es. Aber das zu erklären bedeutete, zu verraten, wer ich war, und auch die Wahrheit über die Gestaltwandler im Sherwood Forest preiszugeben. Das Risiko war zu groß.

Tucks angespannte Haltung erinnerte mich an genau diesen Punkt, der uns Gestaltwandlern seit unseren frühesten Tagen eingebläut wurde.

„Bitte, Willa", versuchte ich es erneut. „Komm mit mir in den Sherwood Forest. Dort können wir über alles nachdenken. "

Ja, flehte mein Bär. *Bitte. Komm mit mir. Bleib bei mir. Für immer.*

„Wir können auf dem Weg nach Nottingham über alles nachdenken", beharrte sie.

„Sei doch nicht töricht. "

Ihre Augen funkelten. „Das ist besser, als Angst zu haben oder nicht selbst zu denken. "

Sie betonte beides, als wären es Kardinalsünden gleichbedeutend mit Lust, Völlerei und Gier.

„Du könntest verletzt werden. Gefangen genommen werden. Vielleicht sogar getötet werden."

Willa sträubte sich. „Bin ich mal wieder unfähig?"

„Das habe ich nicht gesagt. Aber selbst du kannst gegen hundert Männer nicht gewinnen."

Sie schnallte sich trotzig ihren Dolch um. „Vielleicht werde ich also verletzt. Das ist eine bewusste Entscheidung, die zu treffen ich bereit bin."

„Wenn du verletzt wirst, wird auch jeder verletzt, dem du etwas bedeutest."

So wie ich, fügte mein Bär traurig hinzu.

Glocken läuteten und der Klang drang durch die dunkle, stille Landschaft.

„Laudes", murmelte Tuck. „Ich muss gehen. Und Ihr müsst es auch." Er zeigte auf mich, dann drehte er sich zu Willa um und atmete tief ein. „Viel Glück, Willa. Ich fürchte, Ihr steuert in einen Sturm, aber ich wünsche Euch guten Wind und eine ruhige See."

Damit war er verschwunden. Einen Moment später traten Willa und ich ins Freie.

Ich schloss die Tür zu all den besonderen Momenten, die wir in unserer unverhofften Zufluchtsstätte geteilt hatten. Zärtliche Momente. Auch verletzliche Momente. Und sie hatten sich alle so gut angefüllt.

Klick. Die Tür fiel ins Schloss und versiegelte all das für immer.

Ich blickte nach Norden in Richtung Sherwood Forest. Willa blickte nach Südosten in die Richtung von Nottingham. Eine Weile sprachen wir beide nicht.

„Das habe ich mir anders vorgestellt", flüsterte sie schließlich.

Ich stieß ein leises Schnauben aus. Ich auch. Aber so war es im wirklichen Leben. Mehr Verletzungen als glückliche Enden. Und ehrlich gesagt, hätte ich wissen müssen, dass diese Zeit kommen würde. Willa hatte es selbst vor nicht allzu langer Zeit gesagt.

Wir müssen den Schatz zurückbekommen. Sobald wir das geschafft haben, mache ich mich wieder auf den Weg.

Sie holte tief Luft und beruhigte sich ein wenig. „Du bist loyal und das respektiere ich."

Nette Worte, aber ihr Gesichtsausdruck sagte, *Wenn deine Loyalität nur mir gelten würde.*

„Ich wünschte nur..." Sie verstummte.

Ich seufzte. Ich könnte mir so vieles wünschen, aber das Wünschen hatte noch niemandem etwas genützt.

Willa klopfte mir auf die Schulter, so wie es Soldaten beim Abschied taten, wenn sie ihre Emotionen verbergen wollten. Dann streckte sie eine Hand aus.

„Vielen Dank für deine Hilfe." Ich zögerte. Ein Händedruck fühlte sich geschäftsmäßig an, während ich noch Bedauern empfand.

Unbeholfen nahm ich ihre Hand und wünschte mir stattdessen eine Umarmung. Einen Kuss. Besser noch, eine Kehrtwendung. Mussten wir uns wirklich trennen?

Sag mir, dass du nicht fühlst, was ich fühle, wollte ich unbedingt sagen. *Sag mir, dass diese Verbindung, die wir spüren, nicht vom Schicksal bestimmt ist. Und ich werde dich gehen lassen. Aber wenn du fühlst, was ich fühle, dann sag es mir bitte. Sag alles, nur nicht Lebewohl.*

Willas Kehlkopf wippte, aber das war auch alles. Mein Herz wurde schwer.

„Vielen Dank." Meine Stimme war so kratzig, denn ich würde ihr nie sagen können, warum. Sie würde nie etwas über meinen Bären erfahren. Oder dass sie diejenige war, die mich aus der Falle gerettet hatte. Oder wie sehr ich sie liebte.

Alles, was ich herausbekam, war ein lahmes: „Ich schätze, es ist das Beste so."

Eine Lüge, aber was konnte ich anderes tun, als nach Sherwood Forest zu eilen und Verstärkung zu organisieren. Auf diese Weise könnten wir Willa helfen, sobald Robynne zurückkehrte.

Es könnte zu spät sein, weinte mein Bär.

Das war es bereits, zumindest für die Hoffnungen, die ich hegte.

Willa nickte nicht allzu überzeugend. „Ja, es ist wohl das Beste. Wenn ich den Ring finde – oder den Schatz – werde ich dir eine Nachricht schicken."

Eine Nachricht schicken. Nicht dass sie selbst kommen würde, um es mir zu sagen. Es war also wirklich ein Abschied.

Mein Bär stieß ein langes, gequältes Heulen aus.

Willa drückte die Schultern durch, so steif wie ein Soldat. „Nun, ich mache mich auf den Weg. Pass auf dich auf."

Damit schritt sie davon, ohne sich noch einmal umzuschauen.

Meine Augen brannten, als ich ihr nachsah, wie sie sich durch die Bäume schlängelte. Die ersten Anzeichen der Morgendämmerung färbten den Horizont in bedrohlichem Rot und Orange, die Willas Silhouette verschlangen.

„Pass auf dich auf", flüsterte ich, während mein Bär innerlich heulte.

Kapitel 15

WILLA

Sturheit. Meine Mutter hatte mich tausendmal dafür gescholten, jedoch stets mit einem Augenzwinkern, das sagte: *Braves Mädchen.* Denn Sturheit funktionierte. Sturheit hatte mir geholfen, schwierige Zeiten zu überstehen oder mit Leuten fertig zu werden, die mich unterdrücken wollten. Mein ganzes Leben lang hatte mir meine Sturheit gute Dienste geleistet.

Aber jetzt... vielleicht nicht mehr so sehr.

Die aufgehende Sonne strahlte mich von vorn an, während ich über die schlammige Straße stapfte und rutschte. Ich hätte mir einen Plan zurechtlegen sollen, aber ich konnte an nichts anderes denken als an John.

Dieser Trottel. Dieser große, starke, zärtliche, süße, liebenswerte Trottel. War ich eine Närrin, mich von ihm zu trennen? Ja. Hatte ich ihn schlecht behandelt? Ja. Hatte ich meine Gründe gehabt. Auch ja, obwohl ich Mühe hatte, mich daran zu erinnern, welche das waren.

Ach, richtig – der Ring und die Pflicht gegenüber meiner Herrin und meinem König.

Witzig, wie ähnlich John und ich uns doch waren.

Trotzdem musste ich vorsichtig sein. John hatte Tuck von dem Ring erzählt. Er hatte das Mühlhaus verlassen, ohne ein Wort zu mir zu sagen. Welche anderen Geheimnisse könnte er noch haben?

Schlimmer noch, was, wenn seine Täuschung noch tiefer ging? Hatte Robynne John beauftragt, mich im Auge zu behalten? Hatte er Informationen für Robynne gesammelt? Sie behaupteten, König Richard loyal zu sein, aber was, wenn sie den Schatz für sich haben wollten?

Ein Schwarm Raben krächzte über mir in einem schwarzen Fleck am grauen Himmel.

Ich drückte die Schultern durch und schaute geradeaus. Ich war so wütend gewesen, als wir uns verabschiedet hatten, dass mein einziger Plan gewesen war, den Ring zu finden und nach Hause zu gehen. Meine Herrin würde doch sicher verstehen, dass ich mein Bestes versucht hatte. Aber vielleicht konnte ich die Situation retten. Ich könnte den Ring und dann den Weg zurück in den Sherwood Forest finden, wo ich die Lage besser einschätzen könnte. Wenn ich mir sicher war, dass sie ehrlich zu mir waren, könnte ich die Sache mit John wieder in Ordnung bringen. Nicht wahr?

Ich ließ den Kopf hängen, denn ich war überhaupt nicht überzeugt.

Auf jeden Fall fing alles mit dem Ring an, der wahrscheinlich zusammen mit dem Rest des Schatzes vom Sheriff versteckt worden war, bevor er die Stadt verließ. Die Frage war nur, wo hatte er ihn versteckt?

Dies war nur eine von mehreren kritischen Fragen, wie zum Beispiel: War der Ring unter den Rest des Schatzes gemischt? Wie würde ich ihn erkennen? Besaß er tatsächlich magische Kräfte?

Ich ging in meinen Gedanken zurück. Wenn ich der Sheriff wäre und nur wenig Zeit hätte, um den Schatz zu verstecken, wo würde ich ihn hinbringen?

Unter meinem Bett, auf dem Dachboden und *im Gemüsegarten* waren zu offensichtliche Orte. Wo also sonst?

In einem Fass Wein oder eingelegtem Schweinefleisch? Irgendwo in einem Dachstuhl versteckt? Oder vielleicht, wenn der Sheriff einen Hauch von Klasse hätte, in auffälliger Unauffälligkeit in der Öffentlichkeit?

Wie dem auch sei, es musste ein zugänglicher Ort sein, den andere übersehen würden. Was genau... wo bedeutete?

Diese Frage beschäftigte mich den ganzen Weg zurück in die Stadt, einschließlich aller Umwege, die ich ging. Der Regen hatte endlich aufgehört und Sir Guys Männer waren in voller

Zahl unterwegs. Meine Verkleidung war hilfreich – ein Kleid, das ich von einer Wäscheleine gezupft hatte und ein Korb mit Wolle, den ich mir aus einer Scheune „geliehen" hatte. Ich hasste es, ehrliche Leute zu bestehlen, aber ich war sicher, dass sie es verstünden, würden sie meinen Auftrag kennen.

Die Stadt zu betreten, war einfach. Ich schlenderte schlichtweg durch das Nordtor hinein und auch mein nächster Schritt – mich in das Schloss zu schleichen – war Dank meiner Tarngeschichte, der Haushälterin Wolle zu bringen, simpel. Weder erwähnte ich den unter der Wolle versteckten Dolch, noch suchte ich die Haushälterin auf. Stattdessen schlich ich mich die Treppe der Bediensteten hinauf in die Wohnräume, wo ich nur … Spinnweben fand. Ich drehte mich im Kreis und studierte den Staub und die mit Laken abgedeckten Möbel. Meiner Herrin zufolge war der Sheriff von Nottingham ein grausamer, korrupter Mann, der sich die schönsten Räume der Stadt unter den Nagel gerissen hatte. Aber offensichtlich hatte hier schon lange niemand mehr gewohnt.

Eine Taube flatterte über mir und untermauerte die Feststellung. Ich schaute mich um. Was nun?

Ich dachte immer noch darüber nach, als ich gestiefelte Füße auf der Treppe hörte – viele, viele Stiefel, die aufstampften, als meinten sie es ernst. Ich rannte zur gegenüberliegenden Tür und erstarrte, als sie aufflog und fünf oder sechs Männer hereinkamen.

Es genügt, zu sagen, dass ich mich mit allen Mitteln wehrte, aber wie John vorausgesagt hatte, standen die Chancen eher schlecht für mich. Ehe ich mich versah, wurde ich in eine Kammer im Erdgeschoss geschleppt und dem Teufel persönlich – Sir Guy – vor die Füße geworfen.

„Und wer ist das?", fragte er gelangweilt.

„Haushälterin", versuchte ich es.

Er war nicht amüsiert.

„Wir haben sie in den Wohnräumen gefunden. Sie passt auf die Beschreibung der gesuchten Frau", berichtete eine der Wachen.

Ich runzelte die Stirn. Welche Beschreibung könnten sie wohl haben?

Dann wurde es mir schlagartig bewusst. Beverly. Sie war wahrscheinlich verhört worden, nachdem ich mich mit einem Teil des Schatzes davongemacht hatte. Und ich bezweifelte, dass sie genug Verstand hatte, mich als große, vollbusige Blondine zu beschreiben.

Eine der Wachen zog den Dolch aus meinem Korb. Niemand schien besonders beeindruckt, aber Sir Guy erstarrte. Sein Rücken versteifte sich und nicht einmal seine Finger zuckten.

Gestaltwandler, warnte mich jeder Nerv in meinem Körper.

Das Licht glitzerte auf der Klinge des Dolches. Konnte sie das Böse auch spüren?

Sir Guy kniff die Augen zusammen, als er erst die Klinge und dann mich musterte. Mein Herz schlug wild. Meine Knie waren kurz vorm Schlackern. Ich war erst ein einziges Mal in die Nähe eines Gestaltwandlers gekommen, als die Steuereintreiber mit ihren spitzen Wolfszähnen und peitschenden Schwänzen ins Haus meiner Mutter eindrangen. Aber im Vergleich zu dem grausamsten Gestaltwandler von allen – dem, der mich jetzt anfunkelte – waren sie nur Spielfiguren. Er starrte mich *wirklich* an, als könnten seine Augen ein Loch in mich bohren. Und verdammt, vielleicht konnten sie das auch, so rot wie sie glühten.

Es kostete mich alles, was ich hatte, um zurückzustarren, ohne zu zittern.

Sir Guys Schweigen war schlimmer als harte Worte und es spielte meinem Verstand einen Streich. Er wusste genau, wer ich war, was ich vorhatte und wo ich gewesen war. Oder hatte er keine Ahnung und wollte mich einfach mit seinen schlimmsten Feinden über einen Kamm scheren? Vielleicht stimmte beides nicht und es war ihm egal. Vielleicht ging er einfach nur eine Reihe von Foltermethoden durch, die er ausprobieren wollte.

Foltermethode Nummer eins: Das Schweigen, das nicht enden wollte.

Foltermethode Nummer zwei: Seine Schritte, die durch das Klingen seiner Sporen akzentuiert wurden. *Stampf, stampf, klirr. Stampf, stampf, klirr...*

Als er endlich sprach, war es nur ein einziges Wort.

„Perfekt.“

Die Zweideutigkeit machte mir mehr Angst als ein Todesurteil.

∞∞∞∞

„Ich verstehe es nicht“, sagte der Mann, der meinen rechten Arm festhielt.

„Du musst es nicht verstehen“, antwortete derjenige, der meinen linken Arm umklammerte. „Befolge einfach die Befehle. Bereit? Los.“

Gemeinsam zwangen sie meine Hände in zwei Aussparungen in einem langen Holzbrett, während ein dritter Mann meinen Kopf in eine dritte, größere Öffnung drückte. Als Nächstes schlugen sie ein passendes Brett von hinten ein und fesselten mich somit an den Pranger der Stadt.

„Pass auf“, warnte einer von ihnen, während sie sich an meinen Füßen zu schaffen machten. „Dieser kleine Hitzkopf tritt wie ein Maultier.“

„Ich bin nicht klein“, murmelte ich und rammte meinen Zeh in seine Leiste.

„Uff!“ Er beugte sich vornüber.

Die anderen beiden waren schwieriger zu erreichen, und es war sowieso ein aussichtsloser Kampf. Eine Minute später waren auch meine Füße gefesselt und ich konnte nichts anderes tun, als sie mit so viel Würde anzufunkeln, wie ich aufbringen konnte. Keine leichte Aufgabe, wenn man bedachte, dass meine Hände, Füße und mein Nacken jeweils in einem eigenen Schlitz des Prangers gefesselt waren.

Klick! Einer von ihnen sicherte die Vorrichtung mit einem riesigen Schloss. Ein weiterer rammte meinen Dolch in den Holzrahmen und ließ ihn dort wie einen überdimensionalen Pfeil zittern.

Als der Erste zurücktrat, um sein Werk zu begutachten, warnte ihn der zweite Mann: „Nimm dich in Acht, Edgar.“

„Sagt der Mann in Spuckweite“, murmelte ich.

151

Sie beide sprangen zurück und einer hob tadelnd den Finger. „Ihr könnt so frech sein, wie Ihr wollt, Fräulein. Morgen um diese Zeit werdet Ihr tot sein."

Hätte ich doch nur eine klugscheißende Antwort auf diesen Spruch.

„Ich verstehe es immer noch nicht", sagte sein Kamerad und wischte sich den Schweiß von der Stirn.

Immerhin etwas. Die drei schwitzten mehr als ich, nachdem ich den ganzen Weg vom Schloss bis zum Marktplatz gegen sie angekämpft hatte.

Eine Menschenmenge versammelte sich, aber sie senkten die Blicke, sobald ich aufschaute. Ich sah Kummer, Mitleid und Bedauern – aber nicht genug Trotz, um mir Hoffnung auf Hilfe zu machen.

Edgar warf mir einen bösen Blick zu. „Es ist genau so, wie Sir Guy gesagt hat. Es wird sich herumsprechen, dass wir Robin Hood gefangen haben, und das wird seine Männer in die Stadt locken."

Der erste Mann runzelte die Stirn. „Aber Robin Hood ist ein Mann."

Ich verdrehte die Augen.

„Ich weiß das und du weißt das, aber das ist die Macht der Gerüchteküche", sagte der Wächter. „Man braucht nur ein Körnchen Wahrheit. Es sei denn, diese kleine Dame hier hat es sich anders überlegt?"

„Ich bin nicht klein", spie ich.

Sir Guy hatte dies bereits versucht – er versprach, mich freizulassen, wenn ich ihn zu dem echten Robin Hood und „seinen" fröhlichen Gesellen führen würde. Aber ich würde sie nie und nimmer verraten.

„Kommt schon", versuchte Edgar es noch einmal. „Seid Ihr wirklich bereit, Euer Leben für ein paar niedere Räuber zu opfern?"

Ich fletschte die Zähne. „Sie sind weder nieder noch Räuber. Sie sind edler als Ihr – und auch edler als die meisten Lords. Und die einzigen Gesetze, gegen die sie verstoßen, sind die, die dieser Hochstapler, Prinz John, erfunden hat."

Die meisten der Anwesenden nickten in stummer Zustimmung. Wenn doch nur jemand Stellung beziehen würde!

Edgar schüttelte traurig den Kopf. „Letzte Chance, Eure Haut zu retten, Miss."

Ich starrte geradeaus.

„Nein? Ganz sicher?" Edgar wartete einen Moment, dann seufzte er und wandte sich an die Menge, um die Anklage gegen mich zu verlesen. „An diesem Tag des Herrn 1193, im Namen unseres Herrschers, dem ehrenwerten Prinz John..."

Ich saugte einen Batzen Spucke hoch und sandte ihn vor Edgars Füße.

„Verhängt der ehrenwerte Sir Guy von Gisborne folgendes Urteil über den Gesetzlosen Robin Hood." Als Edgar auf mich zeigte, folgten alle Blicke in der Menge dieser Geste.

Ich wackelte fröhlich mit den Fingern.

„Die besagte Gesetzlose soll bis zum Morgengrauen am Pranger festgehalten werden und falls keine Beweise für ihre Unschuld auftauchen, soll sie gehängt werden, bis sie tot ist."

Die Anwesenden stießen einen kleinen Schrei aus und eine Frau bekreuzigte sich.

Ich schnaubte. „Gibt es noch eine andere Art des Hängens?"

Ein Wächter versetzte mir einen kleinen Tritt, während Edgar weitersprach.

„Danach werden Eure Finger abgeschnitten und ins Feuer geworfen, Eure Eingeweide verbrannt, Euer Kopf abgeschlagen und Euer Körper geviertelt und zerstückelt werden. Möge Gott Eurer Seele gnädig sein."

Ich seufzte. Wie konnte es sein, dass Menschen grausame Todesurteile fällen konnten, es dann aber Gott überließen, Gnade walten zu lassen? Ich war unschuldig, verdammt!

Nun... größtenteils, nahm ich an.

Die Wachen zogen feierlich ab und überließen mich den Launen der Menge.

Ich hatte das Glück, in einer zivilisierten Stadt unter einem gerechten Lord aufzuwachsen, wo die Pranger der Stadt weitgehend ungenutzt blieben. Aber die Geschichten, die ich von anderen Orten gehört hatte, ließen mich erwarten, dass jeden Moment faule Tomaten in meine Richtung fliegen würden.

Unterhaltung war in verwahrlosten Städten schwer zu finden und einen Gefangenen am Pranger zu verhöhnen, kam in den Augen vieler Leute lediglich einer guten Hinrichtung gleich.

Zu meinem Glück war das Einzige, was durch die Luft schwebte, das heimliche Geflüster der Menge.

„Verdammt sei dieser Sir Guy... “

„Möge Gott unseren Seelen gnädig sein, wenn König Richard nicht bald zurückkehrt... “

„Wenn doch nur der Sheriff hier wäre... “

Mehr und mehr bekam ich den Eindruck, dass der Sheriff nicht das Monster war, von dem ich gehört hatte. Aber da er nicht da war, nutzte mir das wenig.

Dann fiel mein Blick hinter der mitfühlenden Menge auf ein Gebäude auf der anderen Seite des Marktplatzes. Die Stallungen.

Die Frage, die mir schon den ganzen Vormittag durch den Kopf gegangen war, stellte sich mir erneut. *Wenn ich der Sheriff wäre und nur wenig Zeit hätte, um den Schatz zu verstecken, wo würde ich ihn hinbringen?*

Ich neigte den Kopf und flüsterte vor mich hin. „An einen zugänglichen Ort, den andere übersehen würden. “

Ich hatte weder den Sheriff noch sein Pferd je gesehen. Aber ich stellte mir einen großen Mann vor, der ein mächtiges Pferd aus den Stallungen führte, und dann mit einem winzigen Lächeln einen letzten Blick hineinwarf, bevor er aus der Stadt galoppierte.

Ich starrte auf die Stalltür... und starrte und starrte.

Kapitel 16

WILLA

„Haltet durch, Miss", flüsterte jemand, aber ich hörte es kaum. „Verratet Robin Hood nicht. Wir brauchen ihn und seine guten Taten, um über die Runden zu kommen."

Ich dachte an das Lager im Wald. Ich dachte an Robynne und ihre fröhlichen Gesellen. Aber vor allem dachte ich an John und daran, was hätte sein können.

Die Minuten zogen sich wie Stunden hin, während ich für alle sichtbar zur Schau gestellt wurde. Ich hatte mich noch nie so machtlos gefühlt – und das Schlimmste war, dass es wahrscheinlich vermeidbar gewesen wäre, hätte ich nur getan, was John gesagt hatte.

Dickköpfig. Impulsiv. Übermäßig stolz. Jede dieser Eigenschaften war ein zweischneidiges Schwert. Zum ersten Mal in meinem Leben spürte ich die scharfe Seite jeder dieser Eigenschaften. Dazu kam mein tiefer Schmerz darüber, mich von einem Mann getrennt zu haben, mit dem ich eine gemeinsame Zukunft hätte haben können. Von einem ehrlichen Mann – wovon ich mit jeder Minute, die verstrich, tiefer überzeugt war.

Ich ließ meinen Kopf noch weiter hängen.

Meine Mutter hatte nicht unrecht damit, dass ich einfallsreich, schlagfertig und unabhängig war. Aber ich hatte entdeckt, dass es möglich war, all diese Dinge zu bleiben und trotzdem die Gesellschaft eines guten Mannes zu genießen. Ich hatte auch erkannt, dass es einen Unterschied zwischen den Hintergedanken, vor denen meine Mutter gewarnt hatte, und dem normalen Geben und Nehmen in einer gesunden Beziehung gab.

Schon witzig, dass man manche Lektionen nur auf die harte Tour lernte.

Die meisten Leute warfen mir mitleidige Blicke zu, aber ein Mann kam auf mich zu und berührte mich an der Stelle, wo er es nicht sollte. Wenn meine Hände oder auch nur ein Fuß frei gewesen wäre, hätten seine Hoden einen hohen Preis dafür bezahlt. Aber ich war nicht frei, also mussten sie es nicht. Gott sei Dank, verjagte eine ältere Frau ihn mit einem Besen, bevor er tatsächlich Hand an mich legen konnte.

„Schämt euch!", brüllte sie, als er wie ein kopfloses Huhn davonlief. Dann drehte sie sich zu mir und flüsterte sanft: „Macht Euch keine Sorgen über seine Art, junge Dame."

Es war nett von ihr. Zu schade, dass ich mir immer noch Sorgen machen musste, gehängt, gestreckt, gevierteilt und so weiter zu werden.

Von Zeit zu Zeit warf ich einen Blick auf die Stallungen und stellte mir einen besonders hohen Heuhaufen vor. Ich war sicher, dass der Schatz dort verborgen lag. Das musste er sein! In gewisser Weise gab es mir Auftrieb, denn ich hatte es herausgefunden. Aber dann ließ ich mich wieder hängen. Der Schatz könnte direkt dort verborgen liegen, aber ich war hier gefesselt. Ich saß wirklich fest.

Weitere Raben flatterten krächzend über uns. Ein Adler verjagte sie mit einem Schrei und kreiste dann mühelos an ihrer Stelle.

Ah, ein Adler zu sein und davonzufliegen. Oder ein Aal, der aus diesem Pranger gleiten konnte. Noch besser wäre es, ein Bär zu sein, der einfach ausbrach und auf seinem Weg Verwüstung anrichtete.

Als sich der Nachmittag in die Länge zog, fassten ein paar Leute den Mut, mir Ermutigung zuzuflüstern.

„Verratet Robin Hood nicht. Bitte", flehte einer. „Ich weiß nicht, wo wir ohne ihn wären."

„Ohne *sie*", murmelte ich, aber mein Mund war schon so trocken, dass ich bezweifelte, dass sie mich gehört hatten.

Fünf Minuten später – fünfzehn? Fünfzig? – stapfte ein Soldat auf seiner Kontrollrunde vorbei und grinste. „Liefert sie einfach aus, Schätzchen. Ihr wisst, dass Ihr es wollt."

Ich schüttelte den Kopf. Wie könnte ich jemals mit mir selbst leben, wenn ich das täte?

„Sie würden Euch verraten, wisst Ihr."

Nein, das würden sie nicht. Und nach dem, was ich zu John gesagt hatte, bezweifelte ich auch, dass sie mich retten würden.

Ich starrte auf den Boden. Vielleicht war es gar nicht so wichtig, unabhängig zu sein. Vielleicht sollte ich versuchen, von Zeit zu Zeit ein paar Freunden zu vertrauen.

Ich dachte eine Weile darüber nach – eine lange Weile, denn ich hatte nichts anderes zu tun. Freunde wären schön. Nicht nur, um mir zu helfen, diesem Schlamassel zu entkommen, sondern allgemein. Freunde, mit denen ich auf ein größeres Ziel hinarbeiten könnte – größer als das, was eine einzelne Person jemals erreichen könnte. Freunde, mit denen ich meine Erfolge feiern und denen ich beim Feiern ihrer Erfolge helfen konnte.

Ich biss resigniert die Zähne zusammen. Eine Lektion, die ich ein wenig zu spät gelernt hatte. Warum kam die Weisheit immer erst, nachdem man sie am meisten brauchte?

„Danke", flüsterte ich heiser einer Frau zu, die mir heimlich Wasser gab.

Andere stellten sich, wenn auch nur kurz, so auf, dass die stechenden Sonnenstrahlen meine Augen nicht blenden konn-ten, und einige schenkten mir ein aufmunterndes Lächeln. Win-zige Akte der Güte von völlig Fremden, die mir eine Lektion erteilten, die ich auf die harte Tour gelernt hatte.

Ich lernte auch noch etwas anderes – wie anstrengend Nichtstun sein konnte, vor allem, wenn man an ein Stück Holz gefesselt war. Am frühen Abend hing mein Kopf schlaff hinun-ter und alles, was ich von den verschwiegenen Passanten sah, waren ihre Schuhe. Eine Zeit lang spielte ich ein Gedankenspiel, zu erraten, wie die dazugehörige Person aussehen könnte. Dann erreichte ich einen neuen Tiefpunkt, denn selbst dazu fehlte mir die Energie.

Als ein besonders feines, schmales Paar Schuhe mit Seiden-schleifchen vor mir auftauchte, bemerkte ich es kaum – bis die

Person sprach.

„Willa.“

Tatsächlich war es mehr ein Flüstern. Ein leises, besorgtes Flüstern.

Ich hob meinen Kopf und blinzelte gegen die untergehende Sonne. Mein Nacken tat weh, aber mein Herz schlug mir bis zum Hals.

„Beverly?“

Gut, dass meine Lippen so spröde waren. Meine Stimme war nur ein Quietschen und niemand hörte sie.

Sie hielt ihren Fächer vor ihre Lippen, als sie sprach. Ich schwieg.

„Oh, Willa. Es tut mir so leid. Geht es dir gut?“

„Es ging mir schon besser. Und dir?“

„Oh, Willa“, wimmerte Beverly. Tränen liefen über ihre Wangen.

Nicht gerade hilfreich, aber Beverly war Beverly. Sie war keine Kriegerin, keine Intrigantin und auch keine Schlosserin – schade, wenn man meine derzeitige Lage bedachte. Sie war die Kammerdienerin unserer Herrin, die sich eher mit der Zusammenstellung modischer Outfits auskannte als mit der Planung der Flucht einer Gesetzlosen.

„Warum bist du am Tag unserer Ankunft geflohen?“, fragte sie. „Jetzt verdächtigen sie dich aller möglicher Dinge.“

Aus gutem Grund, aber ich machte mir nicht die Mühe, es zu erklären.

„Ich hatte keine Wahl. Es gab etwas, von dem unsere Herrin nicht wollte, dass es jemand findet.“

Glücklicherweise interessierte sich Beverly mehr für ihre eigenen Nöte als für meine. „Sie haben mir verboten, die Stadt zu verlassen. Sie fragen ständig nach dem Schatz, nach unserer lieben Herrin, nach dir... “

Wie gut, dass Beverly zu dümmlich war, um nützliche Informationen über all diese Dinge preiszugeben.

„Hör zu“, unterbrach ich sie. „Sobald du die Gelegenheit hast, verschwinde. Du musst nach Hause gehen und unserer Herrin erzählen, was passiert ist. Sag ihr, dass ich es versucht habe... “ Meine Stimme brach.

„Oh, Willa… " Beverly umklammerte meine Hände.

Es war verdammt unangenehm, da meine Arme nach oben gedrückt und meine Handgelenke durch den Pranger nach unten gebogen wurden. Aber sie meinte es gut. „Ich wünschte, ich könnte irgendwie helfen", schnaufte Beverly.

Ja, das tat ich auch. Aber ehrlich gesagt, war Beverly noch nie von großem praktischen Nutzen gewesen.

Sie ließ den Fächer hängen und die Sonne blitzte. Ich blinzelte, dann starrte ich auf einen Schimmer im Licht.

Und starrte und starrte.

„Wenn es doch nur etwas gäbe… ", jammerte sie.

Ich räusperte mich. „Beverly… "

Ihre Lippen bebten kläglich. „Ich weiß. Es ist schrecklich. "

„Wo hast du das her? " Ich tat mein Bestes, um auf ihre Hand zu zeigen.

Sie schaute auf ihr Handgelenk und strahlte. „Oh, du meinst dieses hübsche Armband? "

Nein, ich meinte nicht das hübsche Armband. Ich meinte den schlichten Silberring, der in der Sonne glänzte.

Ich zeigte erneut darauf. „Nein, den. "

Sie hielt ihre Hand hoch. „Oh, den. Unsere Herrin gab ihn mir vor unserer Abreise. Sie sagte, ich sollte gut darauf aufpassen. "

Ich öffnete meine aufgesprungenen Lippen und so blieben sie. Beverly war nicht die hellste Frau, aber unsere Herrin schon. Klug genug, um zu wissen, wie man Dinge vor aller Augen versteckte.

Ich würde alles darauf setzen, dass das der Ring von Aquitanien war. Ich würde sogar mein Leben verwetten.

Und, hach. In Anbetracht der Umstände war das ziemlich genau der Fall.

Beverly warf mir einen *Du Arme, du wirst noch verrückt*-Blick zu.

„Den. " Ich zeigte darauf. „Ich brauche ihn. "

Beverly runzelte die Stirn. „Was würde dir dieser Ring nutzen? Er ist nicht einmal mein schönster. Aber dieser hier hingegen… " Sie präsentierte das unechte Juwel an ihrem nächsten Finger.

Ich brauchte meine ganze Geduld, um ruhig zu bleiben. „Nein, ich brauche den da. Ich brauche ihn, Beverly."

Großartig. Jetzt bettelte ich schon.

Beverly zog die Stirn in Falten. „Ich wüsste nicht, wie er nützlich sein könnte."

Dessen war ich mir auch nicht so sicher. Aber ich war bereit, nach jedem Strohhalm zu greifen, der mir in die Hände fiel.

„Vielleicht ist er das nicht. Aber ich würde mich wirklich viel besser fühlen."

Verwirrt wie sie war, fing Beverly an, den Ring abzuziehen. Dann hielt sie inne und zeigte mir noch einmal das unechte Juwel. „Bist du sicher, dass du nicht diesen willst? Er ist viel schöner."

Sie hatte nicht den schärfsten Verstand, aber Junge, hatte sie ein großes Herz.

„Nein, danke. Der andere ist eher mein Stil." Ich streckte einen Finger aus und Beverly steckte mir den Ring an. Dann umarmte sie mich.

Ich klopfte ihr, gerührt von ihrer süßen Geste, mit einer Hand auf den Rücken.

„Geh", flüsterte ich. „Geh nach Hause. Sag unserer Herrin, dass ich unser Bestes getan habe."

Beverly wich zurück und tupfte sich die Augen mit einem Taschentuch ab. „Gott schütze dich, Willa."

Ich brachte ein kleines Lächeln zustande, als sie ging, und ließ es dann verblassen. Gott schütze mich? Ich war nicht sehr hoffnungsvoll.

Als die Sonne auf dem Ring an meiner Hand glitzerte, schlug mir das Herz bis zum Hals. Wie Beverlys Umarmung war auch der Ring überraschend tröstlich. Trotzdem war ich mir nicht sicher, worauf ich hoffen konnte – oder ob ich überhaupt hoffen sollte.

Kapitel 17

JOHN

Stunden, nachdem sich Willas und mein Weg getrennt hatten, stürmte ich ins Lager und brummte allen Befehle zu. Dann verkroch ich mich in meine Höhle und redete mir ein, dass ich endlich hatte, was ich wollte – dass diese herrische, nervtötende Frau aus meinem Leben verschwunden war.

Dann kam der alte, zahnlose Christopher – der gesucht wurde, weil er einen Korb mit Eiern gestohlen hatte, die sich als faul herausstellten, Gott segne ihn – zu mir herüber. Er war die letzte Person, die ich sehen wollte.

„Also, mein Sohn", begann er.

Ich stöhnte, denn er würde wieder ein paar dieser Perlen der Weisheit von sich geben, die keinen Sinn ergaben. Dinge wie: *Die Suche nach dem Sinn des Lebens ist wie die Suche nach einer Butterblume im Juli.*

„Geh weg", befahl ich.

Er gehorchte nicht.

Stattdessen sinnierte er lange über die Liebe, das Leben und wie man einen deftigen Eintopf kocht. Ich schaltete ab. Aber als er seinen Monolog schließlich mit *Liebe* beendete, wurden meine Ohren hellhörig.

„Manche Dinge sind es nicht wert, dafür zu kämpfen", sagte er. „Aber ein paar wertvolle Dinge schon. Und die Liebe ist eines davon."

Es war das Erste von dem, was er sagte, das einen Sinn ergab, aber das wollte ich nicht zugeben. Ich knurrte nur.

„Und wenn es keine Liebe ist?"

„Dann würdest du nicht so schmollen oder wärst so aufgebracht."

Christopher tippte gegen mein Bein und ging, bevor ich auch nur knurren konnte, *Ich schmolle nicht! Und ich bin nicht aufgebracht!*

Ich starrte über die Baumkronen und seufzte, fest entschlossen, bis ans Ende meiner Tage in Glückseligkeit und Frieden allein zu leben.

Glückseligkeit war, mit Willa aufzuwachen, brummte mein Bär. *Frieden war, sie zu halten. Mit ihr zu reden, mit ihr zu gehen, mit ihr zu schlafen.* Dann seufzte das Biest. *Okay, das Reden war vielleicht nicht immer so friedlich...*

Ich dachte an die Streitereien, die wir hatten. In dem Moment, in dem ich merkte, dass ich grinste, wurde meine Miene wieder finsterer. Allein bis ans Ende meiner Tage. Das war der Plan.

Stunden später, als sich alle zur Nachtruhe niedergelassen hatten, kreiste ein Adler zweimal über das Lager und kreischte alarmiert. Ich rannte zum Lager hinunter, um Alans Nachricht zu hören, die alle Männer und Hunde in Aufruhr versetzte – sogar Nosewise, den übergroßen Hund, der mit Willa angekommen war.

Werde den Hund los. Behalte Willa, murmelte mein Bär, als sich alle um Alan versammelten.

Die Neuigkeiten betrafen nicht Robynne, wie ich erwartet hatte, sondern Willa.

„Sie haben sie verhaftet. Sie wurde an den Stadtpranger gefesselt, um bei Tagesanbruch gehängt zu werden."

„Willa?" Ich ließ die Maske des Desinteresses fallen und schüttelte Alan praktisch, um alle Einzelheiten zu erfahren.

Dann schnappte ich mir meinen Stab und sprang auf einen Felsen. „Ich brauche fünf gute Männer, die mir helfen, Willa zu befreien, und zwar sofort."

Robert legte eine Hand an sein Ohr. „Moment. Hat John gerade um Hilfe gebeten?"

„Nun, er ist verliebt", sagte Martin.

Alle um mich herum glucksten und meine Wangen wurden rot.

Der alte Christopher schüttelte den Kopf. „Es war vom ersten Tag an offensichtlich, mein Sohn."

Ich runzelte die Stirn. „Was war offensichtlich?"

Er winkte vage mit der Hand. „Du und Willa. Ihr seid Schicksalsgefährten. Dagegen kann man nicht ankämpfen."

Robert grinste. „Ich hätte nie gedacht, dass es so etwas wie niedliche Streitereien gibt, bis ich euch zwei gesehen habe."

Ich stampfte wütend auf. „Kommt ihr mit oder nicht?"

Martin grinste. „Du musst es noch einmal sagen. Ich bin mir nicht sicher, ob ich richtig gehört habe."

Ich fletschte die Zähne. „Ich brauche Hilfe, verdammt. Alles klar?"

„Was ist mit Robynnes Befehl, sich aus Ärger herauszuhalten?", fragte Robert.

„Zum Teufel mit den Befehlen", erklärte ich.

Ein Jubel brach aus und ich schwöre, wäre Robynne dabei gewesen, hätte sie am lautesten geschrien. Unsere furchtlose Anführerin war noch nie jemand gewesen, der sich an Vorschriften hielt.

Damit stürmte ich aus dem Lager, flankiert von mehr Männern, als ich Zeit hatte, zu zählen. Zuerst war ich erstaunt, dass so viele bereit waren, zu helfen, aber allmählich dämmerte es mir. Die Männer mochten Willa alle und ich hatte ihre Loyalität.

Trotz der Panik, die meine Seele ergriff, wurde mir warm ums Herz. Loyalität. Teamarbeit. Einander den Rücken stärken. Wer sagte denn, dass es uns Gesetzlosen an Moral mangelte?

Wir rannten – oder in Alans Fall, flogen – den ganzen Weg zu den Sentinels, einer Felsformation eine halbe Meile vor den Stadttoren. Selbst in der Dunkelheit konnten wir ihre hochaufragende Silhouette ausmachen. Dort kauerten wir uns ein weiteres Mal zusammen.

Schweiß rann über meine Stirn – und das nicht nur vom Laufen, obwohl es eine gute Ausrede war. In meinem Kopf kreisten Ideen, Pläne und Sorgen. Ich holte tief Luft und machte mich bereit dafür, meinen Plan zu verkünden.

Und der lautet... wie genau? fragte mein Bär.

Ich brachte die Bestie zum Schweigen und erteilte Befehle. Ja, es war alles ein wenig improvisiert. Aber, verdammt. Irgendwie würde es funktionieren.

Es muss funktionieren, knurrte mein Bär.

Fünf Männer würden mich zum Nordtor begleiten, wo zwei von ihnen verbleiben würden. Ein Dritter würde Wache halten, während die beiden anderen mir helfen würden, Willa zu befreien. Alle anderen würden in Reserve an den Sentinels warten. Alan zufolge patrouillierten die Wachen in Nottingham alle fünfzehn Minuten auf einer festgelegten Route, also würden wir unseren Eintritt so abzustimmen, dass wir so viel Zeit wie möglich hätten.

„Verstanden?" Ich schaute mich um.

Ein Dutzend Köpfe nickte. „Verstanden."

Wir bewegten uns verstohlen auf das Tor zu. Es war geschlossen, aber um hineinzukommen, musste Alan nur hineinfliegen, sich verwandeln und den Querbalken anheben, um das Tor zu öffnen – und das alles vor den Augen von zwei dösenden Wachen. Nun, sie dösten, bis wir ihnen Knebel über die Münder banden und Fesseln um ihre Hände und Beine legten.

„Seid still, dann töte ich euch nicht", zischte ich.

Sie zuckten zusammen und nickten verzweifelt. Entweder waren sie mächtige Feiglinge oder ich war so furchterregend.

Alan klopfte mir auf den Rücken. „Du bist furchterregend, sogar für mich. Pass auf, dass du deinen kleinen Hitzkopf nicht verschreckst."

Ich schnaubte. Willa hatte vor überhaupt nichts Angst. Wusste er das nicht?

Und sie ist nicht klein, knurrte mein Bär.

Alan verwandelte sich zurück in Adlergestalt und hob ab, um das Geschehen von oben im Auge zu behalten. Die Patrouille bewegte sich von uns weg in Richtung Westtor.

Ich schlich mich mit Robert und Martin vorwärts. Die zusammengekauerte Gestalt am Stadtpranger brach mir das Herz und mein Tempo nahm mit jedem Schritt zu.

„Willa", flüsterte ich.

Nun, ich versuchte es. Aber mein Herz war so unruhig und meine Lippen funktionierten nicht beim ersten Versuch.

Sie rührte sich und stieß ein schwaches, überraschtes Quietschen aus. „John?"

Vor Erleichterung hätte ich auf die Knie sinken können, denn ein Teil von mir hatte das Schlimmste befürchtet.

„Hi", stieß ich hervor und versuchte, herauszufinden, wo ich anfangen sollte. Willa hatte ihren Stolz und sie hasste es, Hilfe anzunehmen. Das bedeutete, dass der schnellste Weg – das Schloss aufzubrechen und sie wegzutragen – definitiv ausgeschlossen war.

„... möchtest du etwas Unterstützung?", bot ich so beiläufig an, wie ich konnte.

Möchten klang besser als *brauchen* und *Unterstützung* besser als *Hilfe*. Ich hatte inzwischen gelernt, mich nicht zu weit auf dünnes Eis zu bewegen, sozusagen.

Sie zerrte an ihren Fesseln. „Ich kann es schaffen."

Selbst in der Dunkelheit konnte ich die blauen Flecken an ihren Hand- und Fußgelenken sehen. Aber sie weigerte sich, aufzugeben. Wenn sie in eine Bärenfalle getappt wäre, hätte sie sich die Tatze abgebissen. Alles, um sich zu befreien.

Ich schluckte bei diesem Widerhall des Tiefpunktes in meinem Leben.

Und einfach so hörte ich auf, sie als stur anzusehen, und betrachtete sie stattdessen als mutig. Mutig und stolz. Vielleicht zu stolz für ihr eigenes Wohl.

Ein wenig wie ich.

Robert warf mir einen Blick zu, der sagte, *Wir werden doch nicht ernsthaft warten, bis sie sich selbst befreit hat, oder?*

Ich spitzte die Lippen und hoffte, Willa würde bald zur Vernunft kommen.

„Ähm... ", begann Robert.

Willa stemmte sich gegen ihre Fesseln, dann sackte sie zusammen und starrte den Pranger böse an. Ein Moment der Wahrheit, und ich wusste es. Ich verhielt mich sehr, sehr still.

Eine einzelne Träne lief über ihre Wange und ihre Stimme war ein heiseres Flüstern. „Ich habe es schon die ganze Nacht versucht, aber ich kann es nicht. Ganz egal, was ich probiere, ich schaffe es nicht."

Mein Herz schmerzte, sie so zu sehen. Ich hockte mich neben sie.

„Warum glaubst du denn, habe ich so viele Freunde mitgebracht?" Ich versuchte ein kleines Lächeln. „Selbst mit fünf Männern bin ich noch nicht genug. Aber auch König Richard nahm tausend Ritter mit auf seinen Kreuzzug, weil er wusste, dass er es allein nicht schaffen würde. Selbst der Beste von uns braucht manchmal Hilfe."

Willa funkelte ihren Finger an, an dem ein Ring glitzerte. „Er hat nicht funktioniert. Ich war mir sicher, dass er funktionieren würde…"

Sie ist im Fieberwahn, sagte mein Bär. *Schnapp sie dir und geh.*

„Willa, wir haben nicht mehr viel Zeit, bis die Patrouille kommt und uns findet."

Sie wischte sich eine tränennasse Wange an der Schulter ab und schaute auf. „Uns? Hier gibt es kein *Uns*. Ich bin die Närrin, die erwischt wurde."

Ich wusste genau, wie sie sich fühlte, kannte die Wut, den verletzten Stolz und vor allem die Selbstvorwürfe.

Es könnte ein Uns geben, wenn du es zulässt, wollte ich unbedingt sagen.

„Geh einfach. Lass mich hier", murmelte sie kläglich.

Ein Teil von mir war in Versuchung, genau das zu tun. Nur um ihr etwas zu beweisen. Aber dann seufzte ich und stapfte auf dem Boden auf. Wir waren beide schon so lange damit beschäftigt, uns gegenseitig Dinge zu beweisen, dass wir aus den Augen verloren hatten, was wirklich zählte. Zu leben. Zu lachen. Zu lieben.

Außerdem wusste ich, dass dies ihr letztes Fünkchen Stolz war, das sich wie der letzte Soldat auf dem Schlachtfeld hielt. Hartnäckig. Tapfer. Furchtlos.

„Ich habe herausgefunden, wo der Schatz ist, weißt du", flüsterte sie.

Ich zuckte mit den Schultern. Das hatte keine Priorität.

Sie kniff die Augen zusammen. „Ich sagte, ich weiß, wo der Schatz ist. Willst du es gar nicht wissen?"

Ich zuckte mit den Schultern. „Ich bin nicht wegen des Schatzes hier. Ich bin deinetwegen hier."

Robert und Martin sahen gequält aus, aber Alan hatte wohl recht mit meinem Furcht einflößenden Gesichtsausdruck, denn keiner von ihnen wagte es, zu protestieren.

Willa kniff die Augen zusammen. „Damit ich jetzt diejenige bin, die dir etwas schuldet?"

Ich seufzte. Musste sie die Dinge so schwierig machen?

Es geht um Stolz, schon vergessen? murmelte mein Bär. *Warum soll sie nicht ihre Rechte und Prinzipien verteidigen, wenn sie so sehr daran hängt?*

Aber das war genau die Sache. Warum hing sie so verdammt daran?

Die Antwort war offensichtlich, auch wenn ich einen Moment brauchte, um sie zu verstehen. Wenn Willa nicht für ihre Rechte und Prinzipien eintreten würde, wäre sie nicht Willa. Sie wäre nur eine weitere resignierte, machtlose Frau in einer Männerwelt.

Ich runzelte die Stirn und fragte mich zum ersten Mal, wie es wohl wäre, einen Tag lang an ihrer Stelle zu leben. Endlich verstand ich, warum sie die Chance, gerettet zu werden, nicht ergriff. Hilfe anzunehmen, bedeutete, Schwäche einzugestehen, und das konnte sich Willa nicht leisten. In einer gefährlichen, ungerechten Welt zu überleben, bedeutete, jederzeit Stärke zu zeigen.

„Willa. . . ", sagte ich.

Sie sackte zusammen und ließ ihr Kinn sinken. „Ich bin dumm, nicht wahr?"

Robert rollte mit den Augen, als wäre er der Kluge.

„Nicht dumm. Du bist eine Kämpferin, also kämpfst du bis zum Ende." Ich drückte ihre Schulter leicht. „Aber es wäre mir wirklich lieber, wenn das hier nicht das Ende wäre."

Sie schaute mit tränenfeuchten Augen auf.

Der Kloß in meiner Kehle machte meine Stimme ganz rau. „Ich bereue nicht, dass ich den Schatz an jenem Tag im Wald aufgegeben habe. Ich werde es auch jetzt nicht bereuen, ihn zurückzulassen. Dich gehenzulassen, ist das Einzige, was ich bereue."

Sie riss die Augen weit auf. „Aber... warum?"

Ich schluckte. Warum war es so schwer, ein paar Worte aneinanderzureihen?

„Weil ich dich mag", sagte ich schließlich und fügte dann schnell hinzu: „Auch wenn du mich verrückt machst."

Willas Lippen zuckten und ihre Augen wurden warm. Als sie sprach, war ihre Stimme kratzig. „Komisch, ich mag dich auch. Und damit das klar ist: Du machst mich auch verrückt."

Ich schnaubte. *Komisch* waren die Blitze, die um mein Herz herumwirbelten wie Zauberstaub, der von einer schelmischen Fee verstreut wurde. *Komisch* war, dass ich grinsend dastand, anstatt sie mir über die Schulter zu werfen und sie in die Freiheit zu zerren.

Natürlich war jetzt nicht die Zeit für *Komik*, denn wir konnten jeden Moment entdeckt werden. Aber Willas *Scheiß auf die Konsequenzen*-Einstellung sprang irgendwie auf mich über.

„Warte, das ist es nicht", sagte ich und versuchte, bessere Worte zu finden.

Willa warf mir einen grimmigen Blick zu. „Du magst mich *nicht?*"

Mein inneres Biest seufzte vor Liebe verloren. *Sie würde eine tolle Bärin abgeben.*

„Nein, ich mag dich nicht. Ich *liebe* dich. Ich möchte, dass du mit mir lebst. Dass du mich liebst. Nicht, weil einer dem anderen etwas schuldet, sondern einfach so. Und ich will – ich hoffe –, dass du das auch willst."

Sie starrte mich an. Mein Herz schlug wie wild. Hinter mir schniefte Robert und flüsterte Martin zu: „Ach. So niedlich."

Ich wollte ihn ohrfeigen. Willa mochte weder niedlich *noch* romantisch. Selbst die Andeutung von so etwas würde sie wütend machen.

Aber nachdem sie mich noch ein wenig länger angestarrt hatte, murmelte sie nur. „Oh."

Mein Herz wurde schwer. Das war alles?

Gott sei Dank, räusperte Willa sich und fuhr fort: „Nun, ich habe zufällig das Gleiche gedacht."

Robert kratzte sich das Kinn. „Du liebst dich?"

Willa rollte mit den Augen. „Ich liebe *ihn*. Auch wenn er manchmal ein wenig trottelig ist."

Ich strahlte, während mein innerer Bär herumtanzte. *Sie liebt mich! Sie liebt mich!*

Die Freude währte nur zehn Sekunden, bis mir einfiel, dass Willa nichts von meiner Bärenseite wusste. Würde sie mich dann immer noch lieben?

Mein inneres Biest schluckte und wurde ganz still.

Robert schlug mir auf den Rücken und deutete auf Willa. „So schön dieser Moment auch ist, wir müssen hier weg."

Er hatte recht – das Wichtigste zuerst.

Das Problem war, dass der Pranger mit dem größten Schloss gesichert war, das ich je gesehen hatte. Alles, was wir hatten, waren mein Stab, Roberts Bogen, Martins Schwert und ein paar Taschenmesser. Das Schwert war zu dick, um in den Bügel zu passen, also versuchten wir es mit den Messern, aber die Spitzen brachen ab, bevor das Schloss nachgab.

„Benutze den." Willa deutete auf den Dolch, der im Rahmen des Prangers steckte.

Robert wurde blass und raunte in meine Gedanken. *Der Dolch, der Gestaltwandler tötet? Unmöglich.*

Ich hatte den gleichen Gedanken, aber das Leben meiner Gefährtin stand auf dem Spiel.

Ich zog meinen Ärmel wie einen Handschuh hinunter und griff vorsichtig nach dem Griff.

„Der ist nicht aus Glas, weißt du", brummte Willa.

Nein, aber die geringste Berührung mit dieser Klinge, und ich wäre tot. Ich konnte die Magie spüren, mit der sie verwunschen war. Die Waffe pulsierte vor Macht, wie eine Schlange, die auf der Lauer lag und höhnte, *Wage es nur.*

Ich griff fester zu und zog den Dolch heraus. Dann schob ich ihn in das Schlüsselloch und…

Ich hatte den Dolch noch nicht einmal gedreht, als das Schloss zersplitterte. Robert, Martin und ich starrten uns an.

Dieser Dolch ist wirklich verwunschen, murmelte Robert in meine Gedanken.

Und nicht nur gegen Gestaltwandler, fügte Martin warnend hinzu.

Ich warf ihn beiseite, dann hob ich das Brett an, das Willa an Ort und Stelle hielt. Das Scharnier öffnete sich mit einem Knarren und Willa sackte auf den Boden.

„Schon gut, schon gut." Sie versuchte, uns wegzustoßen.

Robert schnaubte. „Du erinnerst mich an meine Schwester."

Ich hielt Willas Arm, bis sie ihr Gleichgewicht fand. Dann gab es einen Zeitsprung, denn im nächsten mir bewussten Moment hielt ich sie und sie mich. Wir hielten einander, als hinge unser Leben davon ab, und vielleicht tat es das auch.

Gefährtin, brummte mein Bär wieder und wieder. *Meine Schicksalsgefährtin.*

Ich hatte meine Emotionen seit einer gefühlten Ewigkeit verdrängt. Jetzt brachen sie alle über mich herein.

„Alles in Ordnung, Großer?", murmelte Robert aus einer Entfernung, die mir wie Meilen vorkam.

Ich drückte Willa fester an mich und kniff meine Augen zu. Ja, alles war in Ordnung, denn ich hatte meine Gefährtin in meinen Armen, und sie liebte mich. Aber nein, nicht wirklich, denn sie kannte nicht die ganze Wahrheit über mich.

Ich zog mich zurück, entschlossen, es ihr auf der Stelle zu sagen. Aber Martin zupfte an meinem Ärmel und Robert winkte uns zum Tor. „Lasst uns gehen."

Willa sträubte sich. „Was ist mit dem Schatz?"

Ich griff nach ihrem Arm und ging in Richtung Tor. „Ich schätze, das ist meine zweite Chance, ihn mir entgehen zu lassen."

„Aber...", protestierte sie.

Ich schüttelte den Kopf. „Wir haben unser Glück bereits herausgefordert. Und wenn es entweder der Schatz ist oder du, gewinnst du jedes Mal."

Willas Augen leuchteten und meine Seele flatterte auf Engelsflügeln.

„Robynne wird dich umbringen", murmelte Robert nicht gerade hilfreich.

Willa ließ ein geheimnisvolles Lächeln aufblitzen und flüsterte: „Oh, ich glaube, sie könnte es verstehen."

Sie schwankte hinüber, um den Dolch aufzuheben, und schob ihn mit einem trotzigen Klirren in seine Scheide. Dann nahm sie meinen Arm und wandte sich dem Tor zu. „Sollen wir?“

Ich grinste. Ich war so sicher gewesen, dass alles schiefgehen würde, aber es war erstaunlich glattgelaufen.

Zumindest bis zu diesem Punkt. Dann ertönte ein Signalhorn, gefolgt vom Stampfen gestiefelter Füße.

„Alarm!“, brüllte jemand. „Alarm! Eindringlinge am Nordtor!“

„Verdammt, ich wusste doch, es war zu schön, um wahr zu sein“, fluchte Willa und drängte mich in Richtung Tor.

Kapitel 18

WILLA

Ich rannte zum Tor und war überglücklich, John wieder an meiner Seite zu haben.

Seine Worte hallten in meinem Kopf wider wie eine Lieblingsmelodie. *Ich liebe dich. Ich möchte, dass du mit mir lebst. Dass du mich liebst. Nicht weil einer dem anderen etwas schuldet, sondern einfach so. Und ich will – ich hoffe –, dass du das auch willst.*

Die beste Rede aller Zeiten, besonders von einem Mann weniger Worte.

Ich will es. Ich will dich, hatte ich immer wieder gemurmelt, als wir uns umarmten.

Aber zuerst mussten wir entkommen und die Stunden am Pranger hatten meine Kräfte geschwächt. Das Beste, was ich zustande brachte, war ein schwankendes, krummes Joggen. Es war verdammt gut, dass John mich aufrecht hielt.

„Beeilt euch!", brüllte Robert ein paar Schritte vor uns.

Ich versuchte es ja, verdammt. Nur fühlten sich meine Stiefel wie Ziegelsteine an.

Zwei weitere Männer stießen am Tor zu uns, so dass wir nun zu sechst um unser Leben liefen. Hinter uns wurde der Lärm der heranstürmenden Wachen lauter. Martin warf einen Blick zurück und fluchte dann.

„Sir Guys Männer. Mindestens ein Dutzend."

Ich zwang mich, mich weiterzubewegen, obwohl der Wald viel zu weit entfernt erschien.

„Dort – die Sentinels." John deutete auf eine Felsformation. Der Name war treffend gewählt, denn als wir uns näherten, tauchten weitere Männer auf.

„Willa!" Mir wurde warm ums Herz, als Robynnes Männer mich wie eine alte Freundin begrüßten. Sie klopften mir auf die Schulter und schenkten mir aufmunternde Lächeln.

„Bringt Willa in den Wald", befahl John Robert. „Wir werden sie hier aufhalten."

„Oh nein, das werdet ihr nicht." Ich zog meine Waffe.

Die Männer sprangen zurück, als hätte ich eine brennende Peitsche geschwungen.

„Es ist doch nur ein Dolch, Leute."

„Vielleicht nicht nur", murmelte John.

Ich hatte keine Zeit, zu fragen, was er meinte, denn Martin rief: „Sie kommen."

Die Männer schwärmten aus, streckten ihre Waffen in die Höhe und wandten der Felsformation ihre Rücken zu. Ich schloss mich ihnen an und stellte mich neben John. Er streckte einen Ellbogen aus und winkelte seinen Stab an.

„Bleib zurück, Willa."

„Einen Teufel werde ich tun. Das ist alles meine Schuld. Außerdem sind es nicht die ersten Männer, gegen die ich gekämpft habe."

„Nicht unbedingt Männer", murmelte John.

Ich hielt meinen Dolch fest umklammert, als ich daran dachte, was uns bevorstehen könnte. Gestaltwandler? Ich hoffte es nicht.

Sir Guys Männer standen uns gegenüber, ein Dutzend von ihnen gegen ein Dutzend von uns – zunächst. Bald gesellten sich jedoch weitere Soldaten zu ihnen, bis das Verhältnis zwei zu eins war. Niemand machte jedoch Anstalten, anzugreifen. Sie umzingelten uns und warteten. Worauf?

Robert fluchte, als sich ihre Reihen trennten, um Platz für einen weiteren Mann zu machen. Einen, der sich mit schweren Schritten näherte, die vom metallischen Klirren der Sporen begleitet wurden.

Stampf, stampf, klirr. Stampf, stampf, klirr.

„Sir Guy." John stieß mich mit seinem Stab zurück.

Sir Guys obsidianfarbene Augen leuchteten in der Dunkelheit und seine Zähne blitzten weiß auf.

Ich schluckte. Zähne – oder Reißzähne?

„Sieh an, sieh an", sagte er. „Es scheint, dass unsere Falle funktioniert hat. Robin Hood, nehme ich an?"

Fast wäre ich herumgewirbelt, um hinter mich zu schauen. Robynne? Sie war meilenweit weg in Darby.

Und, Moment. Warum war Sir Guys böser Blick auf John gerichtet?

Meine Kinnlade klappte auf und ich war sicher, dass auch Johns aufklappte. Er, Robin Hood?

Hätte ich nicht dem grausamsten Gestaltwandler des Landes gegenübergestanden, hätte ich mit den Augen gerollt. Warum war es so schwer, sich eine Frau in dieser Rolle vorzustellen?

John krampfte seine Hände um seinen Stab, aber als er sprach, war seine Stimme ruhig. „Das bin ich."

Robert gab einen kleinen Laut von sich, aber Martin trat ihm gegen das Schienbein.

Sir Guy musterte John langsam und ignorierte mich völlig. Ich schwöre, wäre Robynne dabeigewesen und hätte einen Pfeil auf seine Nase gerichtet, hätte er sie auch nicht bemerkt. Männer!

„Ich muss sagen, ich bin enttäuscht. Ich hatte gehofft, du wärst ein würdiger Gegner", schnaufte Sir Guy.

Ich wollte schreien, *Er ist zweimal mehr Mann, als Ihr es jemals sein werdet.* Aber wenn man bedachte, dass Sir Guy ein Gestaltwandler war, war das ohnehin schon die Wahrheit.

Die Sache war, dass John sich mit der gleichen rohen Kraft und Intensität sträubte.

Es war in der Nacht schwer zu erkennen, aber ich könnte schwören, dass sein Bart dichter wurde. Als er sprach, zeigten sich seine Zähne.

„Wir werden sehen, wer würdig ist."

Mit einer langsamen, bedächtigen Bewegung drehte er seinen Stab in den Händen. Als er mir in die Augen sah, hätte ich schwören können, seine Stimme in meinem Kopf zu hören.

Ich bin deiner würdig, Willa. Ich schwöre, das werde ich sein.

Mein Herz zog sich zusammen. Wie hatte ich jemals an ihm gezweifelt? Aber er musste nicht für mich kämpfen, um sich zu beweisen. Schlimmer noch, er würde im Kampf sterben, denn wie könnte jemand einen Gestaltwandler besiegen?

Mein Blick fiel auf die Klinge meines Dolches und ich holte tief Luft. Jetzt war ich an der Reihe, John beiseitezuschieben. Ich würde es übernehmen müssen.

Doch John wegzuschieben, war, als würde man versuchen, einen Felsen zu bewegen. Er rührte sich nicht. Ich bezweifelte, dass er den Druck überhaupt bemerkte. Er war zu sehr damit beschäftigt, Sir Guy anzustarren. Ich streckte die Hand aus, um ihn zu berühren, und hielt dann inne. Jetzt, wo ich so nah war... Sein Bart war tatsächlich dichter geworden und er knurrte – er knurrte wirklich. Das Mondlicht spiegelte sich in seinen Augen und ließ sie leuchten. Nicht das glückliche Glühen, das ich mir vorgestellt hatte, als wir im Bett lagen. Eher wie ein Glühen der Wut, die kurz vor der Explosion stand.

„Willa.“ Jemand zog mich leise zurück. „Hier drüben.“

Es war Robert, der ernster aussah, als ich ihn jemals gesehen hatte. Ich schüttelte ihn ab. Ich war noch nie vor einem Kampf davongelaufen und hatte nicht vor, jetzt damit anzufangen. Selbst wenn es mich umbringen würde... buchstäblich.

Sir Guy rammte sein Schwert in den Boden und lockerte seinen Kragen. „Herausforderung angenommen. Möge der beste Mann gewinnen.“

Er grinste überheblich, dann krümmte er den Rücken und spreizte die Finger. Sein Gesicht verzerrte sich und seine Kleidung begann, zu zerreißen.

Meine Knie schlackerten. Jetzt war ich definitiv versucht, wegzulaufen. Vor allem, als seine Männer ihm folgten und sich ebenfalls zu verwandeln begannen.

Das war der Grund, warum wir Nottingham so leicht entkommen waren, wurde mir klar. Sir Guy konnte sich wohl kaum vor den Augen der Stadtbewohner verwandeln, aber hier draußen, ohne menschliche Zeugen, konnte er es tun.

Keine außer mir.

Nun, ich, John und seine Freunde. Und Junge, wie sehr die fröhlichen Gesellen der Situation gewachsen waren. Niemand hatte bisher mit der Wimper gezuckt. Niemand hatte auch nur geschwankt. Hatten sie schon einmal Gestaltwandler gesehen?

Der logische Teil meines Verstandes kam so weit. Aber der Rest schrie, dass ich weglaufen sollte. Besonders jetzt, da Sir Guy und seine Männer sich in bösartige, knurrende Bestien verwandelten.

Die drei, die uns am nächsten waren, waren riesige Wölfe. Neben ihnen brummte ein Bär. Ein Wildschwein riss seinen Kopf hin und her und zeigte seine langen, gebogenen Stoßzähne. Dann gab es auch noch einen Bärenmarder – der größte, den ich je gesehen hatte, dessen Lippen vampirartige Zähne entblößten – und noch mehr Wölfe.

Ich liebte Tiere. Ich respektierte Tiere. Aber die Kreaturen vor mir gehörten in eine ganz andere Kategorie.

„Ungeheuer. Dämonen", murmelte ich und hielt meinen Dolch hoch.

Ein riesiger Wolf mit obsidianfarbenen Augen stand an der Spitze unserer Feinde. Sir Guy?

Ich war nie besonders religiös gewesen, aber hätte ich ein Kreuz gehabt, hätte ich es auch hochgehalten.

Robert zerrte an meinem Ärmel. „Das ist kein Ort für dich."

Bis zu diesem Moment hatte ich überlegt, wegzulaufen. Aber Roberts Worte gaben mir den nötigen Anstoß, es nicht zu tun.

Ärgerlich schüttelte ich ihn ab. „Du meinst, kein Ort für eine Frau?"

Robert schüttelte den Kopf. „Ich meine, kein Ort für einen Menschen."

„Und was ist dann mit dir?", schoss ich zurück.

Ich spürte einen kleinen Triumph, denn offensichtlich hatte meine Antwort ihn endgültig zum Schweigen gebracht. Doch als sich die Stille ausdehnte...

Robert sah Martin an. Martin sah John an. John sah so gequält aus, dass mir das Herz wehtat. Er schaute mir tief in die Augen und schien zu hoffen, dass ich etwas verstand.

Was sollte ich verstehen? Ich öffnete den Mund, um zu fragen, und erstarrte dann.

„Willa…“ Es war nur ein Flüstern, aber Johns Stimme war tiefer und knurriger als zuvor.

Ich starrte auf das dichte Haar in seinem Gesicht und auf seinen Armen. Das Glühen in seinen Augen. Die Masse seines Körpers.

„Wir sind keine Ungeheuer“, flüsterte John. Dann blickte er finster zu Sir Guy hinüber. „Jedenfalls nicht alle von uns.“

Ich starrte ihn an. Uns?

„Ich liebe dich“, murmelte John in einem beängstigend traurigen Ton. Dann wurde seine Miene härter und er wandte sich wieder Sir Guy zu. „Das endet heute Nacht.“

Die Augen des dunklen Wolfes glitzerten und er knurrte schadenfroh, als wollte er sagen, *Nein, du endest heute Nacht, Robin Hood.*

Nicht Robin Hood, wollte ich schreien. Aber ich konnte nicht einmal piepsen, denn John und seine Freunde – meine Freunde – begannen, sich ebenfalls zu verwandeln.

Martin zuckte zusammen und ließ sich auf alle viere fallen. Robert stieß mich zurück und folgte dann ihrem Beispiel. Alan sprang auf einen Felsen und breitete seine Arme wie Flügel aus. Die anderen kauerten, jaulten und knurrten, während das Fell ihre nackte Haut verschlang.

Innerhalb von Sekunden befand ich mich inmitten eines Rudels wütender Bestien. Robert war ein Wolf. Martin, ein Dachs. Alan, ein Adler, der mit einem durchdringenden Kampfschrei abhob. Es gab noch zwei weitere Wölfe, einen Bock mit riesigem Geweih und sogar ein Wildschwein. An ihrer Spitze stand John, der auf alle viere gesunken war, in Fell ausbrach und sich dann als Bär entpuppte. Er erhob sich auf seine Hinterbeine – größer und größer und überragte alle anderen. Seine honigfarbenen Augen fixierten die meinen und ließen mein Herz erstarren.

„John?“, war alles, was ich hervorbringen konnte.

Sir Guy knurrte und der Bär – ähm, John? – brüllte zurück.

Hätte sich hinter mir kein haushoher Felsbrocken befunden, wäre ich vielleicht weggelaufen. Stattdessen presste ich mich an ihn und starrte. Der mächtige Bär hob seine Vordertatzen und fuchtelte mit langen, furchterregenden Krallen durch die Luft. Auf der linken Seite hatte er vier parallele Klauen. Aber die auf der rechten Seite waren weder gleichmäßig verteilt, noch bildeten sie eine gerade Linie. Das Fell um sie herum war lückenhaft und vernarbt.

John. Er war es wirklich. Der Mann, mit dem ich in den letzten Tagen so viel durchgemacht hatte. Der Mann, mit dem ich geschlafen hatte, um Himmels willen!

Der Gedanke lähmte mich genauso wie die knurrenden Gestaltwandler.

Wie – warum? – hatte John mich so lange getäuscht. Wieso hatte ich es mir nicht alles zusammenreimen können? Die kryptischen Kommentare. Seine verstümmelte Hand. Die heimlichen Streifzüge durch den Wald...

Wie konntest du nur? wollte ich gegen seinen pelzigen Rücken schreien.

Dann fing ich mich wieder. John hatte mir immer wieder geholfen. Er hatte mich gewärmt, für meine Sicherheit gesorgt und seinen Hals riskiert, um mich zu befreien. Jetzt riskierte er schon wieder alles – für mich.

Das war kein Betrug. Es war Tapferkeit. Loyalität. Aufopferung.

Mein Herz tat weh. *Bitte, keine Aufopferung. Nicht für mich.*

Die Bestien knurrten, pirschten und zeigten ihre Zähne noch ein paar Herzschläge lang. Dann bellte der dunkle Wolf – Sir Guy – und sein Rudel startete einen Großangriff. Ein Trio von Wölfen stellte sich John entgegen, sprang abwechselnd vor und wich zurück. John wirbelte von einer Seite zur anderen und verpasste ihnen eine Reihe von vernichtenden Schlägen. Das feindliche Wildschwein stürzte sich auf Robert und der Bärenmarder war ihm dicht auf den Fersen. Er stieß einen markerschütternden Schrei aus. Es gelang dem Bock, sie beide abzuwehren, und Robert – ein Wolf mit goldenem Fell – warf ihm einen dankbaren Blick zu.

Ich presste mich völlig entsetzt gegen den Felsen.

Ein Wolf sprang auf mich zu und füllte mein Blickfeld mit tödlichen Zähnen und mörderischen Augen. Einen Augenblick lang starrte ich ihn an. Dann schreckte ich aus meiner Benommenheit auf, drehte mich und trat zu.

Der Wolf taumelte, kam aber mit einem schnellen Schütteln wieder auf die Beine. Dann drehte er sich wieder zu mir um, seine Augen loderten nun vor Wut.

Du stirbst, sagte dieser Blick, als er ein zweites Mal angriff.

Ich riss meinen linken Arm hoch, um ihn in einer nutzlosen, dilettantischen Bewegung abzuwehren – eine Bewegung, die den Dolch in meiner rechten Hand verbergen sollte. Im letzten Moment stieß ich ihn nach oben. Der Wolf heulte auf und fiel dann wie ein Stein um. Ich kroch zurück, aber der Wolf folgte mir nicht. Er lag auf dem Boden, seine Augen waren geöffnet, aber getrübt.

Mein Herz schlug wie wild, als ich wartete. Das war doch sicher nur ein Trick. Ein Dolchstoß reichte doch ganz sicher nicht aus, um eine solche Bestie zu töten. Ich schaute nach unten und sah die blutverschmierte Klinge an. Aber was mich wirklich stutzig machte, war der saubere Teil der Klinge. Sie glühte – ein *richtiges* Glühen, als würde sie von innen heraus leuchten.

Nicht leuchten. Sie ist verwunschen, sagte etwas in meinem Verstand.

Ich streckte mich und hielt den Dolch auf Armeslänge. Okay, vielleicht war die Sache mit der Magie nicht nur Gerede.

Eine Theorie, die ich ausgiebig testen konnte, als zwei weitere Wölfe auf mich zustürmten. Gott sei Dank, stürzte der Adler vom Himmel und streckte seine Krallen mit einem Schrei aus. Die Wölfe stoben auseinander, der Adler schlug mit den Flügeln und stieg wieder in die Höhe. Dann richtete er seine scharfen Augen auf etwas anderes und stürzte hinunter, um John zu helfen.

Alan. Dieser Adler war Alan. Der Wolf war Robert, und der Bär war John. Ich ging die Liste in meinem Kopf immer wieder durch und versuchte, es zu begreifen.

Das Wolfspaar formierte sich für einen zweiten Angriff neu. Sie waren genauso wild wie zuvor, aber was meinen Dolch betraf, zumindest vorsichtiger. Sie griffen als Paar an. Ich kreischte, als einer seine Krallen über meinen Unterarm zog und mich bluten ließ. Dann wehrte ich mich, schlug um mich und trat um mein Leben. Alles verschwamm, bis ich mich schließlich keuchend über einem weiteren leblosen Körper wiederfand. Der zweite Wolf sprang zurück und musterte mich mit ängstlichem Blick.

Fast hätte ich gelacht. Ich machte ihm Angst? Ha!

Der Wolf war jung und, wenn nicht gerade unschuldig, so doch unerfahren, schätzte ich. Seine Zunge baumelte seitlich heraus, als er mich und dann die anderen beäugte, die alle in ihre eigenen Kämpfe verwickelt waren. Als er wehmütig nach Westen blickte, war es nicht schwer, sich einen übereifrigen jungen Mann vorzustellen, den man mit leeren Versprechungen von zu Hause weggelockt hatte. Dann wimmerte er – leise, damit die anderen ihn nicht hörten – und schlich sich in die Nacht davon.

Ich schaute ihm nach und grübelte. Ungeheuer? Dämon? Keines von beiden passte wirklich. Nur eine weitere verlorene Seele in einer rauen und gefährlichen Welt.

Ich wirbelte herum und konzentrierte mich wieder auf den Kampf. Die Welle des Kampfes hatte alle von den Felsen weggelockt. Mein Herz machte einen Sprung. Das war es – meine Chance zu entkommen!

Erst langsam, dann immer schneller, schlich ich mich entlang eines dünnen Pfades am Fuße der Felsen davon. Sobald ich um die nächste Ecke verschwunden war, würde ich einfach um mein Leben rennen müssen.

Ich beschleunigte, dann zögerte ich. Moment. Ich renne um mein Leben?

Keuchend schaute ich auf die beiden kämpfenden Seiten zurück.

Seiten...

Mein verwirrter Verstand drehte und wendete den Gedanken. Sir Guy und seine Männer standen für alles, was ich verachtete: grausame, hinterhältige Verräter, die sich gegen den rechtmäßigen König, Richard, verschworen hatten. Ihnen gegenüber standen John, Robert, Alan und die anderen Männer des Sherwood Forest, die auf Robynnes Seite standen. Auf König Richards. Auf... auf...

Meiner. Sie standen auf meiner Seite.

Ein Kloß bildete sich in meiner Kehle. John und die anderen kämpften nicht für Robynne oder den König. Sie kämpften für mich. Sie setzten ihr Leben aufs Spiel – für mich.

Für mich, für mich, für mich.

Mit zitternden Knien und offenem Mund stand ich da. Dann warf ich einen Blick auf die Stadtmauern, wo so viele unschuldige Seelen schliefen, die nichts vom Kampf der Gestaltwandler wussten. Seelen, die von der Mission, *von den Reichen zu nehmen und den Armen zu geben*, profitierten, der sich Robynne und die fröhlichen Gesellen verschrieben hatten.

Also... Ungeheuer? Dämonen?

Diese Begriffe passten auf Sir Guy, aber nicht auf John. Nicht Alan, nicht Martin, nicht Robert. Und schon gar nicht auf Robynne, die ebenfalls eine Gestaltwandlerin sein musste. Und sie passten auch nicht auf den jungen Wolf, der geflohen war.

Nicht weit entfernt tobte der Kampf weiter. Ein Kampf, wie ich ihn noch nie gesehen hatte, und doch auch ähnlich. Neunzig Prozent der Kämpfer waren von Kräften hineingezogen worden, die sich ihrer Kontrolle entzogen. Und oft bestimmte der Zufall, auf welcher Seite sie landeten. Nur ein winziger Teil war von Prinzipien geleitet und nur wenige waren korrupt. Selbst bei diesen Ausnahmen stachen nur eine Handvoll hervor – die wirklich Bösen, wie Sir Guy, und die wirklich Ehrlichen, wie John.

Ich ließ die Schultern sinken, als ich den massigen Bären an der Spitze des Kampfes beobachte. Hatte er mich getäuscht oder hatte ich mich selbst getäuscht?

Ich holte tief Luft und erinnerte mich daran, wer und was ich war – und was ich nicht war. Ich war kein Feigling. Ich war nicht undankbar. Ich mochte es nicht, anderen zu vertrauen, aber in letzter Zeit hatte ich gelernt, dass ich es konnte. Und obwohl ich Fehler machte, tat ich mein Bestes, um aus ihnen zu lernen. So wie jetzt.

Oh, und noch eine Sache – ich war noch nie vor einem Kampf davongelaufen.

Ich verzog die Lippen zu einem grimmigen Knurren und stürzte mich wieder ins Getümmel.

Kapitel 19

WILLA

Ich hielt meinen Dolch fest umklammert, denn ich wusste, dass er der Schlüssel zu meinem Überleben war. Gleichzeitig musste ich auch in Johns Nähe und in der Nähe seiner Freunde vorsichtig damit sein.

Gestaltwandler. Sie waren alle Gestaltwandler. Der Gedanke verblüffte mich immer noch. Aber für den Moment beschloss ich, mich auf Sir Guy und seine Männer zu konzentrieren.

Die Morgendämmerung näherte sich dem Horizont, während der Mond weiter hinuntersank. Ich schnappte mir einen Stein als Reservewaffe, dann stürzte ich mich in den Kampf.

Das ganze Geschehen konzentrierte sich auf John – alle seine Verbündeten und alle seine Feinde. Robert und die anderen taten ihr Bestes, um John den Rücken freizuhalten, während er sich mit dem Bären und dem Wildschwein anlegte, die für Sir Guy kämpften. Ich runzelte die Stirn und wurde langsamer. Alle waren dort drüben, aber wo war Sir Guy.

Mein Finger kribbelte und sandte stumme Alarmsignale durch meinen Kopf.

Ein Wolf knurrte und ließ mich herumwirbeln.

Hoppla. Da war er und beäugte mich wie ein Opferlamm.

Das Biest tauchte mit glitzernden Obsidianaugen zwischen zwei Felsbrocken auf. Sein Knurren war leise und anhaltend.

Ah, du schon wieder, sagten diese Augen verachtend. *Immerzu im Weg.*

Ich behielt den Dolch unauffällig an meiner Seite und kämpfte gegen die Versuchung an, ihn zu schwingen und zu schreien: *Wo ist deine Verachtung jetzt, du Ungeheuer!*

Etwas tropfte von seinen Reißzähnen, als er sich vorwärtsbewegte. Speichel? Blut? Ich erschauderte und betete, dass keiner von Robynnes Männern im Kampf gestorben war, den ich verursacht hatte. In gewisser Weise war ich froh, dass sie nicht hier war, denn Sir Guy würde jedes Mittel nutzen, um sie gefangen zu nehmen, tot oder lebendig.

Jetzt war also meine Chance gekommen, dies zu mehr als nur einem Kampf um mein Leben zu machen. Es war die Gelegenheit, Robynne von ihrem schlimmsten Feind zu befreien – und das Land von seinem grausamsten Oberherrn.

Die Finger meiner rechten Hand brannten. Hatte ich Brennnesseln berührt? Ich schüttelte sie, um das Gefühl zu verdrängen.

Sir Guy sprang und überraschte mich. Ich versuchte, die gleiche Technik anzuwenden, die bei dem anderen Wolf funktioniert hatte, aber Sir Guy stürzte sich so schnell auf mich, dass ich zu Boden geschleudert wurde. Meine Zähne klapperten und meine Finger konnten den Griff des Dolches nicht länger festhalten. Er schepperte in der Dunkelheit weg, als Wolfspfoten auf meinen Oberkörper drückten und mich für einen Todesbiss fixierten.

Irgendwo nicht allzu weit entfernt, brüllte ein Bär.

John... Ein Teil meiner Seele trauerte bereits um die Gelegenheit, die wir nie bekommen würden.

Aber ein anderer Teil meiner Seele schaltete in Überlebensmodus. Ich schlug meinen Stein gegen Sir Guys Kopf und schwankte zurück auf meine Beine. Während er taumelte, suchte ich verzweifelt nach dem Dolch. Wo war er, verdammt noch mal? Und was war das für ein kribbelndes Gefühl an meiner Hand? Ein Insektenstich – ausgerechnet jetzt? Der Wolf knurrte, als er sich mir mit glühenden Augen und zuckendem Schwanz wieder zuwandte. Kalkulierend.

Das war nicht gut, obwohl ich stolz darauf war, mir endlich ein wenig Respekt verschafft zu haben. Auch stolz, einen so harten Schlag gelandet zu haben. Sogar härter, als ich in der Lage hätte sein sollen.

John brüllte und versuchte, sich loszureißen, um mir zu helfen. Aber er war zu weit weg und seine Feinde waren zu stark.

Ich ging in die Hocke und bereitete mich auf einen weiteren Angriff vor. Ich wünschte, ich hätte den Dolch, denn, verdammt. Alles, was ich hatte, war dieser Stein.

Oder vielleicht nicht alles, denn mein Finger kribbelte. Oder besser gesagt, der Ring tat es. Und das Kribbeln war nicht nur in meiner Hand zu spüren – es wanderte meinen ganzen Arm hinauf. Ein starkes Kribbeln, das sagte, *Versuch es ruhig, Wolf. Ich fordere dich heraus.*

Ich starrte auf den Ring. War es das, was ich gespürt hatte? Und, Moment. Glühte er?

Als ich am Pranger gefesselt war, hatte er nichts getan. Aber jetzt spürte ich, wie er erwachte.

Jedes Mal, wenn Sir Guy sich auf mich stürzte, wehrte ich ihn mit kräftigen Schlägen ab. *So* stark, dass ich über den Ring staunen musste.

Der Ring von Aquitanien, hatte meine Herrin gesagt. Ein Ring mit Magie, die sich mit jedem Schlag verstärkte.

Magie, die mich mitriss. Ich ertappe mich dabei, wie ich jeden Schlag mit einem grausamen Lächeln feierte. Eine so mächtige Magie zu beherrschen, war ermutigend – aber auch beängstigend. Sie machte süchtig... war mächtig... und sogar verführerisch.

Ich schluckte, als ich mir vorstelle, welche Verwüstung ein solcher Ring anrichten könnte. Und nicht nur in den falschen Händen, sondern vielleicht sogar in meinen. Je mehr ich ihn benutzte, desto mehr *wollte* ich ihn benutzen.

Stirb! wollte ich voller Freude schreien. Ich stellte mir vor, wie sich Sir Guys Männer zerstreuten oder sich vor mir verbeugten.

Ich schüttelte mich, bevor mich das Gefühl völlig überwältigen konnte. John hatte recht gehabt, als er mich gewarnt hatte. *Es ist nur so, dass du keine Ahnung von den Mächten hast, mit denen du spielst, wenn es um Magie geht.*

Eine weitere Lektion, die ich auf die harte Tour lernen musste.

Ich taumelte von Sir Guy weg und keuchte schwer. Mein Fuß stieß gegen etwas und als ich nach unten sah, hätte ich fast gejubelt. Der Dolch! Ich schnappte ihn und streckte ihn vor mir aus.

Der dunkle Wolf neigte den Kopf, dann verzog er das Maul zu einem teuflischen Grinsen. Ich krümmte meine Hand, weil ich fürchtete, er könnte den Ring entdeckt haben.

Aber nein. Sir Guys Blick war von meinem Gesicht zum Dolch gewandert. Die Klinge glühte auf eine Weise, die das Licht der Morgendämmerung nicht erklären konnte, und diese berechnenden Augen verengten sich mit Interesse.

Aber, aber. Was haben wir denn hier?

Wölfe konnten nicht sprechen, aber seine Augen vermittelten jedes Wort.

So wie sein Blick über die Klinge huschte, brauchte er nicht zu fragen. Ich wusste, dass er sie erkannte.

Ein Dolch, der dazu bestimmt war, Gestaltwandler zu töten, konnte für ihn tödlich sein – aber, genau wie der Ring, auch sehr nützlich. Mit ihnen könnte er John töten. Alan. Robynne. Verdammt, er könnte jeden Gestaltwandler im Land töten. Und angesichts seiner Macht und seines grenzenlosen Ehrgeizes könnte es ihn bis an die Spitze bringen.

Ich erschauderte bei der Vorstellung, was dies bedeuten könnte.

Zum zweiten Mal an diesem Abend war ich versucht, wegzulaufen, denn das Einzige, was zwischen ihm und dieser Zukunft stand, war ich.

Ich nahm den Dolch in meine linke Hand, wischte mir den Schweiß von der rechten und tauschte ihn dann wieder zurück. Sir Guys Augen folgten der Waffe die ganze Zeit. Bemessend. Planend. Berechnend.

Ich tat es ebenfalls. Wie weit war John entfernt? War Hilfe in Sicht, oder war ich auf mich allein gestellt?

Als ich meinen Blick zu dem Bären huschen ließ, stürzte sich Sir Guy auf mich. Ich schrie und viel flach auf den Rücken. Dann...

Reißzähne packten mein Handgelenk und ich erstarrte.

Wage es nur, dich zu bewegen, loderte Sir Guys Blick in seinen Augen.

Seine Zähne hatten meine Haut nicht durchbohrt, aber er könnte jederzeit eine Arterie durchtrennen, wenn er zubiss. Schlimmer noch, das war die Hand, die den Dolch hielt. Ich saß in der Falle.

Zumindest ließ ich Sir Guy in diesem Glauben. Ja, er hielt meine rechte Hand in einem Schraubstockgriff, aber meine linke Hand...

Ich verpasste ihm den härtesten linken Haken meines Lebens. Ein Lichtstreifen zischte durch meine Sicht – der Ring? – und ein Knacken ertönte. Meine Fingerknöchel? Sein Kiefer? Das Schmerzensgeheul hätte von jedem von uns stammen können, aber sein Griff um mein Handgelenk ließ nicht nach. Also konnte ich den Dolch immer noch nicht einsetzen.

Nicht bis John mit aufgerissenem Kiefer vorstürmte.

Sir Guy ließ mich los, um sich ihm zu stellen, und als er es tat...

Ich rappelte mich auf, hob den Dolch und stieß kräftig zu, wobei ich die Kraft des Rings bündelte. Sir Guy hatte mir den Rücken zugewandt, was nicht gerade sportlich von mir war, aber ich bedauerte es nicht. Ein Mann bekam, was er gab.

Mit einem widerlichen Geräusch drang der Dolch zwischen seine Schulterblätter. Einen Moment lang krümmte sich Sir Guy und kämpfte gegen mich, den Bären und den Tod. Mit einem Knurren aus purem Hass erschauderte er schließlich und blieb regungslos liegen.

Ich sprang zurück und starrte ihn an, dann John. Auch alle anderen hielten inne und einer nach dem anderen wichen Sir Guys Männer zurück. Nur zwei knurrten, die ihrem teuflischen Master bis zum Schluss die Treue hielten.

„Pass auf!", rief ich.

John wirbelte zu dem springenden Wolf herum. Ich eilte zu Hilfe, aber etwas zischte an meinem Ohr vorbei. Der Wolf zuckte mitten in der Luft und fiel dann zu Boden. Ein weiteres *Etwas* zischte und noch etwas und noch etwas...

„Runter!", schrie jemand.

„Robynne!", jubelte ein anderer.

Wusch! Eine Feuerwolke schoss durch den Himmel. Ich starrte hinauf. Ein Drache?

John, der immer noch in Bärengestalt war, stürmte mit mir zum nächstbesten Felsen und schützte mich wie eine Mauer. Er war so nah und so groß, dass ich kaum etwas sehen konnte. Der Himmel füllte sich mit Feuer und Geschossen, die unsere letzten Feinde in die Flucht schlugen. Aber wer war das?

Johns pelziger Körper blieb hart wie Stahl, bis es still wurde. Dann stapften Schritte über den Boden – zu meiner Erleichterung menschliche Schritte – und eine Frauenstimme durchbrach die Stille.

„Ich lasse euch ein paar Tage allein, und dann macht ihr so etwas?"

Mein Herz machte einen Sprung. Es war tatsächlich Robynne!

Ein weiterer Feuerstoß erhellte den Himmel und alle duckten sich – außer Robynne, die mit einem liebevollen Lächeln aufschaute. Dann entdeckte sie mich und fügte beiläufig hinzu: „Oh. Hallo, Willa."

„Hi", schaffte ich zu antworten und starrte den kreisenden Drachen an. Sein Körper war dunkel, seine Augen leuchteten blau, der Schwanz war lang und schmal.

„Oh, mach dir um ihn keine Sorgen. Das ist nur ein Freund." Robynne zwinkerte.

Trotzdem starrte ich darauf. Keine Sorgen machen – um einen Drachen?

Ich schaute immer noch auf, als John seine schützende Haltung aufgab. Als ich zu ihm hinüberblickte, flimmerte die Luft um seinen Körper und sein Fell wurde dünner. Die Schnauze wurde kürzer, ebenso wie seine Reißzähne, und er richtete sich auf zwei Beine auf.

Der Vorgang war nahtlos. Faszinierend. Es ging viel zu schnell, um jedes Detail zu erfassen, und dann war John wieder da. Der Mann, meine ich.

Ich war höchsterfreut, aber John wich zurück.

Selbst als ich den Dolch senkte, änderte sich seine misstrauische Haltung nicht. Auch nicht, als ich den Ring in meine Tasche steckte. Da wurde mir klar, dass John vor *mir* zurückwich.

Die zusätzliche Kraft, die mich während des Kampfes beflügelt hatte, verflog.

„Du willst mich nicht?", flüsterte ich unwillkürlich.

Und, Gott. Meine Stimme war schwach, sogar weinerlich.

Natürlich wollte er mich nicht. Nicht nach all den anderen verletzenden Dingen, die ich gesagt hatte.

Ich ließ den Kopf hängen, weil ich mir sicher war, dass ich jede Chance, die wir hätten haben können, zunichtegemacht hatte.

„Natürlich will ich dich", antwortete er schließlich. „Aber du willst mich nicht."

Die Scham, die ich während des Kampfes verdrängt hatte, kam mit aller Macht zurück. Ich wollte ihn – verzweifelt sogar. Aber der Schock saß tief in meinen Adern – ganz zu schweigen von dem Drachen, der über uns kreiste. Ich konnte kaum sprechen.

„Du bist... du bist... ", schwafelte ich.

„Ein Ungeheuer?", fügte John traurig hinzu.

Ich schüttelte so schnell den Kopf, dass es wehtat. „Nein. Ich habe es vorher nicht verstanden, aber jetzt verstehe ich es." Ich deutete auf Sir Guys leblosen Körper. „Ungeheuer sind solche wie er. Aber du... du... " Ich schluckte, dann brachte ich den Rest heraus: „Du bist durch und durch gut. Du bist ein Held. Zumindest mein Held."

Die obere Kante der Sonne spähte über den Horizont und seine Augen leuchteten strahlend.

„Es tut mir so leid, was ich gesagt habe", fuhr ich fort.

Meine Knie gaben nach, aber John packte mich, bevor ich auf dem Boden aufschlug, und hielt mich fest. Nah genug, dass ich, als ich mich einen Moment später wieder aufrappelte, ein ... ähm, Detail bemerkte, das mir zuvor entgangen war. Er war nackt. Splitterfasernackt. Eine Folge der Verwandlung nahm ich an.

Ich ließ meinen Blick sinken. Robert und ein paar der anderen hatten sich ebenfalls verwandelt, und das brauchte ich wirklich nicht zu sehen. John war reichlich.

Reichlich, was? kicherte der schmutzige Teil meines Verstandes.

Trotz meines Schocks und meiner Erschöpfung konnte ich nicht anders, als einen frechen Blick zu wagen. Nur einen kleinen. Einen ähm – einen kleinen Blick, meine ich. Auf keinen kleinen... äh... kein kleines anderes Ding.

Überhaupt nicht klein, wie die jüngsten Erfahrungen im Mühlhaus bewiesen hatten. Meine Gedanken kehrten an diesen Ort und in diese Zeit zurück und ließen jeden zärtlichen Moment, den wir geteilt hatten, wieder aufleben.

John, der seinen Kopf in unserer Umarmung über meine Schulter geschmiegt hatte, stöhnte gegen meine Haut.

„Und es heißt, Männer hätten einen schmutzigen Verstand... Kannst du an nichts anderes denken?"

Ich grinste, als der Druck an der Stelle, wo seine Leiste meine Seite berührte, stärker wurde. „Entschuldigung, aber es tut mir nicht leid, wenn du weißt, was ich meine."

Ich nahm seine Hand, runzelte dann die Stirn und starrte auf die vernarbte Hand.

Meine Kinnlade klappte auf. Diese Narben... diese Tatze... der Bär...

Bis zu diesem Moment hatten Johns Atemzüge mein Haar verwirbelt. Jetzt erstarrte er.

Diese grausame, furchtbare Falle an jenem Tag vor so langer Zeit. Das Blut. Der gequälte Bär...

Ich umschloss seine Hand. „Dieser Bär... Diese Falle... Das warst du?"

Er streichelte mit dem Daumen über meine Hand. „Das war ich. Und das warst du, als du an jenem Tag meine Heldin warst."

Ich starrte ihm mit noch immer offenstehendem Mund in die Augen. Die ganze Zeit über hatte er sich nichts anmerken lassen. Warum?

Eine dumme Frage, wie mir klar wurde. Natürlich hatte er kein einziges Wort gesagt. Nicht nach dem, was ich über Gestaltwandler gesagt hatte.

„Niemand darf etwas über uns wissen, Willa", flüsterte er. Es klang schmerzverzerrt.

Ein dicker Kloß schnürte mir die Kehle zu, als ich ihn und die anderen, die so tapfer gekämpft hatten, ansah. Gestaltwandler wurden gefürchtet und verachtet, wie ich nur zu gut wusste. Manchmal wurden sie gejagt und erbarmungslos getötet.

„Ich verstehe", sagte ich, obwohl meine Stimme bebte. „Jetzt verstehe ich es. Und es tut mir leid. Alles tut mir so unendlich leid... "

Er unterbrach mich, nahm sanft meine Hand und küsste sie. „Es gibt nichts, was dir leidtun müsste. Besonders jetzt, denn ich habe endlich die Gelegenheit, dir zu danken. Für damals. Für jetzt. Für alles."

Ich schüttelte den Kopf. „Nein, ich muss dir danken. Du hast mich gerettet."

„Nun, du hast mich gerettet – zweimal." Er ließ ein schwaches Grinsen aufblitzen. „Nicht dass wir mitzählen würden."

Ich umarmte ihn. „Wir zählen nicht. Wir helfen uns gegenseitig, einfach so."

Er umarmte mich fest und flüsterte mir ins Ohr: „Einfach so passt mir gut."

Wir hielten einander eine lange Zeit fest und waren für die Außenwelt taub und blind. Als die anderen sich in der Nähe rührten, schaute ich mich um. Alles schien in Ordnung zu sein, also legte ich meine Hände auf Johns Schultern und studierte sein Gesicht.

„Was?", fragte er.

Ich strich mit dem Daumen über sein Kinn. Jetzt war da nur noch ein Bart. Vor wenigen Augenblicken war sein ganzer Körper noch mit Fell bedeckt gewesen.

„Ich frage mich nur, wo er hin ist."

Besorgnis machte sich wieder in seinen Augen breit und er spitzte die Lippen. „Nirgendwo. Mein Bär ist immer ein Teil von mir und das wird er auch immer sein."

Er fügte nicht hinzu, *Kannst du damit leben?* Aber ich konnte es auf seinen Lippen sehen.

Ich sah auch noch etwas anderes. Etwas wie, *Dieser Bär liebt dich und wird dich immer beschützen.*

Der Bär, der so erbittert gekämpft hatte – für mich. Ja, das verstand ich jetzt.

„Immer ein Teil von dir, was?" Ich ließ einen Moment verstreichen, dann grinste ich. „Eine verdammt gute Sache."

Seine Augen funkelten. „Glaubst du, du kannst mit einem Gestaltwandler leben?"

„Ich werde etwas Zeit brauchen, um mich an den Gedanken zu gewöhnen, aber ja – bitte. Wenn du mit einem Menschen zusammenleben kannst, meine ich."

Er ließ ein Grinsen aufblitzen. „Wie sich herausstellt, sind sie nicht alle so schlimm, wie ich dachte. Obwohl mich einige wahnsinnig machen..."

Sein Glucksen war Musik in meinen Ohren. Ich zog ihn in eine Umarmung, die ich lange beibehielt, während er den Gedanken zu Ende führte.

„... auf eine gute Art wahnsinnig, meine ich."

Kapitel 20

JOHN

Ich hätte Willa die ganze Nacht lang umarmen können – oder besser gesagt, den ganzen Tag, denn die Sonne war inzwischen über den Horizont gekrochen. Aber das konnte ich nicht, denn der Tagesanbruch bedeutete, dass die Stadt bald erwachen würde, und was dann?

Langsam nahm ich das Gemetzel um uns herum in Augenschein.

Robynne winkte dem Drachen zu, der in Richtung Wald flog und dann außer Sichtweite verschwand. Dann schaute sie mich an, seufzte und sah wieder weg.

„Schritt eins: Zieht euch etwas an. Ihr alle. *Bitte*", flehte sie.

Wir taten unser Bestes mit den Klamotten, die wir beim Verwandeln halb zerfetzt hatten. Robynne schaute Willa unterdessen mit wackelnden Augenbrauen an.

„Mit Kleidung sehen sie besser aus, meinst du nicht auch? Obwohl es einen gibt, auf den ich gern ab und zu einen Blick werfe…"

Ihr Blick wanderte in die Richtung des Drachen, während Willas Blick zu mir schwankte.

„Ich weiß, was du meinst." Willa zwinkerte.

Mein Bär jubelte. *Sie mag mich!*

„Nun denn." Robynne musterte unsere kleine Gruppe. „Geht es allen gut?"

Es gab ein paar Verletzungen, aber Gott sei Dank, keine lebensbedrohlichen.

„Es geht allen gut", antwortete Alan. „Nun, außer Robert, der einen schweren Schlag gegen den Kopf erlitten hat. Nicht dass das etwas ändern würde... "

Robert schlug nach ihm, während Robynne seufzte. „Jungs, Jungs." Dann runzelte sie die Stirn und schaute sich um. Die meisten von Sir Guys Männern hatten sich davongeschlichen, um ihre Wunden zu lecken, aber einige lagen tot da.

Willas Kehlkopf wippte und sie ließ den Kopf hängen. „Das ist alles meine Schuld."

Robynne schüttelte den Kopf über Sir Guys leblosem Körper. „Nun, ich bezweifle, dass es jemanden in Nottingham stören wird. Nicht, wenn etwas Gutes dabei herausgekommen ist. Dennoch wird es einige geben, die nicht damit einverstanden sein werden... "

Alle wurden still, während Robynne laut nachdachte. „Es wird bestimmt eine Untersuchung geben."

Willa zuckte zusammen. „Es tut mir leid. Ich wollte nicht, dass das alles passiert."

„Sir Guy hat es verdient", knurrte ich.

„Das hat er", stimmte Robynne zu. „Aber... "

Alan mischte sich ein und deutete auf den Wald. „Da kommt jemand."

„Der Sheriff", stöhnte Martin, als sich eine einsame Gestalt auf einem Pferd näherte.

„Oh Gott", sagte Willa erschrocken. „Der Sheriff? Wie sollen wir dieses Gemetzel erklären?"

Robynne grinste. „Mach dir keine Sorgen. Wir lassen uns schon etwas einfallen."

Alle schauten schweigend zu, wie ein hochgewachsener Mann auf einem gescheckten grauen Schlachtpferd heranritt.

„Hallo, Sheriff", rief Robynne.

Seine Augen funkelten und er grinste. Das Pferd blieb vor Robynne stehen und rieb die Nase an ihrer Schulter wie ein alter Freund.

Willa beugte sich vor, um mir etwas zuzuflüstern. „Moment. Wird er sie nicht verhaften?"

Ich senkte meine Stimme. „Nein. Siehst du die Augen? Erinnert dich dieses Blau an jemanden?"

Willa zog die Stirn in Falten. Dann weiteten sich ihre Augen und sie schaute in die Richtung, in die der Drache weggeflogen war – dieselbe Richtung, aus der nun der Sheriff auftauchte.

„Du meinst... "

Ich unterbrach sie und nickte, ohne es laut auszusprechen. Ja. Der Sheriff und der Drache sind ein und derselbe.

Sie packte mich am Arm. „Du meinst, er und Robynne...?"

Ich presste einen Finger auf meine Lippen. Ich hatte noch nicht alles über die beiden herausgefunden und vielleicht würde ich es auch nie. Aber ich wusste, dass der Sheriff ein Verbündeter war, kein Feind.

Willa schluckte. „Wow."

Ich gluckste. Ja, *wow* fasste die Dinge gut zusammen.

Verblüffte Blicke verrieten mir, dass die meisten anderen zu der gleichen Erkenntnis gekommen waren, aber sie waren klug genug, keinen Kommentar abzugeben. Wir konnten nicht zulassen, dass jemand herausfand, dass der Sheriff ein Gestaltwandler war. Und auch nicht, dass er Robynne unterstützte. Die Folgen für uns alle – und für die Menschen in Nottingham – wären katastrophal.

„Gerade aus Darby zurück, Sir?", fragte Robynne nur allzu unschuldig.

Die Augen des Sheriffs funkelten sie an. „In der Tat. Mit einem Umweg auf dem Rückweg, um diesen heimtückischen Gesetzlosen Robin Hood zu jagen."

Ich verbarg ein Schmunzeln. Ich würde alles darauf wetten, dass dieser Umweg ihn und Robynne ineinander verschlungen in einem geheimnisvollen Liebesnest beinhaltete. Aber hey. Robynne verdiente Glück und sie verdiente ganz sicher auch etwas Spaß. Ich hoffte nur, dass sie ihre Fernbeziehung nicht auf unbestimmte Zeit fortsetzen mussten.

„Ihr habt Robin Hood immer noch nicht gefangen", stichelte sie.

Daniel, der Sheriff, stieß einen übertriebenen Seufzer aus. „Keine Spur von ihm – oder ihr."

Robert starrte ihn mit aufgerissenem Mund an. „Moment mal. Daniel?"

Dann erschauderte er, zweifellos von einer mentalen Attacke seiner Schwester getroffen. Ich konnte mir vorstellen, was sie jetzt in seinen Kopf zischte. *Sag bloß kein Wort, hast du mich verstanden?*

Robert schaute sie verwirrt an, nickte dann aber schnell. Da er mit Robynne aufgewachsen war, wusste er, wie weit ihre Romanze mit Daniel zurückreichte – ein weiteres Geheimnis, das die guten Menschen in Nottingham niemals erfahren durften.

„Was habt Ihr gesagt?", donnerte der Sheriff.

Robert schluckte und richtete seinen Blick auf seine Füße. „Nichts."

Also, puh. Die wahre Identität des Sheriffs wäre noch ein wenig länger sicher – oder so sicher, wie ein Geheimnis bei Robert sein konnte.

Das mächtige graue Pferd scharrte mit den Hufen und wiederholte die Warnung. Währenddessen musterte der Sheriff das Gemetzel und runzelte die Stirn. „Was haben wir hier?"

Alle schwiegen und starrten zu Boden. Fünf stille Sekunden verstrichen, bevor Robynne antwortete. „Ein höchst bedauerlicher Vorfall, Sir. Sir Guy ist tot."

Die Augen des Sheriffs tanzten vor Freude, was ganz und gar nicht zu seinen Worten passte. „Tot? Eine Schande."

„Ja, eine echte Tragödie", fuhr Robynne ohne den geringsten Anflug von Kummer fort.

„Was ist passiert?"

Willa sah mich an und ich sah Robynne an.

„Nun, das ist schwer zu sagen", sagte sie. „Wir sind selbst erst vor Kurzem auf diese Szene gestoßen. Aber es scheint, als hätten sich seine eigenen Leute gegen ihn gewandt."

„Was Ihr nicht sagt", sagte Daniel trocken.

Robynne nickte traurig. „Ich kann mir gar nicht vorstellen, warum... "

Als Robert gluckste, trat Alan ihm gegen das Schienbein.

„... aber das ist alles, was wir von den Überlebenden erfahren konnten. Leider ist es alles, was wir wissen."

„Es ist in der Tat traurig." Daniel konnte sein Grinsen kaum unterdrücken.

„Ich schlage vor, dass Ihr Eure besten Männer mit der Untersuchung dieser schrecklichen Tat beauftragt", fügte Robynne hinzu.

In den Augen des Sheriffs glitzerte ein verstecktes Lachen. „Oh, das werde ich. Die allerbesten."

Ich konnte es mir bereits vorstellen: Nottinghams dümmste Wachen, die sich über die mysteriösen Umstände von Sir Guys Ableben den Kopf zerbrachen.

In den letzten Monaten hatte sich unsere kleine Bande zu einer Reihe von Erfolgen gratulieren können. Erst jetzt wurde mir klar, in welchem Ausmaß der Sheriff eine Rolle dabei gespielt hatte. Eine gefährliche Rolle und eine selbstlose dazu. Wenn er aufflöge...

Ich atmete langsam aus und war mehr denn je von Daniels Mut beeindruckt.

Die ganze Zeit über hatte ich nur an meinen eigenen kleinen Teil des Gesamtbildes gedacht. Jetzt sah ich das Ausmaß des Ganzen und die Art und Weise, wie wir alle miteinander verbunden waren.

Ich drückte Willas Hand. Keiner von uns wäre wirklich sicher, solange wir nicht alle sicher waren. Keiner von uns könnte glücklich werden, solange wir nicht zu Ende brachten, was wir begonnen hatten – gemeinsam.

Ich schüttelte den Kopf und machte mir Vorwürfe. Wie töricht war ich doch gewesen, zu glauben, ich könnte – oder sollte – mich nicht auf die anderen verlassen. Ohne ihre Hilfe hätte ich Willa nie gefunden – oder sie für mich gewonnen. Ohne meinen vollen Einsatz würde keiner von uns Frieden finden. Nicht im Sherwood Forest, nicht in Nottingham, nirgendwo.

So schwer dieser Gedanke auch war, Willas Berührung war leicht und ermutigend. Sie sah mir in die Augen und sandte mir eine ganze Welt von Gefühlen. Darunter auch so etwas wie, *Wir werden einen Weg finden. Das schwöre ich.*

Ich holte tief Luft. Ja, das würden wir.

„Nun, wir müssen gehen", verkündete Robynne fröhlich.

Das Pferdegeschirr klirrte und der Hengst spitzte die Ohren.

„Das müsst Ihr in der Tat", stimmte der Sheriff zu. „Allerdings muss ich fragen, wer Ihr seid. Fürs Protokoll natürlich."

Die Männer erstarrten. Willa hielt den Atem an. Ich umklammerte meinen Stab fester.

„Man nennt mich Daisy", antwortete Robynne ohne das geringste Zögern.

Alle, von mir bis zu den Männern und sogar dem Sheriff, unterdrückten ihr Lachen.

„Also dann, Daisy... " Der Sheriff zog einen imaginären Hut, um den erfundenen Namen zu betonen. „Ich hoffe, wir sehen uns wieder. Vielleicht unter besseren Umständen."

Robynne schaute ihm in die Augen. Ihr Blick zeigte eine Mischung aus Belustigung und Traurigkeit.

„Bald, hoffe ich", murmelte Robynne leise.

„Je eher, desto besser", stimmte Daniel zu.

Sie sahen sich noch einen Moment lang in die Augen und wandten sich dann mit sichtlicher Anstrengung ab. Der Sheriff bewegte sich auf die Stadt zu, während Robynne in Richtung Wald ging. Einer nach dem anderen trotteten wir hinter ihr her. Als wir den Waldrand erreichten, blieb Robynne stehen und winkte uns weiter.

„Geht ihr alle vor. Ich brauche nur eine Minute. Ihr wisst schon, um, ähm... "

Sie verbarg es gut, aber ich konnte spüren, wie erschöpft sie war und wie sehr sie sich sorgte.

„Um sicherzugehen, dass uns niemand folgt?", fügte ich hinzu. „Gute Idee. "

Robynne warf mir einen dankbaren Blick zu und ich drängte die Männer weiter. „Also weiter. Zum Lager, allesamt. Wir sehen uns dort, Robynne. "

„Bis gleich", murmelte sie und schaute zurück in Richtung Nottingham.

Ich konnte nicht so gut sehen wie Alan, aber ich würde alles darauf wetten, dass Daniel vor den Toren der Stadt stand und ebenso sehnsüchtig zu Robynne zurückblickte.

∞∞∞∞

In den nächsten Tagen dachte ich oft an dieses Bild zurück. Jedes Mal, wenn ich Willa im Arm hielt, erinnerte ich mich

200

daran, wie viel Glück ich hatte. Nicht nur, dass ich sie gefunden hatte, sondern auch, dass die Umstände es uns ermöglichten, zusammen zu sein.

Natürlich lief nicht alles reibungslos ab.

„Ein Paarungs-, *was?*", brüllte Willa, als ich sie endlich über dieses Detail aufklärte.

Wir befanden uns in meiner Höhle, aber ihre Stimme dröhnte durch das ganze Lager und die Jungs hörten tagelang nicht auf, uns dafür zu necken.

Nun, sie versuchten, Willa aufzuziehen – einmal. Aber ein vernichtender Blick von ihr ließ sie alle verstummen.

„Kein Sinn für Humor", murmelte Robert. „Du bist noch schlimmer als Robynne."

„Ich fasse das als Kompliment auf." Willa funkelte ihn an.

Mich zogen sie weiterhin gnadenlos auf – und zwar leise, damit Willa nicht herbeistürmte, um ihnen die Meinung zu geigen. Aber genau wie die Neckereien über meinen Namen tat ich sie einfach nur ab. Ich wusste, dass sie nur ihre Neckereien hatten. Ich hatte wahre Liebe.

Es brauchte allerdings eine ganze Menge Erklärungen.

„Ein Paarungsbiss. Ein wenig wie heiraten, aber für Gestaltwandler", erklärte ich.

„Um zu heiraten, muss ich nur sagen, *Ja, ich will*", brummte Willa. „Kein Biss notwendig."

Zu erklären, dass es besser als eine Ehe war – nicht nur ein paar Worte und ein Stück Papier, sondern ein echter Bund, der für immer hielt –, erforderte auch eine Menge Arbeit. Aber als ich zu dem Teil kam, dass sie mich zurückbeißen könnte, leuchteten ihre Augen. Natürlich verbarg sie es mit einem weiteren Brummen. „Warum hast du das nicht gleich gesagt?"

Offensichtlich hielten wir uns an unser Versprechen, uns gegenseitig in den Wahnsinn zu treiben – auf eine gute Art.

Wir beschlossen, nichts zu überstürzen, aber in unserer vierten gemeinsamen Nacht verwandelte sich der langsame, süße Sex schnell in unkontrollierbares Verlangen. Und ehe ich mich versah, waren unsere Körper in einem wilden, animalischen Tanz gefangen. Willa schlang ihre Beine um mich und erwiderte jeden meiner Stöße mit ihrem eigenen Zucken. Ihr

Haar war ein wildes Durcheinander und ihr Körper glänzte vor Schweiß.

„Ja… Mehr…“, drängte sie.

Ich konnte ihr nicht mehr geben, nicht einmal mit meiner nicht-so-kleinen… ähm, Ausstattung. Aber als der Instinkt mich dazu drängte, mit den Zähnen über ihren Hals zu kratzen, drückte sich Willa näher an mich.

„Ja… Dort…“

Ich blinzelte. Das war die Stelle, wo der Paarungsbiss erfolgte. Führte der Instinkt, der mich leitete, auch sie?

Ich fuhr erneut mit den Zähnen über ihre Haut und stöhnte vor Anstrengung, mich zurückzuhalten. Dann schaute ich in Willas Augen und wartete auf ihr Okay.

„Verdammt, ja. Okay!“, knurrte sie.

Ihr schlanker Körper war perfekt an meinen geschmiegt und die Wärme, die wir erzeugten, hätte das ganze Lager heizen können, wenn wir eine Möglichkeit gehabt hätten, sie in diese Richtung zu leiten.

„Darf ich dich beißen?“ Ich versicherte mich noch einmal, obwohl ich kurz davorstand, zu explodieren.

„Ich würde sterben, wenn du es nicht tust. Also ja. Ja, ja, ja!“

Ein Chor von pelzigen Bärenengeln sang in meinem Kopf. Ich fuhr meine Reißzähne aus, dann stieß ich sie tief hinein.

Ich spürte einen kurzen Schmerz, dann eine Welle der Ekstase nach der anderen. Meine Sicht wurde völlig weiß und mein Geist explodierte mit Empfindungen – nicht nur mit meinen, sondern auch mit ihren.

Ich spürte nicht nur, wie Willa sich unter mir aufbäumte – ich fühlte auch den Schock und die Lust aus ihrer Sicht. Ich spürte, wie ihr Puls nur um Haaresbreite entfernt von meinen Zähnen schlug. Ich fühlte die harte Kante meiner Reißzähne, so wie sie sie empfand – ja sogar begrüßte. Ich genoss das Pulsieren meines harten, tief in ihr vergrabenen Schaftes und mir wurde schwindlig von der Verzückung, die Willa empfand. Dank der mentalen Verbindung, die durch den Biss entstand, wurde jedes Gefühl, das ich empfand, auch aus ihrer Sicht wiedergegeben.

So gut... Willa stöhnte in meinem Kopf.

Ich ließ meine Hüfte kreisen, so dass sie noch einmal aufstöhnte. Es gelang mir, ihr *mehr* zu geben, als wir beide gleichzeitig explodierten.

Ein Erlebnis, das sich nicht in Worte fassen ließ. Es genügte, zu sagen, dass die Spuren ihrer Fingernägel meinen Rücken zierten und ihre Schreie: *Ja... Mehr... Oh!* noch tagelang in meinen Ohren widerhallten.

Wie gut, dass wir uns in dieser Nacht im tiefsten Teil meiner Höhle verkrochen hatten. Wären ihre Schreie durchs Lager getragen worden, hätten wir uns das für immer anhören können.

Unsere Höhle, korrigierte mich mein Bär. *Unsere und Willas.*

Danach lagen wir noch lange keuchend da. Willa schmiegte sich gemütlich in meiner Lieblingsposition in meine Arme – mit dem Rücken zu mir. Auch ihre Lieblingsposition, wie ein Blick in ihre Gedanken bestätigte.

„Moment. Du kannst meine Gedanken lesen?" Sie erstarrte.

Ich gluckste, denn was ich dort sah, war alles gut. Nun, einiges davon war eher schmutzig, aber das war mir recht.

„Und du kannst meine lesen. Siehst du?"

Ich stellte mir vor, wie sie mit gespreizten Beinen auf mir saß. Ihre festen Brüste in Reichweite meiner Lippen, ihr Kinn nach hinten geneigt, während sie mich ritt. Dann stellte ich mir vor, wie sie sich vorbeugte, die Zähne fletschte...

Hitze loderte durch ihren Körper und versicherte mir, dass sie das Bild kristallklar vor Augen hatte. Ihr Herz schlug schneller unter meiner Hand, auch wenn sie nur ein leises „Ich verstehe" murmelte.

Dann drehte sie sich in meinen Armen um und stieß mit einem anklagenden Finger auf meine Brust. „Moment mal. Das waren doch deine Bärenzähne, nicht wahr?"

Ich schwieg und hielt meine Lippen verschlossen.

Sie tippte sie eindringlich an. „In Ordnung, Mister. Mach auf. Zeig sie mir."

Ich glitt mit der Zunge über meine Zähne, um sicherzugehen, dass sie wieder ihre menschliche Größe angenommen hatten, dann machte ich den Mund auf.

„Oh, nein, das kann nicht sein. Es waren deine Bärenzähne, die ich gespürt habe.“

„Menschliche Zähne reichen nicht tief genug. Also musste ich meine Bärenzähne verlängern“, erklärte ich ganz leise.

Sie überlegte kurz, dann tippte sie wieder auf meine Lippen. „Zeig sie mir.“

Ich stöhnte. Sie hatte in den letzten Tagen schon ein Dutzend Mal von mir verlangt, mich hin und her zu verwandeln. Zuerst war sie misstrauisch gewesen, aber das war schnell der Neugierde und dem Staunen gewichen. Sie streichelte das weiche Fell an meinen Ohren, studierte meine Schnauze aus jedem Winkel und drückte sogar meine Tatzen, um die Krallen auszufahren. Als sie fertig war, schluckte Willa, dann streichelte sie meine Tatze.

Ähm, danke. Wow! Sehr groß. Alles, was sie zu stammeln vermochte, war eine Reihe einsilbiger Worte.

Allmählich hatte sie sich an meinen Anblick in Bärengestalt gewöhnt. Warum also jetzt die Besessenheit mit den Zähnen?

Doch ich wusste es besser, als mit meiner Gefährtin zu streiten. Ich zog die Lippen zurück und zeigte ihr meine Zähne, wobei ich sie langsam ausfahren ließ.

Willa machte große Augen.

„Oh“, murmelte sie ein wenig benommen. „Wow.“

Ja, es war immer das Beste, sie ihre eigenen Schlüsse ziehen zu lassen.

Ich stellte mir wieder vor, wie sie auf mir ritt, und dann ihre eigenen Zähne für den Biss ausfuhr und...

Ich schloss die Augen und gab mich der Fantasie hin. Hoffte, dass Willa auch gefiel, was sie sah.

Einen Moment später glitt sie über meinen Körper und flüsterte mir ins Ohr: „So?“

Ihre Stimme war leise und sinnlich und ließ mich wieder ganz hart werden.

„Ganz genau“, murmelte ich atemlos, als sie die Beine über mir spreizte und mich mit der Bewegung ihrer Hüfte neckte.

Ich stöhnte auf, als sie mich in sich aufnahm, einen harten Zoll nach dem anderen.

Sie warf den Kopf zurück, genau wie in meiner Fantasie und fing an, sich auf mir zu bewegen. Ihre Hüfte drückte gegen meine und löschte jeden Hauch von Trennung aus. Dann stöhnte ich wieder, denn sie beugte sich vor... leckte über meinen Hals... knabberte...

Ich war im Himmel, aber einen Moment später löste sich Willa frustriert von mir.

„Ich kann nicht glauben, dass ich so etwas sage, aber ich würde jetzt alles für Reißzähne geben."

Ich lachte, wodurch ihr Körper zuckte.

„Ich kann sie sogar sehen." Sie schloss die Augen und fuhr mit der Zunge über ihre Zähne. „Ich kann sie praktisch spüren."

„Bald, meine Liebe", versprach ich und zog sie zu einem Kuss hinunter.

Ich hatte ihr erklärt, dass mein Paarungsbiss sie auch zur Gestaltwandlerin machen würde, obwohl ich gehört hatte, dass der Prozess unterschiedlich verlief.

„Wie bald?", stöhnte sie.

Geduld war keine Stärke meiner Gefährtin. Wenn sie etwas wollte, wollte sie es jetzt. Und in diesem Moment wollte sie mich. Unbedingt.

Meine Bärenseite strahlte.

„Bald", versprach ich und stürzte mich in einen besitzergreifenden Kuss.

Ich glitt mit der Zunge über ihre Zähne und stöhnte, als sie das Gleiche tat. Welch ein Hochgefühl es war, mitzuerleben, wie ihre letzten Bedenken über Gestaltwandler dem Entzücken – und Verlangen – wichen.

Sie lehnte sich zur Seite und drehte sich, bis wir wieder dort waren, wo wir angefangen hatten.

„Können wir es noch einmal tun?", fragte sie, obwohl ich spürte, dass ein Nein als Antwort nicht infrage kam. Nicht dass ich meiner Gefährtin etwas verwehren würde. „Ich meine, kannst du mich noch einmal beißen?", fuhr sie fort. „Nur als Überbrückung, bis ich zurückbeißen kann."

Ich lachte, zog ihr Bein fest an meine Seite und stieß hart zu.

„Mit Vergnügen, meine Gefährtin."

Ich wünschte, ich hätte diese Worte lässig aussprechen können, aber sie waren eher wie ein erstickter, bedürftiger Schrei. Willa schien es jedoch nicht zu stören. Augenblicke später, auf dem Höhepunkt unseres Sex, kratzte ich mit meinen Zähnen über ihren Hals. Sie schrie in meinen Gedanken.

Ja. Ja, bitte.

Zum zweiten Mal in dieser Nacht bohrte ich meine Reißzähne tief hinein und stürzte in einen Orkan von Empfindungen, der nie enden wollte. Selbst als mir der Atem ausging und ich gezwungen war, den Biss abzubrechen, kribbelte mein Körper weiter. Schließlich fielen wir schwer keuchend zurück. Ich zog Willa fest an mich und hörte, wie ihr Herz klopfte.

„Oh. Mein. Gott. Wenn ich gewusst hätte, dass es so gut ist... ", murmelte sie.

Ich gluckste in ihr Haar. Ich war skeptisch gewesen, ob Paarungsbisse überbewertet wurden. Aber jetzt...

Definitiv nicht überbewertet, brummte mein Bär verträumt.

Dann seufzte sie. „Jetzt schulde ich dir etwas. Zwei Bisse. "

Ich schüttelte den Kopf, dann nickte ich. „Nein. Ich meine, ja. Ich meine, wir wollten doch keine Strichliste führen, weißt du noch? "

Das war eine Lektion, die ich für immer gelernt hatte. Der Schlüssel zu einem zufriedenen Leben war nicht, Buch darüber zu führen, wie oft ich Hilfe anbot oder annahm. Was zählte, war, das Richtige zu tun. Egal, wie die Bilanz am Ende ausfiel.

Willa runzelte die Stirn, dann strahlte sie. „Oh. Heißt das, ich darf dich so oft beißen, wie ich will – oder zumindest so oft, wie du es willst? "

Ich lachte und zog sie in eine feste Umarmung. „Ich will es. Glaube mir, ich will es. "

Kapitel 21

JOHN

Zwei weitere Tage vergingen. Willa und ich blieben meist unter uns, gaben uns dem unstillbaren Verlangen hin und gewöhnten uns langsam an unser neues Leben. Wir halfen auch bei den Aufgaben im Lager, obwohl nach dem Trubel der letzten Woche alle zugestimmt hatten, es ein paar Tage lang ruhig angehen zu lassen. Sogar Robynne.

Sie und Willa verbrachten auch Zeit miteinander und diskutierten über wer weiß was. Vielleicht Frauengespräche – aber für diese beiden gehörten zu den *Frauengesprächen* wahrscheinlich auch Kampftaktiken, die neuesten Waffentrends und die Herausforderungen, eine Gruppe widerspenstiger Männer anzuführen.

In unserer Bande gab es keine strenge Hierarchie, aber Robynne war die Anführerin und ich war froh, ihre rechte Hand zu sein. Wie Robynne hatte auch Willa einen Sinn für Humor, aber sie duldete keinen Unfug von den Männern – mich eingeschlossen –, selbst wenn wir in Tiergestalt waren.

Ich gluckste und erinnerte mich an das eine Mal, als Willa ihre Hände an die Hüfte gestemmt und mit allen geschimpft hatte.

„Also gut, wer hat an diesen Baum gepinkelt? Im Ernst, Leute. Der Wald ist voll von Bäumen. Ist es zu viel verlangt, das Lager für Tabu zu erklären?“

Ihre funkelnden Augen machten deutlich, dass sie kein Widerwort duldete. Natürlich meldete sich niemand. Schon gar nicht Robert, der sich schweigend davonschlich.

So dauerte es nicht lange, bis Willa sich als Leitfigur im Rudel etabliert hatte. Und das, bevor sie überhaupt angefangen hatte, sich selbst zu verwandeln! Ich konnte es kaum erwarten, zu sehen, wie sie ihre natürliche Autorität als Bärin durchsetzte. Gott sei Dank, waren sie und ich zu einem ausgewogenen Geben und Nehmen übergegangen. Bei einigen Dingen übernahm ich die Führung und bei anderen sie – und das alles, ohne eine Strichliste zu führen.

Fünf Tage nach dem Kampf an den Sentinels erklärte Robynne, dass es Zeit für einen Ausflug nach Nottingham sei, was unser Lager mit Gerede und Aktivität in Aufruhr brachte. Sogar die Hunde – einschließlich Nosewise, der sich inzwischen voll integriert hatte – machten dabei mit. Sie trotteten herum und wedelten aufgeregt mit den Schwänzen.

„Ich weiß nicht, ob das eine gute Idee ist", murmelte ich Robynne zu.

Sogar meine eigensinnige, *vor nichts und niemandem zurückschreckende* Gefährtin stimmte mir zu. „Vielleicht sollten wir noch ein wenig mehr Zeit verstreichen lassen."

Aber Robynne war unnachgiebig und in ihren Augen funkelte ein verborgener Plan.

„Es gibt keinen besseren Zeitpunkt als jetzt, das versichere ich euch. Ich mache nur erst einen kurzen Abstecher nach Winslow Abbey... "

Sie erklärte nicht, warum, und wir wussten es besser, als nachzufragen. Wir konnten nur abwarten, um herauszufinden, was sich ihr gerissener Verstand ausgedacht hatte, sobald die Tat vollbracht war.

Normalerweise begleitete ich Robynne bei Ausflügen in die Stadt, aber wir waren uns einig, dass das Risiko, erkannt zu werden, zu groß war.

„Du bist einfach zu groß", sagte Robynne entschuldigend.

Als wäre das etwas Schlechtes.

„Das kann Willa nur bestätigen", scherzte Martin und brachte damit alle zum Lachen. „Was sagst du dazu, Willa?"

Sie errötete ein wenig, blieb aber standhaft. „Eine anständige Dame spricht nicht über solche Dinge." Alle stöhnten enttäuscht auf, bis sie einen Moment später das Wort ergriff. „Gut, dass ich keine anständige Dame bin." Alle jubelten und ließen sie weitersprechen. „Was die Größe angeht, wisst ihr ja, was man sagt. Der Mann, der am besessensten davon ist, hat meist die kleinste Ausstattung."

Alle brüllten Martin lachend an, dem sein eigener Scherz auf die Füße gefallen war. Sogar Robynne. Aber als sie sich einen Moment später räusperte und signalisierte, *Das war ein guter Witz, aber es reicht jetzt,* beruhigten sich alle.

„Außerdem hat Martin sich gerade freiwillig gemeldet, mit mir mitzukommen", fügte Robynne grinsend hinzu.

Martin seufzte, als weitere Rufe ertönten.

„Alan, kommst du auch mit?", fragte Robynne.

Wir begleiteten sie bis zum Waldrand, wo sie sich verwandelten und mit gebündelten Kleidern im Maul oder in den Krallen auf den Weg machten.

Willa starrte eine Weile auf den Fuchs, den Adler und den Dachs, die sich aufmachten, über Felder huschten und sich in Hecken versteckten oder hoch in der Luft schwebten.

„Wow."

Ihr Flüstern enthielt einen Hauch von Sehnsucht und meine Bärenseite jubelte fast.

Sie mag uns. Sie kann es kaum erwarten, wie wir zu sein.

Auch ich konnte es nicht erwarten. Aber das Leben war auch gut, so wie es war.

Trotzdem hatte ich ein mulmiges Gefühl in der Magengrube, so wie es immer geschah, wenn Mitglieder unseres Clans in die Stadt gingen. Wir schauten ihnen noch lange nach, nachdem Robynne und die anderen in Richtung Winslow Abbey verschwunden waren.

Ah, die Abtei, flüsterte Willa in meine Gedanken. Sie hatte sich noch nicht verwandelt, aber sie beherrschte diesen Gestaltwandlertrick bereits. *Vielleicht können wir sie irgendwann einmal besuchen. Das Mühlhaus ansehen...*

Ich hustete, um das lustvolle Knurren meines Bären zu unterdrücken. Ja, das Mühlhaus würde für immer ein besonderer Ort bleiben, wenn auch ein unerwarteter.

Wir machten uns auf den Weg durch den Wald zu der Stelle, die Nottingham am nächsten lag, um auf Robynnes Rückkehr zu warten. Auf dem Weg dorthin überquerten wir genau den Bach, an dem Willa und ich uns einst gegenübergestanden hatten.

Willa schenkte mir ein heimliches Lächeln. *Erinnerst du dich an diesen Tag?*

Ich grinste. Den würde ich nie vergessen.

Dann ließen wir uns mit Blick auf die Sentinels nieder und warteten. Und warteten...

In der Ferne stieg Rauch über den Schornsteinen auf und die Sonne überschritt allmählich ihren tiefen winterlichen Zenit.

„Warum dauert das so lange?", fragte Robert.

Ich hatte auch begonnen, mir Sorgen zu machen, als eine kleine Gruppe auf dem Weg aus der Stadt auftauchte. Als sie näher kamen, starrten wir alle.

„Wow. Ich sollte nicht überrascht sein, aber das hier übertrifft alles", murmelte Robert.

Ich musste ihm zustimmen, denn als Robynne und die anderen schließlich den Wald betraten, taten sie dies mit einem riesigen, knarrenden Heuwagen, der von zwei Maultieren gezogen wurde. Sie hatten auch einen Überraschungsgast dabei.

„Was zum...?", begann ich.

Tuck hielt die Zügel in der einen Hand und hob die andere mit einem Krug.

„Endlich kann ich Sherwood Forest einmal mit eigenen Augen sehen!"

Wir alle starrten sie an, als sie über den holprigen Waldweg rollten.

„Steht nicht einfach so herum. Kommt mit!", mahnte Robynne. „Wir brauchen Hilfe beim Abladen des Heus."

„Heu?" Robert blinzelte, als wir das Lager erreichten. „Wozu brauchen wir Heu?"

Tuck deutete auf die Maultiere. „Für Rita und Rosie natürlich."

Robert kratzte sich den Kopf. „Wozu brauchen wir Rita und Rosie?"

Tuck tauschte ein amüsiertes Grinsen mit Robynne aus. „Helft uns beim Abladen und Ihr werdet es sehen. Es beginnt mit einem Fass des besten Bieres der Abtei..." Er klopfte auf das Holzfass, was Jubel auslöste. „Und es geht mit noch größeren Überraschungen weiter."

Ich sprang auf, um zu helfen, aber Willa blieb wie erstarrt stehen.

„Was?", fragte ich und warf einen Ballen Heu hinunter.

Willa blieb der Mund offen stehen, bevor sie murmelte: „Heu... aus den Stallungen..."

„Dort bewahren sie es normalerweise auf", stichelte Robert und sprang auf, um zu helfen.

Tuck sprang vom Wagen hinunter und bot jedem der Maultiere eine Handvoll Heu an. „Seht Ihr, meine Damen? Nur weil wir entführt worden sind, heißt das nicht, dass wir nichts zu essen bekommen."

So hatte Robynne Tuck also aus der Abtei geholt – durch Entführung. Nicht dass er sich dagegen gewehrt hätte.

Robert warf einen weiteren Heuballen hinunter, dann stieß er gegen eine versteckte Kiste. „Was ist das?"

Robynne grinste. „Sieh einmal nach."

„Noch mehr Bier?", fragte Robert hoffnungsvoll.

Tuck kaute auf dem Ende eines Strohhalms. „Nicht ganz."

Robert schob mehr Stroh zur Seite und legte eine Truhe frei, die mir bekannt vorkam. Dann erstarrte er und machte große Augen. „Oh. Mein. Gott."

Ich erkannte die Truhe im selben Moment. Ich warf Willa einen Blick zu, die Robynne angrinste. Die anderen deuteten ungeduldig auf Robert.

„Was ist es, sag es uns?"

Robert griff hinein und hielt dann etwas Großes und Glänzendes für alle sichtbar hoch. Einen silbernen Kelch. Als Nächstes zog er eine juwelenbesetzte Halskette hervor und danach ein mit Diamanten besetztes Kreuz.

„Der Schatz! Ihr habt den Schatz geborgen!" Willa jubelte.

Robynne nickte zufrieden, als alle näher kamen, um einen Blick darauf zu werfen. „Wir haben ihn gefunden. Und auch das, was du in den Dachsparren versteckt hast, genau dort, wo du es beschrieben hast. Du kannst deiner Herrin Bescheid geben, dass der Schatz sicher im Wald ist, so wie sie es wollte."

Ein paar Minuten lang standen alle herum und bestaunten den Schatz.

„Wo habt ihr ihn gefunden?", fragte jemand.

„In den Stallungen", sagten Robynne und Willa gleichzeitig. Sie blinzelten sich gegenseitig an und brachen dann in Gelächter aus.

„Ich hatte die Hoffnung schon fast aufgegeben, dass wir ihn holen könnten", fügte Willa hinzu.

Robynne schüttelte den Kopf und ließ ihren Blick in die Ferne schweifen. „Gib niemals die Hoffnung auf."

Bei der doppelten Bedeutung für sie bildete sich ein Kloß in meinem Hals.

„Der muss ein Vermögen wert sein!", staunte der alte Christopher.

Willa nickte. „Vielleicht nicht genug, um das Lösegeld für den König zu zahlen, aber ein guter Teil davon."

„Ein beträchtlicher Teil", stimmte Robynne zu. Dann deutete sie mit strengem Blick auf die Männer. „Ihr habt heute Abend Zeit, ihn zu bewundern. Dann kommt der Schatz zu der Beute, die wir sammeln, so wie es Willas Herrin beabsichtigt hat."

Robert pfiff und war immer noch erstaunt über all das. „Sie muss die reichste Dame im Königreich sein."

„Wer ist es, Willa?", fragte Alan.

„Ja. Wer ist es?", bettelten alle. Sogar Robynne sah Willa mit geneigtem Kopf an.

Sie zögerte eine Weile, bevor sie eine Andeutung machte: „Jemand, der dem König nahesteht."

„Dieser Beute nach zu urteilen, ist sie eine gottverdammte Prinzessin", murmelte Robert.

„Komm schon, Willa", flehten die Männer.

Robynne hob eine Hand. „Wenn die Besitzerin anonym bleiben wollte, müssen wir das respektieren."

Willa dachte nach. „Ich denke, ich darf es euch sagen. Ihr Plan war, dass alle wissen sollten, dass sie bestohlen wurde, damit Prinz John und seine Anhänger keinen Verdacht schöpfen. In Wahrheit wollte sie natürlich, dass der Schatz hier landet, bei denen, die dem König treu sind."

Ich fuhr mir mit den Händen durch die Haare. Gott, was für einen Umweg dieser Schatz gemacht hatte – und das nur wegen meiner Dummheit.

Nicht Dummheit, murmelte mein Bär. *Schicksal. Dank allem, was passiert ist, haben wir den Schatz und Willa.*

Willa lächelte mich an, dann gab sie dem Drängen der Männer endlich nach. „Sie ist die Patentochter des Königs.“

Alle starrten sie ausdruckslos an. Wir kamen alle aus bescheidenen Verhältnissen und hatten wenig Ahnung – oder Interesse – in Bezug auf die gehobene Gesellschaft.

Aber Tucks Mund blieb offenstehen. „Ihr macht Witze.“

Tuck war der Einzige unter uns, der aus einer adligen Familie stammte, und daher mit den bedeutsamen Mitgliedern der Oberschicht vertraut war.

„Kommt schon, Tuck“, riefen alle. „Sagt es uns endlich.“

Er schüttelte den Kopf, weil er den Schock noch nicht überwunden hatte. Dann schaute er Willa an. „Ihr arbeitet für Maid Marian?“

Alle schnappten nach Luft – sogar ich, und mindestens drei verschiedene Stimmen meldeten sich gleichzeitig mit denselben Worten.

„Die schönste Maid im ganzen Land?“

Willa verdrehte die Augen und Robynne stampfte mit dem Fuß auf. Sie murmelte: „Männer!“

„Ist sie es? Ist sie es wirklich?“, fragten die Männer.

Willa nickte.

„Ist sie so schön, wie alle sagen?“, fragte Robert.

Willa schnaubte und wiederholte Robynnes Bemerkung. „Männer!“

Zu ihrer Verteidigung sei gesagt, dass Maid Marian einen unglaublichen Ruf hatte – einen, dem wohl kaum jemand gerecht werden konnte. Nicht dass es mich interessierte. Charakter und Verstand übertrumpften Schönheit und Willa hatte sowieso alle drei.

Tuck hob seinen Krug. „Ein dreifaches Hoch auf die holde Maid Marian. Mögen wir eines Tages das Vergnügen haben, persönlich auf sie zu trinken.“

Alle Männer glucksten. „Ich will der Erste sein.“

Bald hatten wir den Schatz – und das Heu – abgeladen. Martin entfachte ein knisterndes Lagerfeuer, über dem ein Schweinebraten brutzelte, und das Bier begann zu fließen. Alle versammelten sich, lachten, aßen und erzählten sich Geschichten bis spät in die Nacht.

Ich saß mit Willa in meinen Armen an der Seite und hörte den anderen nur halb zu. Wir hatten viel zu feiern – von Robynnes Rückkehr bis zu Willas Flucht, dem Niedergang von Sir Guy und der Bergung des Schatzes – aber ich fühlte mich wie der größte Gewinner. Ich hatte meine Gefährtin.

Willa grinste daraufhin, wurde aber allmählich nachdenklich. „Ich wünschte, ich könnte versprechen, dass alles glattlaufen wird. Aber wenn man bedenkt, wie viel Böses noch dort draußen ist… "

Ich folgte ihrem Blick zu den Schatten jenseits des tanzenden Lagerfeuers.

„Wenigstens sind wir Sir Guy los", bemerkte ich.

„Stimmt", stimmte sie zu. Dann seufzte sie. „Ich frage mich, woher das Böse in ihm kam. War es ein Nebenprodukt seiner Erziehung oder lag ihm die Grausamkeit im Blut?"

Robynne, die neben uns saß, runzelte die Stirn. „In seinem Blut… "

Es lief mir kalt den Rücken hinunter, als ich verstand, was sie meinte.

„Was?", fragte Willa.

Robynne und ich schauten uns an, aber sie sprach als erste.

„Sir Guy hat eine Schwester. Und ob es nun an der Erziehung oder an ihren Genen liegt, ich habe gehört, dass Lady Thornton genauso schlimm ist. Vielleicht sogar noch schlimmer. "

Die anderen hörten nicht zu, und das war auch gut so. Sie hatten sich einen unbeschwerten Abend verdient. Aber wir drei saßen nachdenklich da, jeder in seine eigenen Gedanken versunken.

„Wenigstens haben wir den hier. Hier. Den wollte ich dir geben. " Willa zog einen Ring aus ihrer Tasche und reichte ihn Robynne.

Sie drehte ihn neugierig um. „Irgendetwas sagt mir, dass das nicht nur ein hübsches Schmuckstück ist."

Willa schüttelte den Kopf. „Meine Herrin hat zwei besondere Stücke mit dem Schatz mitgeschickt. Der verwunschene Dolch war das eine…"

Den hatten wir bereits in einem Geheimversteck verborgen. Er war eine großartige Waffe, aber eine ebenso große Gefahr – selbst für Willa, die sich allmählich zu einer Bärengestaltwandlerin veränderte.

„Und dieser Ring war das andere Stück", fuhr Willa fort. „Es ist der Ring von Aquitanien, ein Geschenk von König Richard an meine Herrin. Er gehörte seiner Mutter, Eleonore von Aquitanien."

Robynne sah gebührend beeindruckt aus, und ich war es ebenfalls. Eleonore von Aquitanien war ihrer Zeit voraus – eine mächtige Königin, die selbst Armeen in den Kreuzzügen angeführt hatte.

„Marian sagte, dass der Ring seinem Träger außergewöhnliche Kräfte verleiht, und ich glaube es", fuhr Willa fort. „Aber nur wenn der Träger eine Frau ist. Wir müssen ihn also vor Leuten wie Lady Thornton schützen." Ihre Stimme schwankte. „Vielleicht sogar vor uns selbst." Robynne nickte langsam und runzelte die Stirn. „Wir werden ihn sicher aufbewahren, bis wir von deiner Herrin hören."

Willa sah erleichtert, aber nachdenklich aus. „Ich sollte ihr bald eine Nachricht schicken."

„Bald", stimmte ich zu.

Wir starrten schweigend ins Feuer, während die anderen weiter ausgelassen plauderten. Tuck war einer der lautesten und nutzte die seltene Gelegenheit zu feiern.

„Armer Kerl", bemerkte Willa. „Er ist wirklich nicht für das Kloster geeignet."

„Nein, das ist der nicht", stimmte ich zu. „Aber man weiß nie, was das Schicksal bereithält…"

Willa lachte. „Na, das wäre doch etwas. Tuck einen Weg dort heraus zu finden."

Robynne gluckste, obwohl ihre Worte ernst waren. „Nicht zu bald, hoffe ich. Er ist zu nützlich für uns, wo er ist." Dann verfinsterte sich ihr Blick und sie starrte tiefer ins Feuer.

Zu nützlich, wo er ist... Ich dachte darüber nach. Das traf auch auf Daniel zu, den Sheriff.

Das Feuer knackte und knisterte, was meine Gedanken in ähnlich willkürliche, wirbelnde Richtungen lenkte. Würden Robynne und Daniel jemals die Chance bekommen, kleine Momente wie diesen zu genießen. Zu lachen, zu trinken und mit Freunden um ein Feuer sitzend fröhlich zu sein? Und was war mit Tuck? Würde er diesem Gefängnis jemals entkommen? Als Nächstes fiel mein Blick auf Robert und mein Bär schnaubte.

Wird er jemals erwachsen werden und etwas Intelligenz entwickeln?

Ich lächelte vor mich hin. Robynne hatte gesagt, man solle die Hoffnung nie aufgeben, aber in Roberts Fall... Nun, ich würde mich nicht darauf verlassen.

Aber wenn es um Robynne, Daniel, Tuck und sogar König Richard ging – ja, wenn es um die Zukunft dieses Landes ging –, musste ich hoffen. Und noch wichtiger war, dass ich meinen Teil dazu beitragen musste, den Frieden zu erreichen, den wir alle anstrebten.

Willa drehte sich in meinen Armen und suchte den Blickkontakt. Ihre smaragdgrünen Augen glühten – ein sicheres Zeichen dafür, dass ihr inneres Biest erwachte.

Sie tätschelte meine Hände, lächelte und wiederholte, was sie in jener Nacht an den Sentinels geschworen hatte.

Wir werden einen Weg finden. Ich schwöre, das werden wir. Nicht nur für uns, sondern auch für die anderen.

Ich schmiegte mein Kinn neben ihres und umarmte sie enger. Ja, das würden wir. Was auch immer nötig war, und wie lange auch immer es dauern mochte. Ich hatte geschworen, dass wir dazu beitragen würden, Frieden für uns alle zu schaffen. Irgendwie.

Sneak Peek: Verführung des Löwen

Er war zum Ritter geboren. Ich bin eine Edeldame. Wir sind das perfekte Paar – aber das Schicksal hatte andere Pläne...

MARIAN

Die schönste Maid im ganzen Land? Ich wäre lieber als die beste Schwertkämpferin oder als beste Reiterin bekannt. Andererseits hat es auch Vorteile, meine Fähigkeiten geheim zu halten – genau wie meine seltene Gestaltwandlerabstammung. So wie jetzt, da ich den grausamsten, skrupellosesten Mann der Welt überlisten muss. Dazu begebe ich mich in die gesetzlose Ecke des Landes und hoffe, Robin Hood zu finden. Aber als sich der sichere Unterschlupf, auf den ich gezählt hatte, als Hinterhalt herausstellt, finde ich im heißesten Priester des Landes einen unerwarteten Verbündeten...

TUCK

Als dritter Sohn eines Landlords hatte ich keine andere Wahl, als dem Kloster beizutreten. *Essen, beten, wiederholen* war meine Zukunft. Und verdammt, war diese Zukunft düster. In wenigen Tagen werde ich mein Gelübde ablegen und es offiziell machen müssen. Ich, ein Löwengestaltwandler, der ein Leben in Armut, Gehorsam und Keuschheit führt?

Das Leben wird jedoch ein wenig interessanter, als ich anfange, Robynne Hood zu helfen... Und noch VIEL interessanter, als eine schöne, geheimnisvolle Adlige in unser Kloster kommt und Zuflucht sucht. Ich bin ihre einzige Hoffnung, aber es bräuchte ein Wunder, um uns ein glückliches Ende zu bescheren. Ich muss mich damit begnügen, sie vor gierigen, skrupellosen Gestaltwandlern zu retten, die den Sturz der Monarchie planen – wenn sie mich überhaupt lässt. Doch ich war schon immer ein Träumer und ich bin nicht bereit, die Hoffnung, die Liebe oder die Chance, mein wahres Schicksal zu erfüllen, aufzugeben.

Weitere Titel von Anna Lowe

Sherwood Forest Gestaltwandler

Verführung des Sheriffs (Buch 1)

Verführung des Gesetzlosen (Buch 2)

Verführung des Löwen (Buch 3)

Aloha Shifters - Juwelen des Herzens

Der Ruf des Drachen (Buch 1)

Der Ruf des Wolfes (Buch 2)

Der Ruf des Bären (Buch 3)

Der Ruf des Tigers (Buch 4)

Die Verlockung des Drachen (Buch 5)

Der Ruf des Fuchses (Buch 6)

Aloha Shifters - Perlen des Verlangens

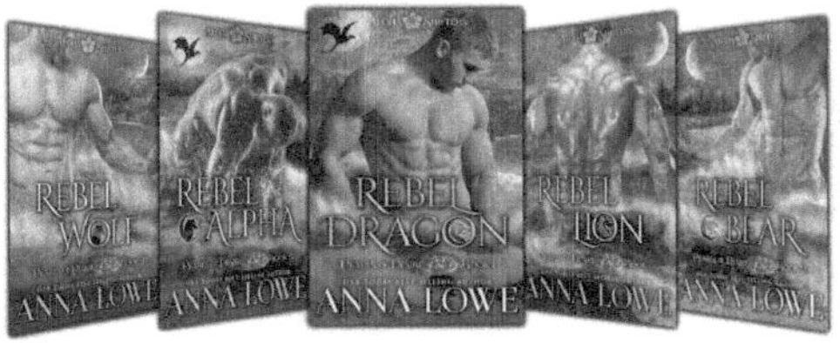

Drachenrebell (Buch 1)

Bärenrebell (Buch 2)

Löwenrebell (Buch 3)

Wolfsrebell (Buch 4)

Rebellenherz (Buch 5)

Alpharebell (Buch 6)

Töchter des Feuers - Billionaires & Bodyguards

Töchter des Feuers: Paris (Buch 1)

Töchter des Feuers: London (Buch 2)

Töchter des Feuers: Rom (Buch 3)

Töchter des Feuers: Portugal (Buch 4)

Töchter des Feuers: Irland (Buch 5)

Töchter des Feuers: Schottland (Buch 6)

Töchter des Feuers: Venedig (Buch 7)

Töchter des Feuers: Griechenland (Buch 8)

Töchter des Feuers: Schweiz (Buch 9)

Die Wölfe der Twin Moon Ranch

Verlockung des Jägers (Buch 1)

Verlockung des Wolfes (Buch 2)

Verlockung des Mondes (Buch 2½ – Vier Kurzgeschichten)

Verlockung des Alphas (Buch 3)

Verlockung der Wölfin (Buch 4)

Verlockung des Herzens (Buch 5)

Weihnachtsverlockung (Buch 6)

Verlockung der Rose (Buch 7)

Verlockung des Rebellen (Buch 8)

Verlockende Begierde (Buch 9)

Verlockung der Nacht (Buch 10)

Die Bären des Blue Moon Saloons

Perfekte Gefährten (die Vorgeschichte)

Verlangen des Bären (Buch 1)

Verlangen des Wolfes (Buch 2)

Verlangen des Alphas (Buch 3)

Verlangen des Gefährten (Buch 4)

Verlangen der Wölfin (Buch 5)

Süßes Verlangen (ein Festtagsschmaus)

Gestaltwandler in Vegas

Wolfspoker

Bärenpoker

Pantherpoker

Drachenpoker

Karibische Abenteuerromantik

Funken der Lust

Prickelndes Wagnis

Süße Verstrickung

Verlockende Tiefe

Sinnliche Strömung

www.annalowe.de

Über Anna Lowe

USA Today und Amazon Bestseller Autorin Anna Lowe schreibt fesselnde Romane mit tatkräftigen Heldinnen und unwiderstehlichen Helden in exotischen Umgebung, mit jeder Menge Zündstoff für scharfe Romantik.

Sie liebt Hunde, Sport und Reisen, die auch die Inspiration für Ihre Bücher liefern. Wenn Anna nicht gerade in die Arbeit an ihrem nächsten Buch vertieft ist, kannst Du Sie am Wochenende beim Wandern in den Bergen antreffen. Egal wo und wie – sie wird den Tag mit einem leckeren Stück Zartbitterschokolade ausklingen lassen.

Einfach mal vorbeischauen, auf **www.annalowe.de**.